LES TROIS

MOUSQUETAIRES.

PARIS. IMPRIMÉ PAR BÉTHUNE ET PLON,

RUE DE VAUGIRARD, 36.

LES TROIS MOUSQUETAIRES.

PAR

ALEXANDRE DUMAS.

I.

PARIS.

BAUDRY, LIBRAIRE-ÉDITEUR,

34, RUE COQUILLIÈRE ;

ET RUE DE LA CHAUSSÉE-D'ANTIN, 22.

M DCCC XLIV.

PRÉFACE

Dans laquelle il est établi que, malgré leurs noms en *os*
et en *is* , les héros de l'histoire que nous allons avoir
l'honneur de raconter à nos lecteurs n'ont rien de
mythologique.

Il y a un an à peu près qu'en faisant à la Bibliothèque royale des
recherches pour mon histoire de
Louis XIV, je tombai par hasard sur
les *Mémoires de M. d'Artagnan*, im-

primés — comme la plus grande partie des ouvrages de cette époque, où les auteurs tenaient à dire la vérité sans aller faire un tour plus ou moins long à la Bastille —à Amsterdam, chez Pierre Rouge. Le titre me séduisit; je les emportai chez moi, avec la permission de M. le conservateur, bien entendu, et je les dévorai.

Mon intention n'est pas de faire ici une analyse de ce curieux ouvrage, et je me contenterai d'y renvoyer ceux de mes lecteurs qui apprécient les tableaux d'époque. Ils y trouveront des portraits crayonnés de main de maître; et, quoique ces esquisses soient pour la plupart du temps tracées sur des portes de caserne et sur des murs de cabaret, ils n'y reconnaîtront pas moins, aussi ressemblants que dans l'histoire de M. Anquetil, les images de Louis XIII, d'Anne d'Autriche, de Richelieu, de Mazarin et de la plupart des courtisans de l'époque.

Mais, comme on le sait, ce qui frappe l'esprit capricieux du poète n'est pas toujours ce qui impressionne la masse des lecteurs. Or, tout en admirant, comme les autres les admireront sans doute, les détails que nous avons signalés, la chose qui nous préoccupa le plus est une chose à laquelle bien certainement personne avant nous n'avait fait la moindre attention.

D'Artagnan raconte qu'à sa première visite à M. de Tréville, capitaine des mousquetaires du roi, il rencontra dans son antichambre trois jeunes gens servant dans l'illustre corps où il sollicitait l'honneur d'être reçu , et ayant noms Athos, Porthos et Aramis.

Nous l'avouons, ces trois noms étranges nous frappèrent, et il nous vint aussitôt à l'esprit qu'ils n'étaient que des pseudonymes à l'aide desquels d'Artagnan avait déguisé des noms peut-être illustres, si toutefois les porteurs de ces noms d'emprunt ne les avaient pas choisis eux-mêmes le jour où, par caprice, par mécontentement ou par défaut de fortune, ils avaient endossé la simple casaque de mousquetaire.

Dès lors nous n'eûmes plus de repos que nous n'eussions retrouvé, dans les ouvrages contemporains, une trace quelconque de ces noms extraordinaires qui avaient si fort éveillé notre curiosité.

Le seul catalogue des livres que nous lûmes pour arriver à ce but

remplirait le feuilleton tout entier,
ce qui serait peut-être fort instruc-
tif, mais à coup sûr peu amusant
pour nos lecteurs. Nous nous con-
tenterons donc de leur dire qu'au
moment où, découragé de tant d'investigations infructueuses, nous allions abandonner notre recherche,
nous trouvâmes enfin, guidé par les
conseils de notre illustre et savant
ami Paulin Paris, un manuscrit in-
folio, coté sous le n° 4772 ou 4773,
nous ne nous le rappelons plus bien,
ayant pour titre :

 « Mémoire de M. le comte de La
» Fère, concernant quelques-uns des
» événements qui se passèrent en

» France vers la fin du règne du
» roi Louis XIII et le commence-
» ment du règne du roi Louis XIV.»

On devine si notre joie fut grande
lorsqu'en feuilletant ce manuscrit,
notre dernier espoir, nous trouvâmes à la vingtième page le nom
d'Athos, à la vingt-septième le nom
de Porthos, et à la trente et unième
le nom d'Aramis.

La découverte d'un manuscrit
complétement inconnu dans une
époque où la science historique est
poussée à un si haut degré, nous parut une trouvaille presque miraculeuse. Aussi nous hâtâmes-nous de

solliciter la permission de le faire imprimer, dans le but de nous présenter un jour avec le bagage des autres à l'Académie des inscriptions et belles-lettres, si nous n'arrivons, chose fort probable, à entrer à l'Académie française avec notre propre bagage.

Cette permission, nous devons le dire, nous fut gracieusement accordée ; ce que nous consignons ici, pour donner un démenti public aux malveillants qui prétendent que nous vivons sous un gouvernement assez médiocrement disposé à l'endroit des gens de lettres.

Or, c'est la première partie de ce

précieux manuscrit que nous offrons aujourd'hui à nos lecteurs, en lui restituant le titre qui lui convient, prenant l'engagement, si, comme nous n'en doutons pas, cette première partie obtient le succès qu'elle mérite, de publier incessamment la seconde.

En attendant, comme le parrain est un second père, nous invitons nos lecteurs à s'en prendre à nous, et non au comte de La Fère, de son plaisir ou de son ennui.

Cela posé, passons à notre histoire.

LES TROIS MOUSQUETAIRES.

CHAPITRE PREMIER.

LES TROIS PRÉSENTS DE M. D'ARTAGNAN PÈRE.

Le premier lundi du mois d'avril 1625, le bourg de Meung, où naquit l'auteur du *Roman de la Rose*, semblait être dans une révolution aussi entière que si les huguenots en fussent venus faire une seconde

Rochelle. Plusieurs bourgeois voyant s'enfuir les femmes le long de la grande rue,
entendant les enfants crier sur le seuil des
portes, se hâtaient d'endosser la cuirasse,
et, appuyant leur contenance quelque peu
incertaine d'un mousquet ou d'une pertui-
sane, se dirigeaient vers l'hôtellerie du
Franc-Meunier, devant laquelle s'empres-
sait, en grossissant de minute en minute,
un groupe compacte, bruyant et plein de
curiosité.

En ce temps-là les paniques étaient fré-
quentes, et peu de jours se passaient sans
qu'une ville ou l'autre enregistrât sur ses
archives quelque événement de ce genre.
Il y avait les seigneurs qui guerroyaient
entre eux; il y avait le roi qui faisait la
guerre au cardinal; il y avait l'Espagnol

qui faisait la guerre au roi. Puis, outre ces guerres sourdes ou publiques, secrètes ou patentes, il y avait encore les voleurs, les mendiants, les huguenots, les loups et les laquais, qui faisaient la guerre à tout le monde. Les bourgeois s'armaient toujours contre les voleurs, contre les loups, contre les laquais; — souvent contre les seigneurs et les huguenots; — quelquefois contre le roi; — mais jamais contre le cardinal et l'Espagnol. Il résulta donc de cette habitude prise, que, ce susdit premier lundi du mois d'avril 1625, les bourgeois entendant du bruit, et ne voyant ni le guidon jaune et rouge, ni la livrée du duc de Richelieu, se précipitèrent du côté de l'hôtel du Franc-Meunier.

Arrivé là, chacun put voir et reconnaître la cause de cette rumeur.

Un jeune homme... — traçons son portrait d'un seul trait de plume : — figurez-
vous don Quichotte à dix-huit ans; don
Quichotte décorselé, sans haubert et sans
cuissard; don Quichotte revêtu d'un pourpoint de laine dont la couleur bleue s'était
transformée en une nuance insaisissable
de lie-de-vin et d'azur céleste. Visage long
et brun; la pommette des joues saillante,
signe d'astuce; les muscles maxillaires énormément développés, indice infaillible auquel on reconnaît le Gascon, même sans
béret, et notre jeune homme portait un
béret orné d'une espèce de plume; l'œil
ouvert et intelligent; le nez crochu, mais
finement dessiné; trop grand pour un
adolescent, trop petit pour un homme fait,
et qu'un œil peu exercé eût pris pour
un fils de fermier en voyage, sans la lon-

gue épée qui, pendue à un baudrier de peau, battait les mollets de son propriétaire quand il était à pied, et le poil hérissé de sa monture quand il était à cheval.

Car notre jeune homme avait une monture, et cette monture était même si remarquable qu'elle fut remarquée : c'était un bidet du Béarn, âgé de douze ou quatorze ans, jaune de robe, sans crin à la queue, mais non pas sans javarts aux jambes, et qui, tout en marchant la tête plus bas que les genoux, ce qui rendait inutile l'application de la martingale, faisait encore également ses huit lieues par jour. Malheureusement les qualités cachées de ce cheval étaient si bien cachées sous son poil étrange et son allure incongrue, que dans un temps où tout le monde se connaissait en chevaux, l'apparition du susdit bidet à Meung, où il était entré, il y avait un quart d'heure à peu près, par la porte de Beaugency, produisit une sensation dont la défaveur rejaillit jusqu'à son cavalier.

Et cette sensation avait été d'autant plus pénible au jeune d'Artagnan (ainsi s'appelait le don Quichotte de cette autre Rossinante), qu'il ne se cachait pas le côté ridicule que lui donnait, si bon cavalier qu'il fût, une pareille monture. Aussi avait-il fort soupiré en acceptant le don que lui en avait fait M. d'Artagnan père. Il n'ignorait pas qu'une pareille bête valait au moins vingt livres; il est vrai que les paroles dont le présent avait été accompagné n'avaient pas de prix.

— Mon fils, avait dit le gentilhomme gascon, dans ce pur patois du Béarn dont Henri IV n'avait jamais pu parvenir à se défaire, — mon fils, ce cheval est né dans la maison de votre père il y a tantôt treize ans, et y est resté depuis ce temps-là, ce qui doit vous porter à l'aimer. Ne le vendez jamais, laissez-le mourir tranquillement et honorablement de vieillesse ; et si vous faites campagne avec lui, ménagez-le comme vous ménageriez un vieux serviteur. A la cour, continua M. d'Artagnan père, si toutefois vous avez l'honneur d'y aller, honneur auquel, au reste, votre vieille noblesse vous donne des droits, soutenez dignement votre nom de gentilhomme, qui a été porté dignement par vos ancêtres depuis plus de cinq cents ans, et pour vous et pour les vôtres. Par les vôtres, j'entends vos parents et vos amis. Ne supportez jamais rien que de M. le cardinal et du roi. C'est par son courage, entendez-vous bien, par son courage seul, qu'un gentilhomme fait son chemin aujourd'hui. Quiconque tremble une seconde laisse peut-être échapper l'appât que, pendant cette seconde justement, la fortune lui tendait. Vous êtes jeune, vous devez être brave par deux raisons : la première, c'est que vous êtes Gascon; et la seconde, c'est que vous êtes mon fils. Ne craignez pas les occasions et cherchez les aventures. Je vous ai fait apprendre à manier l'épée; vous avez un jarret de fer, un poignet d'acier; battez-vous à tout propos; battez-vous, d'autant plus que les duels sont défendus, et que, par conséquent, il y a deux fois du courage à se battre. Je n'ai, mon fils, à vous donner que quinze écus, mon cheval et les conseils que vous venez d'entendre. Votre mère y ajoutera la recette d'un certain baume qu'elle tient d'une bohémienne, et qui a une vertu miraculeuse pour guérir toute blessure qui n'atteint pas le cœur. Faites votre profit du tout, et vivez heureusement et long-temps.

» Je n'ai plus qu'un mot à ajouter, et c'est un exemple que je vous propose, non pas le mien, car je n'ai, moi, jamais paru à la cour, et n'ai fait que les guerres de religion en volontaire; je veux parler de M. de Tréville, qui était mon voisin autrefois, et qui a eu l'honneur de jouer tout enfant avec notre roi Louis XIIIe, que Dieu conserve! Quelquefois leurs jeux dégénéraient en batailles, et dans ces batailles le roi n'était pas toujours le plus fort. Les coups qu'il en reçut lui donnèrent beaucoup d'estime et d'amitié pour M. de Tréville. Plus tard M. de Tréville se battit contre d'autr s dans son premier voyage à Paris, cinq fois; depuis la mort du feu roi jusqu'à la majorité du jeune, sans compter les guerres et les siéges, sept fois; et depuis cette majorité jusqu'aujourd'hui, cent fois peutêtre! — Aussi, malgré les édits, les ordonnances et les arrêts, le voilà capitaine des mousquetaires, c'est-à-dire chef d'une légion de césars dont le roi fait un trèsgrand cas, et que M. le cardinal redoute, lui qui ne redoute pas grand'chose, comme chacun sait. De plus, M. de Tréville gagne dix mille écus par an; c'est donc un fort grand seigneur. — Il a commencé comme vous; allez le voir avec cette lettre, et réglez-vous sur lui, afin de faire comme lui. »

Sur quoi M. d'Artagnan père ceignit à son fils sa propre épée, l'embrassa tendrement sur les deux joues et lui donna sa bénédiction.

En sortant de la chambre paternelle, le jeune homme trouva sa mère qui l'attendait avec la fameuse recette dont les conseils que nous venons de rapporter devaient nécessiter un assez fréquent emploi. Les adieux furent de ce côté plus longs et plus tendres qu'ils ne l'avaient été de l'autre, non pas que M. d'Artagnan n'aimât son fils, qui était sa seule progéniture, mais M. d'Artagnan était un homme, et il eût regardé comme indigne d'un homme de se laisser aller à son émotion, tandis que madame d'Artagnan était femme et de plus était mère. — Elle pleura abondamment, et, disons-le à la louange de M. d'Artagnan fils, quelques efforts qu'il tentât pour rester ferme comme devait être un futur mousquetaire, la nature l'emporta, et il versa force larmes, dont il parvint à grand'peine à cacher la moitié.

Le même jour le jeune homme se mit en route, muni des trois présents paternels et qui se composaient, comme nous l'avons dit, de quinze écus, du cheval et de la lettre pour M. de Tréville; comme on le pense bien, les conseils avaient été donnés par-dessus le marché.

Avec un pareil *vade-mecum*, Artagnan

se trouva, au moral comme au physique,
une copie exacte du héros de Cervantes, auquel nous l'avons si heureusement com-
paré lorsque nos devoirs d'historien nous
ont fait une nécessité de tracer son portrait. Don Quichotte prenait les moulins à
vent pour des géants et les moutons pour
des armées, d'Artagnan prit chaque sourire
pour une insulte et chaque regard pour
une provocation. Il en résulta qu'il eut
toujours le poing fermé depuis Tarbes
jusqu'à Meung, et que l'un dans l'autre il
porta la main au pommeau de son épée dix
fois par jour; toutefois, le poing ne descendit sur aucune mâchoire et l'épée ne
sortit point de son fourreau. Ce n'est pas
que la vue du malencontreux bidet jaune
n'épanouît bien des sourires sur les visages
des passants; mais, comme au-dessus du

bidet sonnait une épée de taille respectable et qu'au-dessus de cette épée brillait un œil plutôt féroce que fier, les passants réprimaient leur hilarité, ou, si l'hilarité l'emportait sur la prudence, ils tâchaient au moins de ne rire que d'un seul côté, comme les masques antiques. D'Artagnan demeura donc majestueux et intact dans sa susceptibilité jusqu'à cette malheureuse ville de Meung.

Mais là, comme il descendait de cheval à la porte du Franc-Meunier sans que personne, hôte, garçon ou palefrenier, fût venu prendre l'étrier au montoir, d'Artagnan avisa à une fenêtre entr'ouverte du rez-de-chaussée un gentilhomme de belle taille et de haute mine, quoique au visage légèrement renfrogné, lequel causait avec deux personnes qui paraissaient l'écouter avec déférence. D'Artagnan crut tout naturellement, selon son habitude, être l'objet de la conversation et écouta. Cette fois, d'Artagnan ne s'était trompé qu'à moitié : ce n'était pas de lui qu'il était question, mais de son cheval. Le gentilhomme paraissait énumérer à ses auditeurs toutes ses qualités, et comme, ainsi que je l'ai dit, les auditeurs paraissaient avoir une grande déférence pour le narrateur, ils éclataient de rire à tout moment. Or, comme un demi-sourire suffisait pour éveiller l'irascibilité du jeune homme, on comprend quel effet produisit sur lui tant de bruyante hilarité.

Cependant d'Artagnan voulut d'abord se rendre compte de la physionomie de l'impertinent qui se moquait de lui. Il fixa son regard fier sur l'étranger et reconnut un homme de quarante à quarante-cinq ans, aux yeux noirs et perçants, au teint pâle, au nez fortement accentué, à la moustache noire et parfaitement taillée; il était vêtu d'un pourpoint et d'un haut de chausses violets avec des aiguillettes de même couleur, sans aucun ornement que les crevés habituels par lesquels passait la chemise. Ce haut de chausses et ce pourpoint, quoique neufs, paraissaient froissés comme les habits de voyage long-temps renfermés dans un porte-manteau. D'Artagnan fit toutes ces remarques avec la rapidité de l'observateur le plus minutieux, et sans doute par un sentiment instinctif qui lui disait que cet inconnu devait avoir une grande influence sur sa vie à venir.

Or, comme au moment où d'Artagnan fixait son regard sur le gentilhomme au pourpoint violet, le gentilhomme faisait à l'endroit du bidet béarnais une de ses plus savantes et de ses plus profondes démonstrations, ses deux auditeurs éclatèrent de rire, et lui-même laissa visiblement, contre son habitude, errer, si l'on peut parler ainsi, un pâle sourire sur son visage. Cette fois, il n'y avait plus de doute, d'Artagnan était réellement insulté. Aussi, plein de cette conviction, enfonça-t-il son béret sur ses yeux, et, tâchant de copier quelques-uns des airs de cour qu'il avait surpris en Gascogne chez des seigneurs en voyage, il s'avança une main sur la garde de son épée et l'autre appuyée sur la hanche. Malheureusement au fur et à mesure qu'il avançait, la colère l'aveuglant de plus en plus, au lieu du discours digne et hautain qu'il avait préparé pour formuler sa provocation, il ne trouva plus au bout de sa langue qu'une personnalité grossière qu'il accompagna d'un geste furieux.

— Eh! monsieur, s'écria-t-il, monsieur, qui vous cachez derrière ce volet! oui, vous, dites-moi donc un peu de quoi vous riez, et nous rirons ensemble.

Le gentilhomme ramena lentement les yeux de la monture au cavalier, comme s'il lui eût fallu un certain temps pour comprendre que c'était à lui que s'adressaient de si étranges paroles; puis, lorsqu'il ne put plus conserver aucun doute, ses sourcils se froncèrent légèrement, et après une assez longue pause, avec un accent d'ironie

et d'insolence impossible à décrire, il répondit à d'Artagnan :

— Je ne vous parle pas, monsieur.

— Mais je vous parle, moi, s'écria le
jeune homme exaspéré de ce mélange d'insolence et de bonnes manières, de convenances et de dédains.

L'inconnu le regarda encore un instant
avec son léger sourire, et, se retirant de la
fenêtre, sortit lentement de l'hôtellerie
pour venir à deux pas d'Artagnan se plan-
ter en face du cheval. Sa contenance tranquille et sa physionomie railleuse avaient
redoublé l'hilarité de ceux avec lesquels il
causait et qui, eux, étaient restés à la fenêtre.

D'Artagnan, le voyant arrivé, tira son épée d'un pied hors du fourreau.

—Ce cheval est décidément ou plutôt a été dans sa jeunesse bouton d'or, reprit l'inconnu continuant les investigations commencées, et s'adressant à ses auditeurs de la fenétre, sans paraître aucunement remarquer l'exaspération de d'Artagnan, qui cependant se redressait entre lui et eux. C'est une couleur fort connue en botanique, mais jusqu'à présent fort rare chez les chevaux.

—Tel rit du cheval qui n'oserait pas rire du maître, s'écria l'émule de Tréville furieux.

—Je ne ris pas souvent, monsieur, reprit l'inconnu, ainsi que vous pouvez le voir vous-même à l'air de mon visage;

mais je tiens cependant à conserver le privilége de rire quand il me plaît.

— Et moi, s'écria d'Artagnan, je ne veux pas qu'on rie quand il me déplaît.

— En vérité, monsieur? continua l'inconnu plus calme que jamais, eh bien! c'est parfaitement juste; et tournant sur ses talons, il s'apprêta à rentrer dans l'hôtellerie par la grande porte, sous laquelle d'Artagnan en arrivant avait remarqué un cheval tout sellé.

Mais d'Artagnan n'était pas de caractère à lâcher ainsi un homme qui avait eu l'insolence de se moquer de lui. Il tira son épée entièrement du fourreau et se mit à sa poursuite en criant :

— Tournez, tournez donc, monsieur le

railleur, que je ne vous frappe point par derrière.

— Me frapper, moi ! dit l'autre en pivotant sur ses talons et en regardant le jeune homme avec autant d'étonnement que de mépris. Allons donc, mon cher, vous êtes fou ! Puis à demi-voix, et comme s'il se fût parlé à lui-même :—C'est fâcheux, continua-t-il ; quelle trouvaille pour Sa Majesté, qui cherche des braves de tous côtés pour recruter ses mousquetaires !

Il achevait à peine, que d'Artagnan lui allongea un si furieux coup de pointe, que, s'il n'eût fait vivement un bond en arrière, il est probable qu'il eût plaisanté pour la dernière fois. L'inconnu vit alors que la chose passait la raillerie, tira son épée, salua son adversaire et se mit gravement en garde. Mais au même moment ses deux auditeurs, accompagnés de l'hôte, tombèrent sur d'Artagnan à grand coups de bâtons, de pelles et de pincettes. Cela fit une diversion si rapide et si complète à l'attaque, que l'adversaire de d'Artagnan, pendant que celui-ci se retournait pour faire face à cette grêle de coups, rengaînait avec la même précision, et, d'acteur qu'il avait manqué d'être, redevenait spectateur du combat, rôle dont il s'acquitta avec son impassibilité ordinaire, tout en marmottant néanmoins :

— La peste soit des Gascons! Remettez-le sur son cheval orange et qu'il s'en aille.

— Pas avant de t'avoir tué, lâche! criait

d'Artagnan, tout en faisant face du mieux qu'il pouvait et sans reculer d'un pas à ses trois ennemis, qui le moulaient de coups.

— Encore une gasconnade, murmura le gentilhomme. Sur mon honneur, ces Gascons sont incorrigibles! Continuez donc la danse, puisqu'il le veut absolument. Quand il sera las, il dira qu'il en a assez.

Mais l'inconnu ne savait pas encore à quel genre d'entêté il avait affaire; d'Artagnan n'était pas homme à jamais demander merci. Le combat continua donc quelques secondes encore; enfin d'Artagnan, épuisé, laissa échapper son épée, qu'un coup de bâton brisa en deux morceaux. Un autre coup, qui lui entama le front, le renversa presque en même temps tout sanglant et presque évanoui.

C'est à ce moment que de tous côtés on accourut sur le lieu de la scène. L'hôte, craignant du scandale, emporta avec l'aide de ses garçons le blessé dans la cuisine, où quelques soins lui furent accordés.

Quant au gentilhomme, il était revenu prendre sa place à la fenêtre et regardait avec une certaine impatience toute cette foule, qui semblait en demeurant là lui causer une vive contrariété.

— Eh bien! comment va cet enragé? reprit-il en se retournant au bruit de la porte qui s'ouvrit et en s'adressant à l'hôte venait s'informer de sa santé.

3.

— Votre excellence est saine et sauve? demanda l'hôte.

— Oui, parfaitement saine et sauve, mon cher hôtelier, et c'est moi qui vous demande ce qu'est devenu notre jeune homme.

— Il va mieux, dit l'hôte : il s'est évanoui tout à fait.

— Vraiment, fit le gentilhomme.

— Mais avant de s'évanouir il a rassemblé toutes ses forces pour vous appeler et vous défier en vous appelant.

— Mais c'est donc le diable en personne que ce gaillard-là ! s'écria l'inconnu.

—Oh ! non, votre excellence, ce n'est pas

le diable, reprit l'hôte avec une grimace de mépris, car pendant son évanouissement nous l'avons fouillé, et il n'a dans son paquet qu'une chemise et dans sa bourse que douze écus, ce qui ne l'a pas empêché de dire en s'évanouissant que si pareille chose était arrivée à Paris vous vous en repentiriez tout de suite, tandis qu'ici vous ne vous en repentirez que plus tard.

— Alors, dit froidement l'inconnu, c'est quelque prince du sang déguisé.

— Je vous dis cela, mon gentilhomme, reprit l'hôte, afin que vous vous teniez sur vos gardes.

— Et il n'a nommé personne dans sa colère.

— Si fait, il frappait sur sa poche, et il disait : — Nous verrons ce que M. de Tréville pensera de cette insulte faite à son protégé.

— M. de Tréville? dit l'inconnu en devenant attentif; il frappait sur sa poche en prononçant le nom de M. de Tréville!... Voyons, mon cher hôte, pendant que votre jeune homme était évanoui, vous n'avez pas été, j'en suis bien sûr, sans regarder aussi dans cette poche-là. Qu'y avait-il?

— Une lettre adressée à M. de Tréville, capitaine des mousquetaires.

— En vérité?

— C'est comme j'ai l'honneur de vous le dire, excellence.

L'hôte, qui n'était pas doué d'une grande perspicacité, ne remarqua point l'expression que ses paroles avaient donnée à la physionomie de l'inconnu. Celui-ci quitta le rebord de la croisée sur lequel il était toujours resté appuyé du bout du coude, et fronça le sourcil en homme inquiet.

— Diable ! murmura-t-il entre ses dents, Tréville m'aurait-il envoyé ce Gascon ! Il est bien jeune ! Mais un coup d'épée est un coup d'épée, quel que soit l'âge de celui qui le donne, et l'on se défie moins d'un enfant que de tout autre ; il suffit parfois d'un faible obstacle pour contrarier un grand dessein.

Et l'inconnu tomba dans une réflexion qui dura quelques minutes

— Voyons, l'hôte, dit-il, est-ce que vous ne me débarrasserez pas de ce frénétique ? En conscience, je ne puis le tuer, et cependant, ajouta-t-il avec une expression froidement menaçante, cependant il me gêne. Où est-il ?

— Dans la chambre de ma femme, où on le panse, au premier étage.

— Ses hardes et son sac sont avec lui ? Il n'a pas quitté son pourpoint ?

— Tout cela, au contraire, est en bas, dans la cuisine. Mais puisqu'il vous gêne, ce jeune fou.....

—Sans doute. Il cause dans votre hôtellerie un scandale auquel d'honnêtes gens ne sauraient résister. Montez chez vous, faites mon compte et avertissez mon laquais.

— Quoi! monsieur nous quitte déjà?

— Vous le savez bien, puisque je vous avais donné l'ordre de seller mon cheval. Ne m'a-t-on point obéi?

— Si fait, et, comme votre excellence a pu le voir, son cheval est sous la grande porte, tout appareillé pour partir.

— C'est bien, faites ce que je vous ai dit alors.

— Ouais! se dit l'hôte, aurait-il peur du petit garçon?

Mais un coup d'œil impératif de l'inconnu vint l'arrêter court. Il salua humblement et sortit.

— Il ne faut pas que milady (1) soit aperçue de ce drôle, continua l'étranger : elle ne doit pas tarder à passer ; déjà même elle est en retard. Décidément mieux vaut que je monte à cheval et que j'aille au-devant d'elle... Si seulement je pouvais savoir ce que contient cette lettre adressée à Tréville !

Et l'inconnu, tout en marmottant, se dirigea vers la cuisine.

Pendant ce temps l'hôte, qui ne doutait

(1) Nous savons très-bien que cette locution de *milady* n'est usitée qu'autant qu'elle est suivie du nom de famille. Mais nous la trouvons ainsi dans le manuscrit, et nous ne voulons point prendre sur nous de la changer.

pas que ce fût la présence du jeune garçon qui chassât l'inconnu de son hôtellerie, était remonté chez sa femme et avait trouvé d'Artagnan maître enfin de ses esprits. Alors, tout en lui faisant comprendre que la police pourrait bien lui faire un mauvais parti pour avoir été chercher querelle à un grand seigneur, car, à l'avis de l'hôte, l'inconnu ne pouvait être qu'un grand seigneur, il le détermina, malgré sa faiblesse, à se lever et à continuer son chemin. D'Artagnan, à moitié abasourdi, sans pourpoint et la tête tout emmaillottée de linges, se leva donc et, poussé par l'hôte, commença de descendre; mais, en arrivant à la cuisine, la première chose qu'il aperçut fut son provocateur, qui causait tranquillement au marchepied d'un lourd carrosse attelé de deux gros chevaux normands.

Son interlocutrice, dont la tête apparaissait encadrée par la portière, était une femme de vingt à vingt-deux ans. Nous avons déjà dit avec quelle rapidité d'investigation d'Artagnan embrassait toute une physionomie; il vit donc du premier coup d'œil que la femme était jeune et belle. Or, cette beauté le frappa d'autant plus qu'elle était parfaitement étrangère aux pays méridionaux que jusque-là d'Artagnan avait habités. C'était une pâle et blonde personne, aux longs cheveux bouclés tombant sur ses épaules, aux grands yeux bleus languissants, aux lèvres rosées et aux mains d'albâtre. Elle causait très-vivement avec l'inconnu.

— Ainsi, son éminence m'ordonne..... disait la dame.

— De retourner à l'instant même en Angleterre, et de la prévenir directement si le duc quittait Londres.

— Et quant à mes autres instructions? demanda la belle voyageuse.

— Elles sont renfermées dans cette boîte, que vous n'ouvrirez que de l'autre côté de la Manche.

— Très-bien; et vous, que faites-vous?

— Moi, je retourne à Paris.

— Sans châtier cet insolent petit garçon? demanda la dame.

L'inconnu allait répondre; mais au moment où il ouvrait la bouche, d'Artagnan, qui avait tout entendu, s'élança sur le seuil de la porte.

— C'est cet insolent petit garçon qui châtie les autres, s'écria-t-il, et j'espère bien que cette fois-ci celui qu'il doit châtier ne lui échappera pas comme la première.

— Ne lui échappera pas? reprit l'inconnu en fronçant le sourcil.

— Non, devant une femme, vous n'oseriez pas fuir, je présume.

— Songez, s'écria milady en voyant le gentilhomme porter la main à son épée, songez que le moindre retard peut tout perdre.

— Vous avez raison, s'écria le gentilhomme; partez donc de votre côté, moi je pars du mien.

Et saluant la dame d'un signe de tête, il

s'élança sur son cheval tandis que le cocher du carrosse fouettait vigoureusement son attelage. Les deux interlocuteurs partirent donc au galop, s'éloignant chacun par un côté opposé de la rue.

— Eh! votre dépense, vociféra l'hôte, dont l'affection pour son voyageur se changeait en un profond dédain en voyant qu'il s'éloignait sans solder ses comptes.

— Paie, maroufle, s'écria le voyageur toujours galopant, à son laquais, lequel jeta aux pieds de l'hôte deux ou trois pièces d'argent et se mit à galoper après son maître.

— Ah! lâche, ah! misérable, ah! faux gentilhomme! cria d'Artagnan s'élançant à son tour après le laquais.

Mais le blessé était trop faible encore pour supporter une pareille secousse. A peine eut-il fait dix pas que ses oreilles tintèrent, qu'un éblouissement le prit, qu'un nuage de sang passa sur ses yeux et qu'il tomba au milieu de la rue en criant encore :

— Lâche ! lâche ! lâche !

— Il est en effet bien lâche, murmura l'hôte en s'approchant de d'Artagnan, et essayant par cette flatterie de se raccommoder avec le pauvre garçon, comme le héron de la fable avec son limaçon du soir.

— Oui, bien lâche, murmura d'Artagnan, mais elle, bien belle !

— Qui, elle ? demanda l'hôte.

— Milady, — balbutia d'Artagnan, et il s'évanouit une seconde fois.

— C'est égal, dit l'hôte, j'en perds deux, mais il me reste celui-là, que je suis sûr de conserver au moins quelques jours. C'est toujours onze écus de gagnés.

On sait que onze écus faisaient juste la somme qui restait dans la bourse de d'Artagnan.

L'hôte avait compté sur onze jours de maladie à un écu par jour; mais il avait compté sans son voyageur. Le lendemain, dès cinq heures du matin, d'Artagnan se leva, descendit lui-même à la cuisine, demanda, outre quelques autres ingrédients dont la liste n'est pas parvenue jusqu'à nous, du vin, de l'huile, du romarin, et, la recette de sa mère à la main, se composa un baume dont il oignit ses nombreuses blessures, renouvelant ses compresses lui-même et ne voulant admettre l'adjonction d'aucun médecin. Grâce sans doute à l'efficacité du baume de Bohême, et peut-être aussi grâce à l'absence de tout docteur, d'Artagnan se trouva sur pied dès le soir même, et à peu près guéri le lendemain.

Mais au moment de payer ce romarin, cette huile et ce vin, seule dépense du maître qui avait gardé une diète absolue, tandis qu'au contraire le cheval jaune, au dire de l'hôtelier du moins, avait mangé trois fois plus qu'on eût raisonnablement pu le supposer pour sa taille, d'Artagnan ne trouva plus dans sa poche que sa petite

bourse de velours râpé ainsi que les onze
écus qu'elle contenait; mais, quant à la lettre adressée à M. de Tréville, elle avait disparu.

Le jeune homme commença par chercher cette lettre avec une grande patience,
tournant et retournant vingt fois ses poches et ses goussets, fouillant et refouillant
dans son sac, ouvrant et refermant sa
bourse; mais lorsqu'il eut acquis la conviction que la lettre était introuvable, il entra dans un troisième accès de rage, qui
faillit lui occasionner une nouvelle con-
sommation de vin et d'huile aromatisés:
car en voyant cette jeune mauvaise tête s'é-
chauffer et menacer de tout casser dans
l'établissement si l'on ne retrouvait pas sa
lettre, l'hôte s'était déjà saisi d'un épieu, sa

femme d'un manche à balai, et son garçon des mêmes bâtons qui avaient servi la surveille.

— Ma lettre de recommandation! s'écriait d'Artagnan, ma lettre de recommandation, ou sangdieu je vous embroche tous comme des ortolans!

Malheureusement une circonstance s'opposait à ce que le jeune homme accomplît sa menace : c'est que, comme nous l'avons dit, son épée avait été, dans sa première lutte, brisée en deux morceaux, ce qu'il avait parfaitement oublié. Il en résulta que lorsque d'Artagnan voulut, en effet, dégaîner, il se trouva purement et simplement armé d'un tronçon d'épée de huit ou dix pouces à peu près, que l'hôte avait soigneusement renfoncé dans le fourreau. Quant au reste de la lame, le chef l'avait adroitement détourné pour s'en faire une lardoire.

Cependant cette déception n'eût probablement pas arrêté notre fougueux jeune homme, si l'hôte n'avait réfléchi que la réclamation que lui adressait son voyageur était parfaitement juste.

— Mais, au fait, dit-il en abaissant son épieu, où est cette lettre?

— Oui, où est cette lettre? cria d'Artagnan. D'abord, je vous en préviens, cette lettre est pour M. de Tréville, et il faut qu'elle se retrouve; ou, si elle ne se retrouve pas, il saura bien la faire retrouver, lui!

Cette menace acheva d'intimider l'hôte. Après le roi et M. le cardinal, M. de Tréville était l'homme dont le nom peut-être était le plus souvent répété par les militaires et même par les bourgeois. Il y avait bien le père Joseph, c'est vrai ; mais son nom, à lui, n'était jamais prononcé que tout bas, tant était grande la terreur qu'inspirait l'éminence grise, comme on appelait le familier du cardinal.

Aussi, jetant son épieu loin de lui, et ordonnant à sa femme d'en faire autant de son manche à balai et à ses valets de leurs bâtons, il donna le premier l'exemple en se mettant lui-même à la recherche de la lettre perdue.

— Est-ce que cette lettre renfermait

quelque chose de précieux? demanda l'hôte
au bout d'un instant d'investigations inu-
tiles.

— Sandis, je le crois bien! s'écria le
Gascon, qui comptait sur cette lettre pour
faire son chemin à la cour; elle contenait
ma fortune.

— Des bons sur l'Espagne? demanda
l'hôte inquiet.

— Des bons sur la trésorerie particulière
de Sa Majesté, répondit d'Artagnan, qui,
comptant entrer au service du roi grâce à
cette recommandation, croyait pouvoir
faire sans mentir cette réponse quelque
peu hasardée.

— Diable! fit l'hôte tout à fait désespéré.

— Mais il n'importe, continua d'Artagnan avec l'aplomb national, il n'importe, et l'argent n'est rien : — cette lettre était tout. J'eusse mieux aimé perdre mille pistoles que de la perdre.

Il ne risquait pas davantage à dire vingt mille, mais une certaine pudeur juvénile le retint.

Un trait de lumière frappa tout à coup l'esprit de l'hôte, qui se donnait au diable ne trouvant rien.

— Cette lettre n'est point perdue, s'écria-t-il.

— Ah ! fit d'Artagnan.

— Non : elle vous a été prise.

— Prise ! et par qui?

— Par le gentilhomme d'hier. Il est descendu à la cuisine, où était votre pourpoint. Il y est resté seul. Je gagerais que c'est lui qui l'a volée.

— Vous croyez? répondit d'Artagnan peu convaincu ; car il savait mieux que personne l'importance toute personnelle de cette lettre, et n'y voyait rien qui pût tenter la cupidité. Le fait est qu'aucun des valets, aucun des voyageurs présents n'eût rien gagné à posséder ce papier.

— Vous dites donc, reprit d'Artagnan, que vous soupçonnez cet impertinent gentilhomme.

— Je vous dis que j'en suis sûr, continua l'hôte ; lorsque je lui ai annoncé que votre seigneurie était le protégé de M. de Tréville et que vous aviez même une lettre pour cet illustre gentilhomme, il a paru fort inquiet, m'a demandé où était cette lettre, et est descendu immédiatement à la cuisine où il savait qu'était votre pourpoint.

— Alors, c'est mon voleur, répondit d'Artagnan, je m'en plaindrai à M. de Tréville, et M. de Tréville s'en plaindra au roi. Puis il tira majestueusement deux écus de sa poche, les donna à l'hôte, qui l'accompagna, le chapeau à la main, jusqu'à la porte, remonta sur son cheval jaune, qui le conduisit sans autre accident jusqu'à la porte Saint-Antoine, à Paris, où son propriétaire le vendit trois écus, ce qui était fort bien payé, attendu que d'Artagnan l'avait fort surmené pendant la dernière étape. Aussi le maquignon auquel d'Artagnan le céda moyennant les neuf livres susdites ne cacha-t-il point au jeune homme qu'il n'en donnait cette somme exorbitante qu'à cause de l'originalité de sa couleur.

D'Artagnan entra donc dans Paris à pied, portant son petit paquet sous son bras, et marcha tant qu'il trouvât à louer une chambre qui convînt à l'exiguïté de ses ressources. Cette chambre fut une espèce de mansarde, sise rue des Fossoyeurs, près le Luxembourg.

Aussitôt le denier à Dieu donné, d'Artagnan prit possession de son logement, passa le reste de la journée à coudre à son pourpoint et à ses chausses des passementeries que sa mère avait détachées d'un pourpoint presque neuf de M. d'Artagnan père, et qu'elle lui avait données en cachette; puis il alla quai de la Ferraille faire remettre une lame à son épée, puis il revint au Louvre s'informer, au premier mousquetaire qu'il rencontra, de la situation de l'hôtel de M. de Tréville, lequel était situé rue du Vieux-Colombier, c'est-à-dire justement dans le voisinage de la chambre arrêtée par d'Artagnan : circonstance qui lui parut d'un heureux augure pour le succès de son voyage.

Après quoi, content de la façon dont il s'était conduit à Meung, sans remords dans le passé, confiant dans le présent et plein d'espérance dans l'avenir, il se coucha et s'endormit du sommeil du brave.

Ce sommeil, tout provincial encore, le conduisit jusqu'à neuf heures du matin, heure à laquelle il se leva pour se rendre chez ce fameux M. de Tréville, le troisième personnage du royaume d'après l'estimation paternelle.

CHAPITRE II.

L'ANTICHAMBRE DE M. DE TRÉVILLE.

M. de Troisville, comme s'appelait encore sa famille en Gascogne, ou M. de Tréville, comme il avait fini par s'appeler lui-
même à Paris, avait réellement commencé
comme d'Artagnan, c'est-à-dire sans un
sou vaillant, mais avec ce fonds d'audace,
d'esprit et d'entendement qui fait que le plus

pauvre gentillâtre gascon reçoit souvent plus en ses espérances de l'héritage paternel que le plus riche gentilhomme périgourdin ou berrichon ne reçoit en réalité. Sa bravoure insolente, son bonheur plus insolent encore dans un temps où les coups pleuvaient comme grêle, l'avaient hissé au sommet de cette échelle difficile qu'on appelle la faveur de cour et dont il avait escaladé quatre à quatre les échelons.

Il était l'ami du roi, lequel honorait fort, comme chacun sait, la mémoire de son père Henri IV. Le père de M. de Tréville l'avait si fidèlement servi dans ses guerres contre la Ligue, qu'à défaut d'argent comptant, — chose qui toute la vie manqua au Béarnais, lequel paya constamment ses dettes avec la seule chose qu'il n'eût jamais besoin d'emprunter, c'est-à-dire avec de l'esprit, — qu'à défaut d'argent comptant, disons-nous, il l'avait autorisé, après la reddition de Paris, à prendre pour armes un lion d'or passant sur gueules avec cette devise : *fidelis et fortis*. C'était beaucoup pour l'honneur, mais c'était médiocre pour le bien-être. Aussi, quand l'illustre compagnon du grand Henri mourut, il laissait pour seul héritage, à M. son fils, son épée et sa devise. Grâce à ce double don et au nom sans tache qui l'accompagnait, M. de Tréville fut admis dans la maison du jeune prince, où il se servit si bien de son épée et fut si fidèle à sa devise, que Louis XIII, une des bonnes lames de son royaume, avait l'habitude de dire que, s'il avait un ami qui se battît, il lui donnerait le conseil de prendre pour second, lui d'abord;

 LES TROIS MOUSQUETAIRES.

et Tréville après, et peut-être même avant lui.

Aussi Louis XIII avait-il un attachement réel pour Tréville, attachement royal, attachement égoïste, c'est vrai, mais qui n'en était pas moins un attachement. C'est que dans ces temps malheureux on cherchait fort à s'entourer d'hommes de la trempe de Tréville. Beaucoup pouvaient prendre pour devise l'épithète de *fort*, qui faisait la seconde partie de son exergue; mais peu de gentilshommes pouvaient réclamer l'épithète de *fidèle*, qui en formait la première. Tréville était un de ces derniers; c'était une de ces rares organisations, à l'intelligence obéissante comme celle du dogue, à la valeur aveugle, à l'œil rapide, à la main prompte, à qui l'œil n'avait été donné que pour voir si le roi était mécontent de quelqu'un, et la main que pour frapper ce déplaisant quelqu'un, un Besme, un Maurevers, un Poltrot de Méré, un Vitry. Enfin, à Tréville, il n'avait manqué jusque-là que l'occasion, mais il la guettait et il se promettait bien de la saisir par ses trois cheveux si jamais elle passait à la portée de sa main. Aussi Louis XIII fit-il de Tréville le capitaine de ses mousquetaires, lesquels étaient à Louis XIII, pour le dévouement ou plutôt pour le fanatisme, ce que ses ordinaires étaient à Henri III et ce que sa garde écossaise était à Louis XI.

De son côté, et sous ce rapport, le cardinal n'était pas en reste avec le roi. Quand il avait vu la formidable élite dont Louis XIII s'entourait, ce second ou plutôt ce premier

roi de France avait voulu, lui aussi, avoir
sa garde. Il eut donc ses mousquetaires,
comme Louis XIII avait les siens, et l'on
voyait ces deux puissances rivales trier
pour leur service, dans toutes les provinces
de France et même dans tous les états
étrangers, les hommes célèbres par leurs
grands coups d'épée. Aussi Richelieu et
Louis XIII se disputaient souvent, en faisant leur partie d'échecs le soir, au sujet
du mérite de leurs serviteurs. Chacun van-
tait la tenue et le courage des siens; et tout
en se prononçant tout haut contre les duels
et contre les rixes, ils les excitaient tout bas
à en venir aux mains et concevaient un véritable chagrin ou une joie immodérée de
la défaite ou de la victoire des leurs.
Ainsi, du moins, le disent les mémoires
d'un homme qui fut dans quelques-unes

de ces défaites et dans beaucoup de ces
victoires.

Tréville avait pris le côté faible de son
maître, et c'est à cette adresse qu'il devait
la longue et constante faveur d'un roi qui
n'a pas laissé la réputation d'avoir été très-fi-
dèle à ses amitiés. Il faisait parader ses mousquetaires devant le cardinal Armand Duplessis, avec un air narquois qui hérissait
de colère la moustache grise de Son Eminence. Tréville entendait admirablement
bien la guerre de cette époque, où, quand
on ne vivait pas aux dépens de l'ennemi,
on vivait aux dépens de ses compatriotes :
ses soldats formaient une légion de diable-
à-quatre, indisciplinée pour tout autre que
pour lui.

Débraillés, avinés, écorchés, les mousquetaires du roi, ou plutôt ceux de M. de Tréville, s'épandaient dans les cabarets, dans les promenades, dans les jeux publics, criant fort, retroussant leurs moustaches, faisant sonner leurs épées, heurtant avec volupté les gardes de M. le cardinal, quand ils les rencontraient; puis dégaînant en pleine rue, avec mille plaisanteries; tués quelquefois, mais sûrs en ce cas d'être pleurés et vengés; tuant souvent, et sûrs alors de ne pas moisir en prison, M. de Tréville étant là pour les réclamer. Aussi M. de Tréville était-il loué sur tous les tons, chanté sur toutes les gammes par ces hommes qui l'adoraient, et qui, tout gens de sac et de corde qu'ils étaient, tremblaient devant lui comme des écoliers devant leur maître, obéissant au moindre mot, et prêts à se faire tuer pour laver le moindre reproche.

M. de Tréville avait usé de ce levier puissant, pour le roi d'abord et les amis du roi,—puis pour lui-même et pour ses amis. Au reste, dans aucun des mémoires de ce temps, qui a laissé tant de mémoires, on ne voit que ce digne gentilhomme ait été accusé, même par ses ennemis, et il en avait autant parmi les gens de plume que chez les gens d'épée; nulle part on ne voit, disons-nous, que ce digne gentilhomme ait été accusé de se faire payer la coopération de ses séides. Avec un rare génie d'intrigue, qui le rendait l'égal des plus forts intrigants, il était resté honnête homme. Bien plus, en dépit des grandes estocades qui déhanchent et des exercices pénibles qui

fatiguent, il était devenu un des plus ga-
lans coureurs de ruelles, un des plus fins
damerets, un des plus alambiqués diseurs
de phœbus de son époque; on parlait des
bonnes fortunes de Tréville comme on avait
parlé vingt ans auparavant de celles de
Bassompierre, et ce n'était pas peu dire. Le
capitaine des mousquetaires était donc ad-
miré, craint et aimé, ce qui constitue l'a-
pogée des fortunes humaines.

Louis XIV absorba tous les petits astres
de sa cour dans son vaste rayonnement;
mais son père, soleil *pluribus impar*, laissa
sa spendeur personnelle à chacun de ses
favoris, sa valeur individuelle à chacun de
ses courtisans. Outre le lever du roi et celui du cardinal, on comptait alors à Paris
plus de deux cents petits levers un peu re-

cherchés. Parmi les deux cents petits levers, celui de Tréville était un des plus courus.

La cour de son hôtel, situé rue du Vieux-Colombier, ressemblait à un camp, et cela dès six heures du matin en été et dès huit heures en hiver. Cinquante à soixante mousquetaires, qui semblaient s'y relayer pour présenter un nombre toujours imposant, s'y promenaient sans cesse armés en guerre et prêts à tout. Le long d'un de ces grands escaliers, sur l'emplacement desquels notre civilisation moderne bâtirait une maison tout entière, montaient et descendaient les solliciteurs de Paris qui couraient après une faveur quelconque, les gentilshommes de province avides d'être enrôlés, et les laquais chamarrés de toutes couleurs, qui venaient apporter, à M. de Tréville, les messages de leurs maîtres. Dans l'antichambre, sur de longues banquettes circulaires, reposaient les élus, c'est-à-dire ceux qui étaient convoqués. Un bourdonnement durait là depuis le matin jusqu'au soir, tandis que M. de Tréville, dans son cabinet contigu à cette antichambre, recevait les visites, écoutait les plaintes, donnait ses ordres, et, comme le roi à son balcon du Louvre, n'avait qu'à se mettre à sa fenêtre pour passer la revue des hommes et des armes.

Le jour où d'Artagnan se présenta, l'assemblée était imposante, surtout pour un provincial arrivant de sa province; il est vrai que ce provincial était gascon et que surtout à cette époque les compatriotes de d'Artagnan avaient la réputation de ne point facilement se laisser intimider. En effet, une fois qu'on avait franchi la porte massive, chevillée de longs clous à tête quadrangulaire, on tombait au milieu d'une troupe de gens d'épée qui se croisaient dans la cour, s'interpellant, se querellant et jouant entre eux. Pour se frayer un passage au milieu de toutes ces vagues tourbillonnantes, il eût fallu être officier, grand seigneur ou jolie femme.

Ce fut donc au milieu de cette cohue et de ce désordre que notre jeune homme s'avança le cœur palpitant, rangeant sa longue rapière le long de ses jambes maigres et tenant une main au rebord de son feutre avec ce demi-sourire du provincial embarrassé qui veut faire bonne contenance. Avait-il dépassé un groupe, alors il respirait plus librement; mais il comprenait qu'on se retournait pour le regarder, et, pour la première fois de sa vie, d'Artagnan, qui, jusqu'à ce jour, avait une assez bonne opinion de lui-même, se trouva ridicule.

Arrivé à l'escalier, ce fut pis encore : il y avait sur les premières marches quatre mousquetaires qui se divertissaient à l'exercice suivant, tandis que dix ou douze de leurs camarades attendaient sur le palier que leur tour vînt de prendre place à la partie.

Un d'eux, placé sur le degré supérieur, l'épée nue à la main, empêchait ou du moins s'efforçait d'empêcher les trois autres de monter.

Ces trois autres s'escrimaient contre lui de leurs épées fort agiles. D'Artagnan prit d'abord ces fers pour des fleurets d'escrime, il les crut boutonnés; mais il reconnut bientôt à certaines égratignures que chaque arme, au contraire, était affilée et aiguisée à souhait, et à chacune de ces égratignures non-seulement les spectateurs, mais encore les acteurs riaient comme des fous.

Celui qui occupait le degré en ce moment tenait merveilleusement ses adversaires en respect. On faisait cercle autour d'eux. La condition portait qu'à chaque coup le touché quitterait la partie, en perdant son tour d'audience au profit du toucheur. En cinq minutes trois furent effleurés, l'un au poignet, l'autre au menton, l'autre à l'oreille, par le défenseur du de-

gré, qui, lui-même, ne fut pas atteint;
adresse qui lui valut, selon les conventions
arrêtées, trois tours de faveur.

Si difficile, non pas qu'il fût, mais qu'il
voulût être à étonner, ce passe-temps étonna
notre jeune voyageur : il avait vu dans sa
province, cette terre où s'échauffent cependant si promptement les têtes, un peu
plus de préliminaires aux duels, et la gasconnade de ces quatre joueurs lui parut la
plus forte de toutes celles qu'il avait ouïes
jusqu'alors, même en Gascogne. Il se crut
transporté dans ce fameux pays des géants
où Gulliver alla depuis et eut si grand'peur;
et cependant il n'était pas au bout : res-
taient le palier et l'antichambre.

Sur le palier, on ne se battait plus, on

racontait des histoires de femmes, et dans l'antichambre des histoires de cour. Sur le palier, d'Artagnan rougit; dans l'antichambre, il frissonna. Son imagination éveillée et vagabonde, qui, en Gascogne, le rendait redoutable aux jeunes femmes de chambre et même quelquefois aux jeunes maîtresses, n'avait jamais rêvé, même dans ses moments de délire, la moitié de ces merveilles amoureuses et le quart de ces prouesses galantes, rehaussées des noms les plus connus et des détails les moins voilés. Mais si son amour pour les bonnes mœurs fut choqué sur le palier, son respect pour le cardinal fut scandalisé dans l'antichambre. Là, à son grand étonnement, d'Artagnan entendait critiquer tout haut la politique qui faisait trembler l'Europe, et la vie privée du cardinal, que tant de hauts et puissants seigneurs avaient été punis d'avoir tenté d'approfondir : ce grand homme, révéré par M. d'Artagnan père, servait de risée aux mousquetaires de M. de Tréville, qui raillait ses jambes cagneuses et son dos voûté; quelques-uns chantaient des noëls sur madame d'Aiguillon, sa maîtresse, et madame de Combalet, sa nièce, tandis que les autres liaient des parties contre les pages et les gardes du cardinal-duc, toutes choses qui paraissaient à d'Artagnan de monstrueuses impossibilités.

Ce pendant, quand le nom du roi intervenait parfois tout à coup et à l'improviste au milieu de tous ces quolibets cardinalesques, une espèce de bâillon calfeutrait pour un moment toutes ces bouches moqueuses,

on regardait avec hésitation autour de soi,
et l'on semblait craindre l'indiscrétion de
la cloison du cabinet de M. de Tréville; mais
bientôt une allusion ramenait la conversation sur Son Éminence, et alors les éclats
reprenaient de plus belle et la lumière
n'était ménagée sur aucune de ses actions.

— Certes, voilà des gens qui vont tous
être embastillés et pendus, pensa d'Artagnan avec terreur, et moi, sans aucun
doute, avec eux, car, du moment où je les ai
écoutés et entendus, je serai tenu pour
leur complice. Que dirait monsieur mon
père, qui m'a si fort recommandé le respect
du cardinal, s'il me savait dans la société
de pareils païens?

Aussi, comme on s'en doute sans que je

le dise, d'Artagnan n'osait se livrer à la conversation; seulement il regardait de tous ses yeux, écoutant de toutes ses oreilles, tendant avidement ses cinq sens pour ne rien perdre, et, malgré sa confiance dans les recommandations paternelles, il se sentait porté par ses goûts et entraîné par ses instincts à louer plutôt qu'à blâmer les choses inouïes qui se passaient là.

Cependant, comme il était absolument étranger à la foule des courtisans de M. de Tréville, et que c'était la première fois qu'on l'apercevait en ce lieu, on vint lui demander ce qu'il désirait. A cette demande, d'Artagnan se nomma fort humblement, s'appuya du titre de compatriote et pria le valet de chambre qui était venu lui faire cette question de demander pour lui à M. de Tréville un moment d'audience, demande que celui-ci promit d'un ton protecteur de transmettre en temps et lieu.

D'Artagnan, un peu revenu de sa surprise première, eut donc le loisir d'étudier un peu les costumes et les physionomies.

Le centre du groupe le plus animé était un mousquetaire de grande taille, d'une figure hautaine et d'une bizarrerie de costume qui attirait sur lui l'attention générale. Il ne portait pas, pour le moment, la casaque d'uniforme, qui, au reste, n'était pas absolument obligatoire dans cette époque de liberté moindre, mais d'indépendance plus grande, mais un justaucorps bleu-de-ciel, tant soit peu fané et râpé, et sur cet habit un baudrier magnifique, en broderies d'or, et qui reluisait comme les écailles dont l'eau se couvre au grand so-leil. Un manteau long de velours cramoisi tombait avec grâce sur ses épaules, découvrant par-devant seulement le splendide baudrier, auquel pendait une gigantesque rapière.

Ce mousquetaire venait de descendre de garde à l'instant même, se plaignait d'être enrhumé et toussait de temps en temps avec affectation. Aussi avait-il pris le manteau, à ce qu'il disait autour de lui, et tandis qu'il parlait du haut de sa tête, en frisant dédaigneusement sa moustache, on admirait avec enthousiasme le baudrier brodé, et d'Artagnan plus que tout autre.

— Que voulez-vous, disait le mousquetaire, la mode en vient ; c'est une folie, je
le sais bien, mais c'est la mode. D'ailleurs,
il faut bien employer à quelque chose l'argent de sa légitime.

—Ah ! *Porthos !* s'écria un des assistants,
n'essaie pas de nous faire croire que ce bau
drier te vient de la générosité paternelle :
il t'aura été donné par la dame voilée avec
laquelle je t'ai rencontré l'autre dimanche
vers la porte Saint-Honoré.

—Non, sur mon honneur, et foi de gentilhomme, je l'ai acheté moi-même, et de
mes propres deniers, répondit celui qu'on
venait de désigner sous le nom de Porthos.

— Oui, comme j'ai acheté, moi, dit un

autre mousquetaire, cette bourse neuve, avec ce que ma maîtresse avait mis dans la vieille.

— Vrai, dit Porthos, et la preuve c'est que je l'ai payée douze pistoles.

L'admiration redoubla, quoique le doute continuât d'exister.

— N'est-ce pas, *Aramis?* fit Porthos se tournant vers un autre mousquetaire.

Cet autre mousquetaire formait un contraste parfait avec celui qui l'interrogeait et qui venait de le désigner sous le nom d'Aramis : c'était un jeune homme de vingt-deux à vingt-trois ans à peine, à la figure naïve et doucereuse, à l'œil noir et doux et aux joues roses et veloutées comme une

pêche en automne; sa moustache fine des-
sinait, sur sa lèvre supérieure, une ligne
d'une rectitude parfaite; ses mains s'em-
blaient craindre de s'abaisser de peur que
leurs veines ne se gonflassent, et de temps
en temps il se pinçait le bout des oreilles
pour les maintenir d'un incarnat tendre et
transparent. D'habitude il parlait peu et
lentement, saluait beaucoup, riait sans
bruit en montrant ses dents, qu'il avait
belles et dont, comme du reste de sa personne, il semblait prendre le plus grand
soin. Il répondit par un signe de tête affir-
matif à l'interpellation de son ami.

Cette affirmation parut avoir fixé tous
les doutes à l'endroit du baudrier, on continua donc de l'admirer, mais on n'en parla
plus; et par un de ces revirements rapides

de la pensée, la conversation passa tout à coup à un autre sujet.

— Que pensez-vous de ce que raconte l'écuyer de Chalais? demanda un autre mousquetaire sans interpeller directement personne, mais s'adressant au contraire à tout le monde.

— Et que raconte-t-il? demanda Porthos d'un ton suffisant.

— Il raconte qu'il a trouvé à Bruxelles Rochefort, l'âme damnée du cardinal, déguisé en capucin; ce Rochefort maudit, grâce à ce déguisement, avait joué M. de Laigues comme un niais qu'il est.

— Comme un vrai niais, dit Porthos, mais la chose est-elle sûre?

—Je la tiens d'Aramis, répondit le mousquetaire.

— Vraiment?

— Eh! vous le savez bien, Porthos, dit Aramis, je vous l'ai racontée à vous-même hier, n'en parlons donc plus.

— N'en parlons plus, voilà votre opinion à vous, reprit Porthos. N'en parlons plus! Peste, comme vous concluez vite. Comment! le cardinal fait espionner un gentilhomme, fait voler sa correspondance par un traître, un brigand, un pendard; fait, avec l'aide de cet espion et grâce à cette correspondance, couper le cou à Chalais, sous le stupide prétexte qu'il a voulu tuer le roi et marier Monsieur avec la reine! Personne ne savait un mot de cette énigme, vous nous l'apprenez hier, à la grande satisfaction de tous, et quand nous sommes encore tout ébahis de cette nouvelle, vous venez nous dire aujourd'hui : N'en parlons plus !

— Parlons-en donc, voyons, puisque vous le désirez, reprit Aramis avec patience.

— Ce Rochefort, s'écria Porthos, si j'étais l'écuyer du pauvre Chalais, passerait avec moi un vilain moment.

— Et vous, vous passeriez un triste quart d'heure avec le duc Rouge, reprit Aramis.

— Ah ! le duc Rouge ! bravo, bravo, le duc Rouge ! répondit Porthos en battant des mains et en approuvant de la tête. Le duc Rouge est charmant. Je répandrai le mot, mon cher, soyez tranquille. A-t-il de l'esprit, cet Aramis! Quel malheur que vous n'ayez pas pu suivre votre vocation, mon cher, quel délicieux abbé vous eussiez fait!

— Oh! ce n'est qu'un retard momentané, reprit Aramis, un jour je le serai; vous savez bien, Porthos, que je continue d'étudier la théologie pour cela.

— Il le fera comme il le dit, reprit Porthos, il le fera tôt ou tard.

— Tôt, dit Aramis.

— Il n'attend qu'une chose pour le décider tout à fait et pour reprendre sa sou-

tane, qui est pendue derrière son uniforme,
reprit un mousquetaire.

— Et quelle chose attend-il? demanda
un autre.

— Il attend que la reine ait donné un
héritier à la couronne de France.

— Ne plaisantons pas là-dessus, messieurs, dit Porthos; grâce à Dieu, la reine
est encore d'âge à le donner.

— On dit que M. de Buckingham est
en France, reprit Aramis avec un rire narquois qui donnait à cette phrase, si simple
eu apparence, une signification passable-
ment scandaleuse.

— Aramis, mon ami, pour cette fois
vous avez tort, interrompit Porthos, et vo-

tre manie d'esprit vous entraîne toujours au delà des bornes ; si **M.** de Tréville vous entendait, vous seriez malvenu de parler ainsi.

— Allez-vous me faire la leçon, Porthos ! s'écria Aramis, dans l'œil doux duquel on vit passer comme un éclair.

— Mon cher, soyez mousquetaire ou abbé. Soyez l'un ou l'autre, mais pas l'un et l'autre, reprit Porthos. Tenez, Athos vous l'a dit encore l'autre jour : vous mangez à tous les râteliers. Ah ! ne nous fâchons pas, je vous prie, ce serait inutile, vous savez bien ce qui est convenu entre vous, Athos et moi. Vous allez chez madame d'Aiguillon, et vous lui faites la cour ; vous allez chez madame de Bois-Tracy, la cousine de madame de Chevreuse, et vous passez pour être fort avant dans les bonnes grâces de la dame. Oh! mon Dieu, n'avouez pas votre bonheur, on ne vous demande pas votre secret, on connaît votre discrétion. Mais puisque vous possédez cette vertu, que diable, faites-en usage à l'endroit de Sa Majesté. S'occupe qui voudra et comme on voudra du roi et du cardinal; mais la reine est sacrée, et, si l'on en parle, que ce soit en bien.

—Porthos, vous êtes prétentieux comme Narcisse. Je vous en préviens, répondit Aramis, vous savez que je hais la morale, excepté quand elle est faite par Athos. Quant à vous, mon cher, vous avez un trop magnifique baudrier pour être bien fort là-dessus. Je serai abbé s'il me convient, en attendant, je suis mousquetaire; en cette qualité, je dis ce qu'il me plaît, et en ce moment il me plaît de vous dire que vous m'impatientez.

— Aramis !

— Porthos !

—Eh ! messieurs ! messieurs ! s'écria-t-on autour d'eux.

— Monsieur de Tréville attend monsieur d'Artagnan, interrompit le laquais en ouvrant la porte du cabinet.

A cette annonce, pendant laquelle la porte demeurait ouverte, chacun se tut, et au milieu du silence général le jeune Gascon traversa l'antichambre dans une partie de sa longueur, et entra chez le capitaine des mousquetaires, se félicitant de tout son cœur d'échapper aussi à point à la fin de cette bizarre querelle.

CHAPITRE III.

L'AUDIENCE.

M. de Tréville était pour le moment de
fort méchante humeur; néanmoins, il salua poliment le jeune homme, qui s'inclina
jusqu'à terre, et il sourit en recevant son
compliment, dont l'accent béarnais lui
rappela à la fois sa jeunesse et son pays,
double souvenir qui fait sourire l'homme

à tous les âges. Mais se rapprochant presque aussitôt de l'antichambre et faisant à d'Artagnan un signe de la main, comme pour lui demander la permission d'en finir avec les autres avant de commencer avec lui, il appela trois fois, en grossissant la voix à chaque fois, de sorte qu'il parcourut tous les tons intervallaires entre l'accent impératif et l'accent irrité :

— Athos! Porthos! Aramis!

Les deux mousquetaires avec lesquels nous avons déjà fait connaissance et qui répondaient aux deux derniers de ces trois noms, quittèrent aussitôt les groupes dont ils faisaient partie, et s'avancèrent vers le cabinet, dont la porte se referma derrière eux dès qu'ils en eurent franchi le seuil.

Leur contenance, bien qu'elle ne fût pas tout à fait tranquille, excita cependant, par son laisser-aller à la fois plein de dignité et de soumission, l'admiration de d'Artagnan, qui voyait dans ces hommes des demi-dieux, et dans leur chef un Jupiter Olympien armé de toutes ses foudres.

Quand les deux mousquetaires furent entrés, quand la porte fut refermée derrière eux, quand le murmure bourdonnant de l'antichambre, auquel l'appel qui venait d'être fait avait sans doute donné un nouvel aliment, eut recommencé; quand enfin M. de Tréville eut trois ou quatre fois arpenté, silencieux et le sourcil froncé, toute la longueur de son cabinet, passant chaque fois devant Porthos et Aramis, roides et muets comme à la parade, il s'arrêta tout à coup en face d'eux, et les couvrant des pieds à la tête d'un regard irrité :

— Savez-vous ce que m'a dit le roi, s'écria-t-il, et cela pas plus tard qu'hier au soir ; le savez-vous, messieurs ?

— Non, répondirent après un instant de silence les deux mousquetaires ; non, monsieur, nous l'ignorons.

— Mais j'espère que vous nous ferez l'honneur de nous le dire, ajouta Aramis de son ton le plus poli et avec la plus gracieuse révérence.

— Il m'a dit qu'il recruterait désormais ses mousquetaires parmi les gardes de M. le cardinal.

— Parmi les gardes de M. le cardinal! et pourquoi cela? demanda vivement Porthos.

— Parce qu'il voyait bien que sa piquette avait besoin d'être ragaillardie par un mélange de bon vin.

Les deux mousquetaires rougirent jusqu'au blanc des yeux. D'Artagnan ne savait où il en était et eût voulu être à cent pieds sous terre.

— Oui, oui, continua M. de Tréville en s'animant, oui, et Sa Majesté avait raison, car, sur mon honneur, il est vrai que les mousquetaires font triste figure à la cour. M. le cardinal racontait hier au jeu du roi, avec un air de condoléance qui me déplut fort, qu'avant-hier ces damnés mousque-

taires, ces diable-à-quatre, et il appuyait
sur ces mots avec un accent ironique qui
me déplut encore davantage; ces pourfen-
deurs, ajoutait-il en me regardant de son
œil de chat-tigre, s'étaient attardés rue Férou, dans un cabaret, et qu'une ronde de
ses gardes, j'ai cru qu'il allait me rire au
nez, avait été forcée d'arrêter les perturbateurs. Morbleu! vous devez en savoir quelque chose! Arrêter des mousquetaires!
Vous en étiez, vous autres, ne vous en défendez pas, on vous a reconnus, et le cardinal vous a nommés. Voilà bien ma faute,
oui, ma faute, puisque c'est moi qui choisis mes hommes. Voyons, vous, Aramis,
pourquoi diable m'avez-vous demandé la
casaque quand vous alliez être si bien sous
la soutane! Voyons, vous, Porthos, n'avez-
vous un si beau baudrier d'or que pour y

suspendre une épée de paille! Et Athos? je
ne vois pas Athos. Où est-il?

— Monsieur, répondit tristement Aramis, il est malade, fort malade.

— Malade, fort malade, dites-vous? et
de quelle maladie?

— On craint que ce ne soit de la petite
vérole, monsieur, répondit Porthos voulant mêler à son tour un mot à la conversation, ce qui serait fâcheux, en ce que
très-certainement cela gâterait son visage.

— De la petite vérole! Voilà encore une
glorieuse histoire que vous me contez là,
Porthos! — Malade de la petite vérole à
son âge? — Non pas!... mais blessé sans
doute, tué peut-être. — Ah! si je le sa-

vais!... Sangdieu! messieurs les mousquetaires, je n'entends pas que l'on hante ainsi
les mauvais lieux, qu'on se prenne de querelle dans la rue et qu'on joue de l'épée
dans les carrefours. Je ne veux pas enfin
qu'on prête à rire aux gardes de M. le cardinal, qui sont de braves gens, tranquilles,
adroits, qui ne se mettent jamais dans le
cas d'être arrêtés, et qui d'ailleurs ne se
laisseraient pas arrêter, eux! — j'en suis
sûr. — Ils aimeraient mieux mourir sur la
place que de faire un pas en arrière. — Se
sauver, détaler, fuir, c'est bon pour les
mousquetaires du roi, cela!

Porthos et Aramis frémissaient de rage.
Ils auraient volontiers étranglé M. de Tréville si au fond de tout cela ils n'avaient
pas senti que c'était le grand amour qu'il

leur portait qui le faisait leur parler ainsi. Ils frappaient le tapis du pied, se mordaient les lèvres jusqu'au sang et serraient de toute leur force la garde de leur épée. Au dehors on avait entendu appeler, comme nous l'avons dit, Athos, Porthos et Aramis, et l'on avait deviné, à l'accent de la voix de M. de Tréville, qu'il était parfaitement en colère. Dix têtes curieuses étaient appuyées à la tapisserie et pâlissaient de fureur, car leurs oreilles, collées à la porte, ne perdaient pas une syllabe de ce qui se disait, tandis que leurs bouches répétaient au fur et à mesure les paroles insultantes du capitaine à toute la population de l'antichambre. En un instant, depuis la porte du cabinet jusqu'à la porte de la rue, tout l'hôtel fut en ébullition.

— Ah! les mousquetaires du roi se font arrêter par les gardes de M. le cardinal! continua M. de Tréville aussi furieux à l'intérieur que ses soldats, mais saccadant ses paroles et les plongeant une à une pour ainsi dire et comme autant de coups de stylet dans la poitrine de ses auditeurs. Ah! six gardes de Son Eminence arrêtent six mousquetaires de Sa Majesté! Morbleu! j'ai pris mon parti. Je vais de ce pas au Louvre; je donne ma démission de capitaine du roi pour demander une lieutenance dans les gardes du cardinal, et s'il me refuse, morbleu! je me fais abbé.

A ces paroles, le murmure de l'extérieur devint une explosion : partout on n'entendait que jurons et blasphèmes. Les morbleu! les sangdieu! les morts de tous les

diables! se croisaient dans l'air. D'Artagnan cherchait une tapisserie derrière laquelle se cacher, et se sentait une envie dé-
mesurée de se fourrer sous la table.

— Eh bien! mon capitaine, dit Porthos
hors de lui, la vérité est que nous étions six
contre six, mais nous avons été pris en traîtres, et, avant que nous eussions eu le temps
de tirer nos épées, deux d'entre nous étaient
tombés morts, et Athos, blessé grièvement,
ne valait guère mieux; Car vous le connaissez, Athos; eh bien! capitaine, il a essayé de
se relever deux fois, et il est retombé deux
fois. Cependant, nous ne nous sommes pas
rendus, non! l'on nous a entraînés de
force. En chemin nous nous sommes sau-
vés. Quant à Athos, on l'avait cru mort et
on l'a laissé bien tranquillement sur le

champ de bataille, ne pensant pas qu'il valût la peine d'être emporté. Voilà l'histoire. Que diable, capitaine! on ne gagne pas toutes les batailles. Le grand Pompée a perdu celle de Pharsale, et le roi François Ier, qui, à ce que j'ai entendu dire, en valait bien un autre, a perdu cependant celle de Pavie. Et j'ai l'honneur de vous assurer que j'en ai tué un avec sa propre épée, dit Aramis, car la mienne s'est brisée à la première parade. — Tué ou poignardé, monsieur, comme il vous sera agréable.

— Je ne savais pas cela, reprit M. de Tréville d'un ton un peu radouci. M. le cardinal avait exagéré, à ce que je vois.

— Mais, de grâce, monsieur, continua

Aramis, qui, voyant son capitaine s'apaiser, osait hasarder une prière, de grâce, monsieur, ne dites pas qu'Athos lui-même est blessé : il serait au désespoir que cela parvînt aux oreilles du roi, et comme la blessure est des plus graves, attendu qu'après avoir traversé l'épaule elle pénètre dans la poitrine, il serait à craindre...

Au même instant la portière se souleva, et une tête noble et belle, mais affreusement pâle, parut sous la frange.

—Athos ! s'écrièrent les deux mousquetaires.

— Athos ! répéta M. de Tréville lui-même.

— Vous m'avez mandé, monsieur, dit

Athos à M. de Tréville d'une voix affaiblie mais parfaitement calme, vous m'avez demandé, à ce que m'ont dit nos camarades, et je m'empresse de me rendre à vos ordres; me voilà, monsieur, que me voulez-vous?

Et à ces mots le mousquetaire en tenue irréprochable, sanglé comme de coutume, entra d'un pas assez ferme dans le cabinet. M. de Tréville, ému jusqu'au fond du cœur de cette preuve de courage, se précipita vers lui.

—J'étais en train de dire à ces messieurs, ajouta-t-il, que je défends à mes mousquetaires d'exposer leurs jours sans nécessité, car les braves gens sont bien chers au roi, et le roi sait que ses mousquetaires sont les

plus braves gens de la terre. Votre main,
Athos.

Et sans attendre que le nouveau venu
répondît de lui-même à cette preuve d'affection, M. de Tréville saisissait sa main
droite et la lui serra de toutes ses forces,
sans s'apercevoir qu'Athos, quelque fût son
empire sur lui-même, laissait échapper un
mouvement de douleur et pâlissait encore,
ce que l'on aurait pu croire impossible.

La porte était restée entr'ouverte, tant
l'arrivée d'Athos, dont, malgré le secret
gardé, la blessure était connue de tous,
avait produit de sensation. Un brouhaha
de satisfaction accueillit les derniers mots
du capitaine, et deux ou trois têtes, entraî-
nées par l'enthousiasme, apparurent par

les ouvertures de la tapisserie. Sans doute M. de Tréville allait réprimer par de vives paroles cette infraction aux lois de l'étiquette, lorsqu'il sentit tout à coup la main d'Athos se crisper dans la sienne, et qu'en portant les yeux sur lui, il s'aperçut qu'il allait s'évanouir. Au même instant, Athos, qui avait rassemblé toutes ses forces pour lutter contre la douleur, vaincu enfin par elle, tomba sur le parquet comme s'il fût mort.

—Un chirurgien ! cria M. de Tréville. Le mien, celui du roi, le meilleur ! Un chirurgien ! ou, sangdieu ! mon brave Athos va trépasser.

Aux cris de M. de Tréville tout le monde se précipita dans son cabinet sans qu'il songeât à en fermer la porte à personne, chacun s'empressant autour du blessé. Mais tout cet empressement eût été inutile si le docteur demandé ne se fût trouvé dans l'hôtel même; il fendit la foule, s'approcha d'Athos toujours évanoui, et, comme tout ce bruit et tout ce mouvement le gênaient fort, il demanda comme première chose et comme la plus urgente que le mousquetaire fût emporté dans une chambre voisine. Aussitôt M. de Tréville ouvrit une porte et montra le chemin à Porthos et à Aramis, qui emportèrent leur camarade dans leurs bras. Derrière ce groupe marchait le chirurgien, et derrière le chirurgien la porte se referma.

Alors le cabinet de M. de Tréville, ce lieu ordinairement si respecté, devint mo-

mentanément une succursale de l'antichambre. Chacun discourait, pérorait, parlait haut, jurant, sacrant, donnant le cardinal et ses gardes à tous les diables.

Un instant après, Porthos et Aramis rentrèrent; le chirurgien et M. de Tréville
seuls étaient restés près du blessé.

Enfin M. de Tréville rentra à son tour.
Le blessé avait repris connaissance; le chirurgien déclarait que l'état du mousquetaire n'avait rien qui pût inquiéter ses
amis, sa faiblesse ayant été purement et
simplement occasionnée par la perte du
sang.

Puis M. de Tréville fit un signe de la
main et chacun se retira, excepté d'Arta-

gnan, qui n'oubliait point qu'il avait audience et qui, avec sa ténacité de Gascon,
était demeuré à la même place.

Lorsque tout le monde fut sorti et que
la porte fut refermée, M. de Tréville se retourna et se trouva seul avec le jeune
homme. L'événement qui venait d'arriver
lui avait quelque peu fait perdre le fil de
ses idées. Il s'informa de ce que lui voulait
l'obstiné solliciteur. D'Artagnan alors se
nomma, et M. de Tréville, se rappelant
d'un seul coup tous ses souvenirs du présent et du passé, se trouva au courant de
la situation.

— Pardon, lui dit-il en souriant, pardon, mon cher compatriote, mais je vous
avais parfaitement oublié. Que voulez-

vous! un capitaine n'est rien qu'un père de famille chargé d'une plus grande responsabilité qu'un père de famille ordinaire. Les soldats sont de grands enfants; mais comme je tiens à ce que les ordres du roi, et surtout ceux de M. le cardinal, soient exécutés...

D'Artagnan ne put dissimuler un sourire. A ce sourire, M. de Tréville jugea qu'il n'avait point affaire à un sot, et venant droit au fait, tout en changeant de conversation :

— J'ai beaucoup aimé monsieur votre père, dit-il. Que puis-je faire pour son fils ? Hâtez-vous, mon temps n'est pas à moi.

— Monsieur, dit d'Artagnan, en quittant Tarbes et en venant ici je me proposais de vous demander, en souvenir de cette amitié dont vous n'avez pas perdu mémoire, une casaque de mousquetaire; mais après tout ce que je vois depuis deux heures, je comprends qu'une telle faveur serait énorme, et je tremble de ne point la mériter.

— C'est une faveur en effet, jeune homme, répondit M. de Tréville; mais elle peut ne pas être si fort au-dessus de vous que vous le croyez ou que vous avez l'air de le croire. Toutefois, une décision de Sa Majesté a prévu ce cas; et je vous annonce avec regret qu'on ne reçoit personne mousquetaire avant l'épreuve préalable de quelques campagnes, de certaines actions d'éclat, ou d'un service de deux ans

dans quelque autre régiment moins favo-
risé que le nôtre.

D'Artagnan s'inclina sans rien répondre.
Il se sentait encore plus avide d'endosser
l'uniforme de mousquetaire depuis qu'il y
avait de si grandes difficultés à l'obtenir.

— Mais, continua Tréville en fixant
sur son compatriote un regard si perçant
qu'on eût dit qu'il voulait lire jusqu'au
fond de son cœur; mais, en faveur de votre père, mon ancien compagnon, comme
je vous l'ai dit, je veux faire quelque chose
pour vous, jeune homme. Nos cadets de
Béarn ne sont ordinairement pas riches,
et je doute que les choses aient fort changé
de face depuis mon départ de la province.
Vous ne devez donc pas avoir de trop,

pour vivre, de l'argent que vous avez apporté avec vous.

D'Artagnan se redressa d'un air fier qui voulait dire qu'il ne demandait l'aumône à personne.

— C'est bien, jeune homme, c'est bien, continua Tréville, je connais ces airs-là ; je suis venu à Paris avec quatre écus dans ma poche et je me serais battu avec quiconque m'aurait dit que je n'étais pas en état d'acheter le Louvre.

D'Artagnan se redressa de plus en plus ; grâce à la vente de son cheval, il commençait sa carrière avec quatre écus de plus que M. de Tréville n'avait commencé la sienne.

— Vous devez donc, disais-je, avoir besoin de conserver ce que vous avez, si forte que soit cette somme; mais vous devez avoir besoin aussi de vous perfectionner dans les exercices qui conviennent à un gentilhomme. J'écrirai dès aujourd'hui une lettre au directeur de l'Académie royale, et dès demain il vous recevra sans rétribution aucune. Ne refusez pas cette petite douceur. Nos gentilshommes les mieux nés et les plus riches la sollicitent quelquefois sans pouvoir l'obtenir. Vous apprendrez le manége du cheval, l'escrime et la danse; vous y ferez de bonnes connaissances, et de temps en temps vous reviendrez me voir pour me dire où vous en êtes et si je puis faire quelque chose pour vous.

D'Artagnan, tout étranger qu'il fût encore aux façons de cour, s'aperçut de la froideur de cet accueil.

— Hélas, monsieur, dit-il, je vois combien la lettre de recommandation que mon père m'avait remise pour vous me fait défaut aujourd'hui !

— En effet, répondit M. de Tréville, je m'étonne que vous ayez entrepris un aussi long voyage sans ce viatique obligé, notre seule ressource, à nous autres Béarnais.

— Je l'avais, monsieur, et, Dieu merci, en bonne forme, s'écria d'Artagnan, mais on me l'a perfidement dérobé.

Et il raconta toute la scène de Meung, dépeignit le gentilhomme inconnu dans ses moindres détails, le tout avec une chaleur, une vérité qui charmèrent M. de Tréville.

— Voilà qui est étrange, dit ce dernier en méditant, vous aviez donc parlé de moi tout haut?

— Oui, monsieur, sans doute j'avais commis cette imprudence; que voulez-vous, un nom comme le vôtre devait me servir de bouclier en route : jugez si je me suis mis souvent à couvert!

La flatterie était fort de mise alors, et M. de Tréville aimait l'encens comme un roi ou comme un cardinal. Il ne put donc s'empêcher de sourire avec une visible satisfaction; mais ce sourire s'effaça bientôt, et revenant de lui-même à l'aventure de Meung :

— Dites-moi, continua-t-il, ce gentilhomme n'avait-il pas une légère cicatrice à la joue?

— Oui, comme le ferait l'éraflure d'une balle.

— N'était-ce pas un homme de belle mine?

— Oui.

— De haute taille?

— Oui.

— Pâle de teint et brun de poil?

— Oui, oui, c'est cela. Comment se fait-il, monsieur, que vous connaissiez cet homme? Ah! si jamais je le retrouve, et je le retrouverai, je vous le jure, fût-ce en enfer...

— Il attendait une femme? continua Tréville.

— Il est du moins parti après avoir causé un instant avec celle qu'il attendait.

— Vous ne savez pas quel était le sujet de leur conversation?

— Il lui remettait une boîte, lui disait que cette boîte contenait ses instructions, et lui recommandait de ne l'ouvrir qu'à Londres.

— Cette femme était Anglaise?

— Il l'appelait milady.

— C'est lui! murmura Tréville, c'est lui! je le croyais encore à Bruxelles!

— Oh! monsieur, si vous savez quel est

cet homme, s'écria d'Artagnan, indiquez-moi qui il est et d'où il est, puis je vous tiens quitte de tout, même de votre promesse de me faire entrer dans les mousquetaires, car avant toute chose je veux me venger.

— Gardez-vous-en bien, jeune homme! s'écria Tréville; si vous le voyez venir, au contraire, d'un côté de la rue, passez de l'autre: ne vous heurtez pas à pareil rocher, il vous briserait comme verre.

— Cela n'empêche pas, dit d'Artagnan, que si jamais je le retrouve...

— En attendant, reprit Tréville, ne le cherchez pas, si j'ai un conseil à vous donner.

Tout à coup Tréville s'arrêta frappé d'un

soupçon subit. Cette grande haine que ma-
nifestait si hautement le jeune voyageur
pour cet homme, qui, chose assez peu vrai-
semblable, lui avait dérobé la lettre de son
père, cette haine ne cachait-elle pas quelque perfidie? ce jeune homme n'était-il
pas envoyé par Son Éminence? ne venait-il
pas pour lui tendre quelque piége? ce prétendu d'Artagnan n'était-il pas un émissaire du cardinal qu'on cherchait à introduire dans sa maison, et qu'on avait placé
près de lui pour surprendre sa confiance et
pour le perdre plus tard , comme cela s'é-
tait mille fois pratiqué? Il regarda d'Artagnan plus fixement encore cette seconde
fois que la première. Il fut médiocrement
rassuré par l'aspect de cette physionomie
pétillante d'esprit astucieux et d'humilité
affectée.

— Je sais bien qu'il est Gascon, pensa-t-il, mais il peut l'être aussi bien pour le cardinal que pour moi. Voyons, éprouvons-le. Mon ami, lui dit-il lentement, je veux, comme au fils de mon ancien ami, car je tiens pour vraie l'histoire de cette lettre perdue, je veux, dis-je, pour réparer la froideur que vous avez d'abord remarquée dans mon accueil, vous découvrir les secrets de notre politique. Le roi et le cardinal sont les meilleurs amis ; leurs apparents démêlés ne sont que pour tromper les sots. Je ne prétends pas qu'un compatriote, un joli cavalier, un brave garçon, fait pour avancer, soit la dupe de toutes ces feintises et donne comme un niais dans le panneau, à la suite de tant d'autres qui s'y sont perdus. Songez bien que je suis dévoué à ces deux maîtres tout-puissants et que jamais mes

démarches sérieuses n'auront d'autre but
que le service du roi et celui de M. le cardinal, un des plus illustres génies que la
France ait produits.

Maintenant, jeune homme, réglez-vous
là-dessus, et si vous avez, soit de famille,
soit par relations, soit d'instinct même,
quelqu'une de ces inimitiés contre le cardinal, telles que nous les voyons éclater
chez les gentilshommes, dites-moi adieu
et quittons-nous. Je vous aiderai en mille
circonstances, mais sans vous attacher à
ma personne. J'espère que ma franchise,
en tout cas, vous fera mon ami, car vous
êtes jusqu'à présent le seul jeune homme
à qui j'ai parlé comme je le fais.

Tréville se disait à part lui :

— Si le cardinal m'a dépêché ce jeune renard, il n'aura certes pas manqué, lui qui sait à quel point je l'exècre, de dire à son espion que le meilleur moyen de me faire la cour est de me dire pis que pendre de lui; aussi, malgré mes protestations, le rusé compère va-t-il me répondre bien certainement qu'il a l'Éminence en hor- reur.

Il en fut tout autrement que s'y atten- dait Tréville, d'Artagnan répondit avec la plus grande simplicité :

— Monsieur, j'arrive à Paris avec des intentions toutes semblables. Mon père m'a recommandé de ne souffrir rien que du roi, de M. le cardinal et de vous, qu'il tient pour les trois premiers de France.

I.

9

D'Artagnan ajoutait M. de Tréville aux deux autres, comme on peut s'en apercevoir, mais il pensait que cette adjonction ne devait rien gâter.

— J'ai donc la plus grande vénération pour M. le cardinal, continua-t-il, et le plus profond respect pour ses actes. Tant mieux pour moi, monsieur, si vous me parlez, comme vous le dites, avec franchise, car alors vous me ferez l'honneur d'estimer cette ressemblance de goût; mais si vous avez eu quelque défiance, bien naturelle d'ailleurs, je sens que je me perds en disant la vérité; mais, tant pis, vous ne laisserez pas que de m'estimer, et c'est à quoi je tiens plus qu'à toute chose au monde.

M. de Tréville fut surpris au dernier

point. Tant de pénétration, tant de franchise enfin, lui causait de l'admiration,
mais ne levait pas entièrement ses doutes :
plus ce jeune homme était supérieur aux
autres jeunes gens, plus il était à redouter
s'il se trompait. Néanmoins il serra la main
à d'Artagnan, et lui dit :

— Vous êtes un honnête garçon, mais
dans ce moment je ne puis faire que ce que
je vous ai offert tout à l'heure. Mon hôtel
vous sera toujours ouvert. Plus tard, pouvant me demander à toute heure et par
conséquent saisir toutes les occasions, vous
obtiendrez probablement ce que vous désirez obtenir.

— C'est-à-dire, monsieur, reprit d'Artagnan, que vous attendrez que je m'en sois

rendu digne. Eh bien! soyez tranquille, ajouta-t-il avec la familiarité du Gascon, vous n'attendrez pas long-temps. Et il salua pour se retirer, comme si désormais le reste le regardait.

— Mais attendez donc, dit M. de Tréville en l'arrêtant, je vous ai promis une lettre pour le directeur de l'Académie. Êtes-vous trop fier pour l'accepter, mon jeune gentilhomme?

— Non, monsieur, dit d'Artagnan, et je vous réponds qu'il n'en sera pas de celle-ci comme de l'autre. Je la garderai si bien qu'elle arrivera, je vous le jure, à son adresse, et malheur à celui qui tenterait de me l'enlever!

M. de Tréville sourit de cette fanfaronnade ; et laissant son jeune compatriote dans l'embrasure de la fenêtre où ils se trouvaient et où ils avaient causé ensemble, il alla s'asseoir à une table et se mit à écrire la lettre de recommandation promise. Pendant ce temps d'Artagnan, qui n'avait rien de mieux à faire, se mit à battre une marche contre les carreaux, regardant les mousquetaires qui s'en allaient les uns après les autres, et les suivant du regard jusqu'à ce qu'ils eussent disparu au tournant de la rue.

M. de Tréville, après avoir écrit la lettre, la cacheta, et se levant s'approcha du jeune homme pour la lui donner ; mais au moment même où d'Artagnan étendait la main pour la recevoir, M. de Tréville fut bien étonné de voir son protégé faire un soubresaut, rougir de colère et s'élancer hors du cabinet en criant : — Ah! sangdieu! il ne m'échappera pas, cette fois.

— Et qui cela? demanda M. de Tréville.

— Lui, mon voleur! répondit d'Artagnan. Ah! traître!

Et il disparut.

— Diable de fou! murmura M. de Tréville. A moins toutefois, ajouta-t-il, que ce ne soit une manière adroite de s'esquiver, en voyant qu'il a manqué son coup!

CHAPITRE IV.

L'ÉPAULE D'ATHOS, LE BAUDRIER DE PORTHOS ET LE MOUCHOIR D'ARAMIS.

D'Artagnan, furieux, avait traversé l'antichambre en trois bonds et s'élançait sur l'escalier, dont il comptait descendre les degrés quatre à quatre, lorsque, emporté par sa course, il alla donner tête baissée dans un mousquetaire qui sortait de chez

M. de Tréville par une porte de dégage-
ment, et le heurtant du front à l'épaule,
lui fit pousser un cri ou plutôt un hurlement.

—Excusez-moi, dit d'Artagnan essayant
de reprendre sa course, excusez-moi, mais
je suis pressé.

A peine avait-il descendu le premier escalier, qu'un poignet de fer le saisit par
son écharpe et l'arrêta.

— Vous êtes pressé! s'écria le mousquetaire, pâle comme un linceul; sous ce prétexte vous me heurtez, vous dites : « Excusez-moi, » et vous croyez que cela suffit?
Pas tout à fait, mon jeune homme. Croyez-
vous, parce que vous avez entendu M. de
Tréville nous parler un peu cavalièrement

aujourd'hui, que l'on peut nous traiter comme il nous parle? Détrompez-vous, compagnon; vous n'êtes pas M. de Tré-ville, vous.

— Ma foi, répliqua d'Artagnan, qui reconnut Athos, lequel, après le pansement opéré par le docteur, regagnait son appartement; ma foi, je ne l'ai pas fait exprès, et, ne l'ayant pas fait exprès, j'ai dit : « Excusez - moi. » Il me semble donc que c'est assez. Je vous répète cependant, et cette fois c'est trop peut-être, que, parole d'honneur, je suis pressé, très-pressé. Lâchez-moi donc, je vous prie, et laissez-moi aller où j'ai affaire.

— Monsieur, dit Athos en le lâchant, vous n'êtes pas poli. On voit que vous venez de loin.

D'Artagnan avait déjà enjambé trois ou quatre degrés, mais à la remarque d'Athos il s'arrêta court.

—Morbleu, monsieur ! dit-il, de si loin que je vienne ce n'est pas vous qui me donnerez une leçon de belles manières, je vous en préviens.

— Peut-être, dit Athos.

— Ah ! si je n'étais pas si pressé, s'écria d'Artagnan, et si je ne courais pas après quelqu'un...

—Monsieur l'homme pressé, vous me trouverez sans courir, moi, entendez-vous ?

— Et où cela, s'il vous plaît?

—Près des Carmes-Deschaux.

— A quelle heure?

— Vers midi.

— Vers midi, c'est bien, j'y serai.

— Tâchez de ne pas me faire attendre, car à midi un quart je vous préviens que c'est moi qui courrai après vous et vous couperai les oreilles à la course.

—Bon! lui cria d'Artagnan; on y sera à midi moins dix minutes.

Et il se mit à courir comme si le diable l'emportait, espérant retrouver encore son inconnu, que son pas tranquille ne devait pas avoir conduit bien loin.

Mais à la porte de la rue causait Porthos avec un soldat aux gardes. Entre les deux causeurs il y avait juste l'espace d'un homme. D'Artagnan crut que cet espace lui suffirait, et il s'élança pour passer comme une flèche entre eux deux. Mais d'Artagnan avait compté sans le vent. Comme il allait passer, le vent s'engouffra dans le long manteau de Porthos, et d'Artagnan vint donner droit dans le manteau. Sans doute Porthos avait des raisons de ne pas abandonner cette partie essentielle de son vêtement, car, au lieu de laisser aller le pan qu'il tenait, il tira à lui, de sorte que d'Artagnan s'enroula dans le velours par un mouvement de rotation qu'explique la résistance de l'obstiné Porthos.

D'Artagnan, entendant jurer le mousquetaire, voulut sortir de dessous le manteau qui l'aveuglait et chercha son chemin dans les plis. Il redoutait surtout d'avoir porté atteinte à la fraîcheur du magnifique baudrier que nous connaissons; mais en ouvrant timidement les yeux, il se trouva le nez collé entre les deux épaules de Porthos, c'est-à dire précisément sur le baudrier.

Hélas! comme la plupart des choses de ce monde, qui n'ont pour elle que l'apparence, le baudrier était d'or par-devant et de simple buffle par derrière. Porthos, en vrai glorieux qu'il était, ne pouvant avoir un baudrier d'or tout entier, en avait au moins la moitié : on comprenait dès lors la nécessité du rhume et l'urgence du manteau.

— Vertubleu! cria Porthos faisant tous

ses efforts pour se débarrasser de d'Artagnan, qui lui grouillait dans le dos, vous êtes donc enragé, de vous jeter comme cela sur les gens!

— Excusez-moi, dit d'Artagnan reparaissant sous l'épaule du géant, mais je suis très pressé, je cours après quelqu'un, et.....

— Est-ce que vous oubliez vos yeux quand vous courez, par hasard? demanda Porthos.

— Non, répondit d'Artagnan piqué, non, et grâce à mes yeux je vois même ce que ne voient pas les autres.

Porthos comprit ou ne comprit pas; toujours est-il que, se laissant aller à sa colère :

— Monsieur, dit-il, vous vous ferez étriller, je vous en préviens, si vous vous frottez ainsi aux mousquetaires.

— Etriller, monsieur ! dit d'Artagnan, le mot est dur.

— C'est celui qui convient à un homme habitué à regarder en face ses ennemis.

— Ah, pardieu ! je sais bien que vous ne tournez pas le dos aux vôtres, vous.

Et le jeune homme, enchanté de son espièglerie, s'éloigna en riant à gorge déployée.

Porthos écuma de rage et fit un mouvement pour se précipiter sur d'Artagnan.

— Plus tard, plus tard, lui cria celui-ci, quand vous n'aurez plus votre manteau.

— A une heure donc, derrière le Luxembourg.

— Très-bien, à une heure, répondit d'Artagnan en tournant l'angle de la rue.

Mais ni dans la rue qu'il venait de parcourir, ni dans celle qu'il embrassait maintenant du regard, il ne vit personne. Si doucement qu'eût marché l'inconnu, il avait gagné du chemin; peut-être aussi était-il entré dans quelque maison. D'Artagnan s'informa de lui à tous ceux qu'il rencontra, descendit jusqu'au bac, remonta par la rue de Seine et la Croix-Rouge; mais rien, absolument rien. Cependant cette course lui fut profitable en ce sens qu'à mesure que la sueur inondait son front, son cœur se refroidissait.

Il se mit alors à réfléchir sur les événements qui venaient de se passer ; ils étaient
nombreux et néfastes : il était onze heures
du matin à peine, et déjà la matinée lui
avait rapporté la disgrâce de M. de Tréville, qui ne pouvait manquer de trouver
un peu cavalière la façon dont d'Artagnan
l'avait quitté.

En outre, il avait ramassé deux bons
duels avec deux hommes capables de tuer
chacun trois d'Artagnan, avec deux mousquetaires enfin, c'est-à-dire avec deux de
ces êtres qu'il estimait si fort qu'il les mettait dans sa pensée et dans son cœur au-
dessus de tous les autres hommes.

La conjoncture était triste. Sûr d'être tué
par Athos, on comprend que le jeune

homme ne s'inquiétait pas beaucoup de Porthos. Pourtant, comme l'espérance est la dernière chose qui s'éteint dans le cœur de l'homme, il en arriva à espérer qu'il pourrait survivre, avec des blessures terribles bien entendu, à ces deux duels, et, en cas de survivance, il se fit pour l'avenir les réprimandes suivantes :

— Quel écervelé je fais, et quel butor je suis ! Ce brave et malheureux Athos était blessé juste à l'épaule contre laquelle je m'en vais, moi, donner de la tête comme un bélier. La seule chose qui m'étonne, c'est qu'il ne m'ait pas tué roide ; — il en avait le droit, et la douleur que je lui ai causée a dû être atroce. Quant à Porthos, — oh ! quant à Porthos, ma foi, c'est plus drôle.

Et malgré lui le jeune homme se mit

à rire, tout en regardant néanmoins si ce rire isolé, et sans cause aux yeux de ceux qui le voyaient rire, n'allait pas blesser quelque passant.

— Quant à Porthos c'est plus drôle; mais je n'en suis pas moins un misérable étourdi. Se jette-t-on ainsi sur les gens sans dire gare! non! et va-t-on leur regarder sous le manteau pour y voir ce qui n'y est pas! Il m'eût pardonné bien certainement; il m'eût pardonné si je n'eusse pas été lui parler de ce mau dit baudrier, à mots couverts, c'est vrai; oui, couverts joliment! Ah! maudit Gascon que je suis, je ferais de l'esprit dans la poêle à frire. Allons, d'Artagnan, mon ami, continua-t-il se parlant à lui-même avec toute l'aménité qu'il croyait se devoir, si tu en réchappes, ce qui n'est

10.

pas probable, il s'agit d'être à l'avenir d'une politesse parfaite. Désormais il faut qu'on t'admire, qu'on te cite comme modèle. Être prévenant et poli, ce n'est pas être lâche. Regardez plutôt Aramis : Aramis, c'est la douceur, c'est la grâce en personne. Eh bien! personne s'est-il jamais avisé de dire qu'Aramis était un lâche? non, bien certainement, et désormais je veux en tout point me modeler sur lui. Ah! justement le voici.

D'Artagnan, tout en marchant et en monologuant, était arrivé à quelques pas de l'hôtel d'Aiguillon, et devant cet hôtel il avait aperçu Aramis causant gaiement avec trois gentilshommes des gardes du roi. De son côté, Aramis aperçut d'Artagnan; mais comme il n'oubliait point que c'était devant ce jeune homme que M. de Tréville s'était

si fort emporté le matin, et qu'un témoin
des reproches que les mousquetaires avaient
reçus ne lui était d'aucune façon agréable,
il fit semblant de ne le pas voir. D'Artagnan, tout entier au contraire à ses plans
de conciliation et de courtoisie, s'approcha
des quatre jeunes gens en leur faisant un
grand salut accompagné du plus gracieux
sourire. Aramis inclina légèrement la tête,
mais ne sourit point. Tous quatre, au reste,
interrompirent à l'instant même leur conversation.

D'Artagnan n'était pas assez niais pour
ne point s'apercevoir qu'il était de trop;
mais il n'était pas encore assez rompu aux
façons du beau monde pour se tirer galam-
ment d'une situation fausse comme l'est en
général celle d'un homme qui est venu se

mêler à des gens qu'il connaît à peine, et
à une conversation qui ne le regarde pas.
Il cherchait donc en lui-même un moyen
de faire sa retraite le moins gauchement
possible, lorsqu'il remarqua qu'Aramis
avait laissé tomber son mouchoir, et par
mégarde, sans doute, avait mis le pied dessus ; le moment lui parut arrivé de réparer
son inconvenance : il se baissa, et, de l'air
le plus gracieux qu'il put trouver, il tira le
mouchoir de dessous le pied du mousquetaire, quelques efforts que celui-ci fit pour
le retenir, et lui dit en le lui remettant :

— Je crois, monsieur, que voici un
mouchoir que vous seriez fâché de perdre.

Le mouchoir était en effet richement
brodé et portait une couronne et des armes

à l'un de ses coins. Aramis rougit excessivement et arracha plutôt qu'il ne prit le
mouchoir des mains du Gascon.

— Ah, ah! s'écria un des gardes; diras-
tu encore, discret Aramis, que tu es mal
avec madame de Bois-Tracy, quand cette
gracieuse dame a l'obligeance de te prêter
ses mouchoirs!

Aramis lança à d'Artagnan un de ces re-
gards qui font comprendre à un homme
qu'il vient de s'acquérir un ennemi mortel;
puis, reprenant son air doucereux:

— Vous vous trompez, messieurs, dit-
il, ce mouchoir n'est pas à moi, et je ne
sais pourquoi monsieur a eu la fantaisie de
me le remettre plutôt qu'à l'un de vous, et
la preuve de ce que je dis, c'est que voici le
mien dans ma poche.

— A ces mots, il tira son propre mouchoir, mouchoir fort élégant aussi et de fine batiste, quoique la batiste fût chère à cette époque, mais mouchoir sans broderie, sans armes et orné d'un seul chiffre, celui de son propriétaire.

Cette fois d'Artagnan ne souffla pas le mot: il avait reconnu sa bévue. Mais les amis d'Aramis ne se laissèrent pas convaincre par ses dénégations, et l'un d'eux s'adressant au jeune mousquetaire avec un sérieux affecté:

— Si cela était, dit-il, ainsi que tu le prétends, je serais forcé, mon cher Aramis, de te le redemander; car, comme tu le sais, Bois-Tracy est de mes intimes, et je ne veux pas qu'on fasse trophée des effets de sa femme.

—Tu demandes cela mal, répondit Aramis; et tout en reconnaisant la justesse de ta réclamation quant au fond, je refuserais à cause de la forme.

— Le fait est, hasarda timidement d'Artagnan, que je n'ai pas vu sortir le mouchoir de la poche de M. Aramis. Il avait le pied dessus, voilà tout, et j'ai pensé que, puisqu'il avait le pied dessus, le mouchoir était à lui.

— Et vous vous êtes trompé, mon cher monsieur, répondit froidement Aramis peu sensible à la réparation; puis, se retournant vers celui des gardes qui s'était déclaré l'ami de Bois-Tracy : — D'ailleurs, continua-t-il, je réfléchis, mon cher intime de Bois-Tracy, que je suis son ami non

moins tendre que tu peux l'être toi-même ,
de sorte qu'à la rigueur ce mouchoir peut
aussi bien être sorti de ta poche que de la
mienne.

— Non, sur mon honneur ! s'écria le
garde de Sa Majesté.

—Tu vas jurer sur ton honneur, et moi
sur ma parole, et alors il y aura évidem-
ment un de nous deux qui mentira. Tiens,
faisons mieux, Montaran, prenons-en chacun la moitié,

— Du mouchoir ?

— Oui.

— Parfaitement, s'écrièrent les deux autres gardes, — le jugement du roi Salomon.
Décidément, Aramis, tu es plein de sagesse.

Les jeunes gens éclatèrent de rire et, comme on le pense bien, l'affaire n'eut pas d'autre suite. Au bout d'un instant, la conversation cessa, et les trois gardes et le mousquetaire, après s'être cordialement serré la main, tirèrent, les trois gardes de leur côté, et Aramis du sien.

— Voilà le moment de faire ma paix avec ce galant homme, se dit à part lui d'Artagnan, qui s'était tenu un peu à l'écart pendant toute la dernière partie de cette conversation; et, sur ce bon sentiment, se rapprochant d'Aramis, qui s'éloignait sans faire autrement attention à lui :

—Monsieur, lui dit-il, vous m'excuserez, je l'espère.

— Ah ! monsieur, interrompit Aramis,

permettez-moi de vous faire observer que vous n'avez point agi en cette circonstance comme un galant homme le devait faire.

— Quoi monsieur ! s'écria d'Artagnan, vous supposez...

— Je suppose, monsieur, que vous n'êtes pas un sot, et que vous savez bien, quoique arrivant de Gascogne, qu'on ne marche pas sans cause sur les mouchoirs de poche. Que diable ! Paris n'est point pavé en batiste.

— Monsieur, vous avez tort de chercher à m'humilier, dit d'Artagnan, chez qui le naturel querelleur commençait à parler plus haut que les résolutions pacifiques. Je suis de Gascogne, c'est vrai, et, puisque vous le savez, je n'aurai pas besoin de vous dire que les Gascons sont peu endurants, de sorte que lorsqu'ils se sont excusés une fois, fût-ce d'une sottise, ils sont convaincus qu'ils ont déjà fait moitié plus qu'ils ne devaient faire.

— Monsieur, ce que je vous en dis, répondit Aramis, n'est point pour vous chercher une querelle. Dieu merci! je ne suis pas un spadassin; et n'étant mousquetaire que par intérim, je ne me bats que lorsque j'y suis forcé et toujours avec une grande répugnance. Mais, cette fois, l'affaire est grave, car voici une dame compromise par vous.

— Par nous, c'est-à-dire! s'écria d'Artagnan.

— Pourquoi avez-vous eu la maladresse de me rendre ce mouchoir?

— Pourquoi avez-vous eu celle de le laisser tomber?

— J'ai dit et je répète, monsieur, que ce mouchoir n'est point sorti de ma poche.

— Eh bien! vous en avez menti deux fois, monsieur! car je l'en ai vu sortir, moi!

— Ah! vous le prenez sur ce ton, monsieur le Gascon? eh bien! je vous apprendrai à vivre!

— Et moi je vous renverrai à votre messe, monsieur l'abbé! Dégaînez, s'il vous plaît, et à l'instant même.

— Non pas, s'il vous plaît, mon bel ami; non pas ici, du moins. Ne voyez-vous pas que nous sommes en face de l'hôtel d'Aiguillon, lequel est plein de créatures du cardinal? Qui me dit que ce n'est pas Son Eminence qui vous a chargé de lui procurer ma tête? Or, j'y tiens ridiculement, à ma tête, attendu qu'elle me semble aller assez correctement à mes épaules. Je veux donc vous tuer, soyez tranquille, mais vous tuer tout doucement, dans un endroit clos et couvert, là où vous ne puissiez vous vanter de votre mort à personne.

— Je le veux bien, mais ne vous y fiez pas, et emportez votre mouchoir, qu'il vous appartienne ou non; peut-être aurez-vous l'occasion de vous en servir.

— Monsieur est Gascon? demanda Aramis.

— Oui, monsieur, ne remet pas un rendez-vous par prudence.

—La prudence, monsieur, est une vertu assez inutile aux mousquetaires, je le sais, mais indispensable aux gens d'église; et comme je ne suis mousquetaire que provisoirement, je tiens à rester prudent. A deux heures j'aurai l'honneur de vous attendre à l'hôtel de M. de Tréville. Là je vous indiquerai les bons endroits.

Les deux jeunes gens se saluèrent; puis Aramis s'éloigna en remontant la rue qui conduisait au Luxembourg, tandis que d'Artagnan, voyant que l'heure s'avançait,

prenait le chemin des Carmes-Deschaux
tout en disant à part soi : — Décidément,
je n'en puis pas revenir ; mais au moins,
si je suis tué, je serai tué par un mousquetaire.

CHAPITRE V.

LES MOUSQUETAIRES DU ROI ET LES GARDES DE M. LE CARDINAL.

D'Artagnan ne connaissait personne à Paris. Il alla donc au rendez-vous d'Athos sans amener de second, résolu de se contenter de ceux qu'aurait choisis son adversaire. D'ailleurs son intention était formelle de faire au brave mousquetaire toutes les excuses convenables, mais sans faiblesse, craignant qu'il résultât de ce duel ce qui résulte toujours de fâcheux dans une affaire de ce genre, quand un homme jeune et vigoureux se bat contre un adversaire blessé et affaibli : vaincu, il double le triomphe de son antagoniste; vainqueur, il est accusé de forfaiture et de facile audace.

Au reste, ou nous avons mal exposé le caractère de notre chercheur d'aventures, ou notre lecteur a déjà dû remarquer que d'Artagnan n'était point un homme ordinaire. Aussi, tout en se répétant à lui-même que sa mort était inévitable, il ne se résigna point à mourir tout doucettement comme un autre moins courageux et moins modéré que lui eût fait à sa place. Il réfléchit aux différents caractères de ceux avec lesquels il allait se battre et commença à voir plus clair dans sa situation. Il espérait, grâce aux excuses loyales qu'il lui réservait, se faire un ami d'Athos, dont l'air grand seigneur et la mine austère lui agréaient fort. Il se flattait de faire peur à Porthos avec l'aventure du baudrier, qu'il pouvait, s'il n'était pas tué sur le coup, raconter à tout le monde, récit qui, poussé adroitement à l'effet, devait couvrir Porthos de ridicule; enfin, quant au sournois Aramis, il n'en avait pas très-grand'peur, et en supposant qu'il arrivât jusqu'à lui, il se chargeait de l'expédier bel et bien, ou du moins en le frappant au visage, comme César avait recommandé de faire aux soldats de Pompée, d'endommager à tout jamais cette beauté dont il était si fier.

Ensuite il y avait chez d'Artagnan ce fonds inébranlable de résolution qu'avaient déposé dans son cœur les conseils de son père, conseils dont la substance était : — ne rien souffrir de personne que du roi, du cardinal et de M. de Tréville. Il vola donc plutôt qu'il ne marcha vers le couvent des Carmes déchaussés, ou plutôt deschaux, comme on disait à cette époque, sorte de bâtiment sans fenêtres, bordé de prés arides, succursale du Pré-aux-Clercs et qui servait d'ordinaire aux rencontres des gens qui n'avaient pas de temps à perdre.

Lorsque d'Artagnan arriva en vue du petit terrain vague qui s'étendait au pied de ce monastère, Athos attendait depuis cinq minutes seulement, et midi sonnait.

Il était donc ponctuel comme la Samaritaine, et le plus rigoureux casuiste à l'égard des duels n'avait rien à dire.

Athos, qui souffrait toujours cruellement de sa blessure, quoiqu'elle eût été pansée à neuf par le chirurgien de M. de Tréville, s'était assis sur une borne et attendait son adversaire avec cette contenance paisible et cet air digne qui ne l'abandonnaient jamais. A l'aspect de d'Artagnan, il se leva et fit poliment quelques pas au-devant de lui. Celui-ci, de son côté, n'aborda son adversaire que le chapeau à la main et sa plume traînant jusqu'à terre.

— Monsieur, dit Athos, j'ai fait prévenir deux de mes amis qui me serviront de seconds, mais ces deux amis ne sont point encore arrivés. Je m'étonne qu'ils tardent : ce n'est pas leur habitude.

— Je n'ai pas de seconds, moi, monsieur, dit d'Artagnan, car, arrivé d'hier seulement à Paris, je n'y connais encore personne que M. de Tréville, auquel j'ai été recommandé par mon père, qui a l'honneur d'être quelque peu de ses amis.

Athos réfléchit un instant.

— Vous ne connaissez que M. de Tréville? demanda-t-il.

— Oui, monsieur, je ne connais que lui.

— Ah çà, mais, continua Athos parlant moitié à lui-même et moitié à d'Artagnan, ah çà, mais, si je vous tue, j'aurai l'air d'un mangeur d'enfants, moi!

— Pas trop, monsieur, répondit d'Artagnan avec un salut qui ne manquait pas de dignité; pas trop, puisque vous me faites l'honneur de tirer l'épée contre moi avec une blessure dont vous devez être fort incommodé.

— Très-incommodé sur ma parole, et vous m'avez fait un mal du diable, je dois le dire; mais je prendrai la main gauche, c'est mon habitude en pareille circonstance. Ne croyez donc pas que je vous fasse une grâce, je tire proprement des deux mains; et il y aura même désavantage pour vous: un gaucher est très-gênant pour les gens qui ne sont pas prévenus. Je regrette donc de ne pas vous avoir fait part plus tôt de cette circonstance.

— Vous êtes vraiment, monsieur, dit d'Artagnan en s'inclinant de nouveau, d'une courtoisie dont je vous suis on ne peut plus reconnaissant.

— Vous me rendez confus, répondit Athos avec son air de gentilhomme; causons donc d'autre chose, je vous prie, à moins que cela ne vous soit désagréable. Ah! sangbleu, que vous m'avez fait mal! l'épaule me brûle.

— Si vous vouliez permettre... dit d'Artagnan avec timidité.

— Quoi, monsieur?

— J'ai un baume miraculeux pour les

blessures, un baume qui me vient de ma mère, et dont j'ai fait l'épreuve sur moi-même.

— Eh bien?

— Eh bien, je suis sûr qu'en moins de trois jours ce baume vous guérirait, et au bout de trois jours, quand vous seriez guéri, eh bien! monsieur, ce me serait toujours un grand honneur d'être votre homme.

D'Artagnan dit ces mots avec une simplicité qui faisait honneur à sa courtoisie, sans porter autrement atteinte à son courage.

— Pardieu, monsieur, dit Athos, voici une proposition qui me plaît, non pas que je l'accepte, mais elle sent son gentilhomme d'une lieue. C'était ainsi que parlaient et faisaient ces preux du temps de Charlemagne, sur lesquels tout cavalier doit chercher à se modeler. Malheureusement nous ne sommes plus au temps du grand empereur. Nous sommes au temps de M. le cardinal, et d'ici à trois jours on saurait, si bien gardé que soit le secret, on saurait, dis-je, que nous devons nous battre, et l'on s'opposerait à notre combat. Ah çà! mais, ces flâneurs ne viendront donc pas?

— Si vous êtes pressé, monsieur, dit d'Artagnan à Athos avec la même simplicité qu'un instant auparavant il lui avait proposé de remettre le duel à trois jours, si vous êtes pressé et qu'il vous plaise de m'expédier tout de suite, ne vous gênez pas, je vous en prie.

— Voilà encore un mot qui me plaît, dit Athos en faisant un gracieux signe de tête à d'Artagnan, il n'est point d'un homme sans cervelle et il est à coup sûr d'un homme de cœur. Monsieur, j'aime les gens de votre trempe et je vois que si nous ne nous tuons pas l'un et l'autre, j'aurai plus tard un vrai plaisir dans votre conversation. Attendons ces messieurs, je vous prie, j'ai tout le temps et cela sera plus correct. Ah ! en voici un, que je crois.

En effet, au bout de la rue de Vaugirard, commençait à apparaître le gigantesque Porthos.

— Quoi ! s'écria d'Artagnan, votre premier témoin est M. Porthos ?

— Oui, cela vous contrarie-t-il ?

— Non, aucunement.

— Et voici le second.

D'Artagnan se tourna du côté indiqué par Athos et reconnut Aramis.

— Quoi! s'écria-t-il d'un accent encore plus étonné que la première fois, votre second témoin est M. Aramis?

— Sans doute, ne savez-vous pas qu'on ne nous voit jamais l'un sans l'autre, et qu'on nous appelle dans les mousquetaires et dans les gardes, à la cour et à la ville, Athos, Porthos et Aramis, ou les trois inséparables? Après cela, comme vous arrivez de Dax ou de Pau...

— De Tarbes, dit d'Artagnan.

— Il vous est permis d'ignorer ce détail,
dit Athos.

— Ma foi, dit d'Artagnan, vous êtes bien
nommés, messieurs, et mon aventure, si
elle fait quelque bruit, prouvera du moins
que votre union n'est pas fondée sur les
contrastes.

Pendant ce temps, Porthos s'était approché, avait salué de la main Athos; puis,
se retournant vers d'Artagnan, il était resté
tout étonné.

Disons en passant qu'il avait changé de
baudrier et quitté son manteau.

— Ah! ah! fit-il, qu'est-ce que cela!

— C'est avec monsieur que je me bats.

dit Athos en montrant de la main d'Artagnan, et en le saluant du même geste.

— C'est avec lui que je me bats aussi, dit Porthos.

— Mais à une heure seulement, répondit d'Artagnan.

— Et moi aussi, c'est avec monsieur que je me bats, dit Aramis en arrivant à son tour sur le terrain.

— Mais à deux heures seulement, fit d'Artagnan avec le même calme.

— Mais à propos de quoi te bats-tu, toi, Athos ? demanda Aramis.

— Ma foi, je ne sais pas trop, il m'a fait mal à l'épaule ; et toi, Porthos ?

— Ma foi, je me bats parce que je me bats, répondit Porthos en rougissant.

Athos, qui ne perdait rien, vit passer un fin sourire sur les lèvres du Gascon.

— Nous avons eu une discussion sur la toilette, dit le jeune homme.

— Et toi, Aramis? demanda Athos.

— Moi, je me bats pour cause de théologie, répondit Aramis tout en faisant signe à d'Artagnan qu'il le priait de tenir secrète la cause de son duel.

Athos vit passer un second sourire sur les lèvres d'Artagnan.

— Vraiment? di Athos.

— Oui, un point de saint Augustin sur

lequel nous ne sommes pas d'accord, dit le Gascon.

—Décidément, c'est un homme d'esprit, murmura Athos.

—Et maintenant que vous êtes rassemblés, messieurs, dit d'Artagnan, permettez-moi de vous faire mes excuses.

A ce mot d'*excuses*, un nuage passa sur le front d'Athos, un sourire hautain glissa sur les lèvres de Porthos, et un signe négatif fut la réponse d'Aramis.

—Vous ne me comprenez pas, messieurs, dit d'Artagnan en relevant sa tête, sur laquelle jouait en ce moment un rayon de soleil qui en dorait les lignes fines et hardies, je vous demande excuse dans le cas où je ne pourrais vous payer ma dette à tous trois; car M. Athos a le droit de me tuer le premier, ce qui ôte beaucoup de sa valeur à votre créance, monsieur Porthos, et ce qui rend la vôtre à peu près nulle, monsieur Aramis. Et maintenant, messieurs, je vous le répète, excusez-moi, mais de cela seulement, et en garde!

A ces mots, et du geste le plus cavalier qui se puisse voir, d'Artagnan tira son épée.

Le sang était monté à la tête de d'Artagnan, et dans ce moment il eût tiré son épée contre tous les mousquetaires du royaume comme il venait de le faire contre Athos, Porthos et Aramis.

— Il était midi et un quart. Le soleil

était à son zénith, et l'emplacement choisi pour être le théâtre du duel se trouvait exposé à toute son ardeur.

— Il fait très-chaud, dit Athos en tirant son épée à son tour, et cependant je ne saurais ôter mon pourpoint; car, tout à l'heure encore, j'ai senti que ma blessure saignait, et je craindrais de gêner monsieur en lui faisant voir du sang qu'il ne m'aurait pas tiré lui-même.

— C'est vrai, monsieur, dit d'Artagnan, et, tiré par un autre ou tiré par moi, je vous assure que je verrai toujours avec bien du regret le sang d'un aussi brave gentilhomme; je me battrai donc en pourpoint comme vous.

— Voyons, voyons, dit Porthos, assez

de compliments comme cela, et songez que nous attendons notre tour.

—Parlez pour vous seul, Porthos, quand vous aurez à dire de pareilles incongruités, interrompit Aramis. Quant à moi, je trouve les choses que ces messieurs se disent fort bien dites et tout à fait dignes de deux gentishommes.

— Quand vous voudrez, monsieur, dit Athos en se mettant en garde.

—J'attendais vos ordres, dit d'Artagnan en croisant le fer.

Mais les deux rapières avaient à peine résonné en se touchant, qu'une escouade des gardes de Son Éminence, commandée par M. de Jussac, se montra à l'angle du couvent.

— Les gardes du cardinal! s'écrièrent à la fois Porthos et Aramis. L'épée au fourreau, messieurs, l'épée au fourreau!

Mais il était trop tard. Les deux combattants avaient été vus dans une pose qui ne permettait pas de douter de leurs intentions.

— Holà! cria Jussac en s'avançant vers eux et en faisant signe à ses hommes d'en faire autant, holà! mousquetaires, on se bat donc ici? Et les édits, qu'en faisons-nous?

— Vous êtes bien généreux, messieurs les gardes, dit Athos plein de rancune, car Jussac était l'un des agresseurs de l'avant-veille. Si nous vous voyions battre, je vous réponds, moi, que nous nous garderions bien de vous en empêcher. Laissez-nous donc faire, et vous allez avoir du plaisir sans prendre aucune peine.

—Messieurs, dit Jussac, c'est avec grand regret que je vous déclare que la chose est impossible. Notre devoir avant tout. Rengaînez donc, s'il vous plaît, et nous suivez.

— Monsieur, dit Aramis parodiant Jussac, ce serait avec grand plaisir que nous obéirions à votre gracieuse invitation si cela dépendait de nous, mais, malheureusement, la chose est impossible : M. de Tréville nous l'a défendu. Passez donc votre chemin, c'est ce que vous avez de mieux à faire.

Cette raillerie exaspéra Jussac.

— Nous vous chargerons donc, dit-il, si vous désobéissez.

— Ils sont cinq, dit Athos à demi-voix, et nous ne sommes que trois ; nous serons encore battus, et il nous faudra mourir ici, car, je le déclare, je ne reparais pas vaincu devant le capitaine.

Athos, Porthos et Aramis se rapprochèrent à l'instant les uns des autres tandis que Jussac alignait ses soldats.

Ce seul moment suffit à d'Artagnan pour prendre son parti : c'était là un de ces événements qui décident de la vie d'un homme, c'était un choix à faire entre le roi et le cardinal, et ce choix fait, il fallait y persévérer. Se battre, c'est-à-dire désobéir à la loi, c'est-à-dire risquer sa tête,

c'est-à-dire se faire d'un seul coup l'ennemi d'un ministre plus puissant que le
roi lui-même, voilà ce qu'entrevit le jeune
homme, et, disons-le à sa louange, il n'hé-
sita point une seconde. Se tournant donc
vers Athos et ses amis :

— Messieurs, dit-il, je reprendrai, s'il
vous plaît, quelque chose à vos paroles.
Vous avez dit que vous n'étiez que trois,
mais il me semble, à moi, que nous sommes
quatre.

— Mais vous n'êtes pas des nôtres, dit
Porthos.

— C'est vrai, répondit d'Artagnan, je
n'ai pas l'habit, mais j'ai l'âme. Mon cœur
est mousquetaire, je le sens bien, monsieur,
et cela m'entraîne.

— Écartez-vous, jeune homme, cria Jussac, qui sans doute à ses gestes et à l'expression de son visage avait deviné le dessein de d'Artagnan. Vous pouvez vous retirer, nous y consentons. Sauvez votre peau; allez vite.

D'Artagnan ne bougea point.

— Décidément, vous êtes un joli garçon, dit Athos en serrant la main du jeune homme.

— Allons, allons; prenons un parti, reprit Jussac.

— Voyons, dirent Porthos et Aramis, faisons quelque chose.

— Monsieur est plein de générosité, dit Athos.

Mais tous trois pensaient à la jeunesse de d'Artagnan et redoutaient son inéxpérience.

— Nous ne serions que trois, dont un blessé, plus un enfant, reprit Athos, et l'on n'en dira pas moins que nous étions quatre hommes.

— Oui, mais reculer! dit Porthos.

— C'est difficile, reprit Athos.

— C'est impossible, dit Aramis.

D'Artagnan comprit leur irrésolution.

— Messieurs, essayez-moi toujours, dit-il, et je vous jure sur l'honneur que je ne veux pas m'en aller d'ici si nous sommes vaincus.

— Comment vous appelle-t-on, mon brave? dit Athos.

— D'Artagnan, monsieur.

— Eh bien! Athos, Porthos, Aramis et d'Artagnan, en avant! cria Athos.

— Eh bien! voyons, messieurs, vous décidez-vous à vous décider? cria pour la troisième fois Jussac.

— C'est fait, messieurs, dit Athos.

— Et quel parti prenez-vous? demanda Jussac.

— Nous allons avoir l'honneur de vous charger, répondit Aramis en levant son chapeau d'une main et en tirant son épée de l'autre.

— Ah! vous résistez! s'écria Jussac.

— Sangdieu! cela vous étonne?

Et les neuf combattants se précipitèrent les uns sur les autres avec une furie qui n'excluait pas une certaine méthode.

Athos prit un certain Cahusac, favori du cardinal; Porthos eut Bicarat, et Aramis se vit en face de deux adversaires.

Quant à d'Artagnan, il se trouva lancé contre Jussac lui-même.

Le cœur du jeune Gascon battait à lui briser la poitrine, non pas de peur, Dieu merci, il n'en avait pas l'ombre, mais d'émulation; il se battait comme un tigre en fureur, tournant dix fois autour de son adversaire, changeant vingt fois ses gardes et son terrain. Jussac était, comme on le

disait alors, friand de la lame et avait fort
pratiqué; cependant il avait toutes les peines du monde à se défendre contre un adversaire qui, agile et bondissant, s'écartait
à tout moment des règles reçues, attaquant
de tous côtés à la fois, et tout cela en pa-
rant en homme qui a le plus grand respect
pour son épiderme.

Enfin cette lutte finit par faire perdre
patience à Jussac. Furieux d'être tenu en
échec par celui qu'il avait regardé comme
un enfant, il s'échauffa et commença à faire
des fautes. D'Artagnan, qui, à défaut de
la pratique, avait une profonde théorie, redoubla d'agilité. Jussac, voulant en finir,
porta un coup terrible à son adversaire en
se fendant à fond; mais celui-ci para prime,
et tandis que Jussac se relevait, se glissant

comme un serpent sous son fer, il lui passa son épée au travers du corps. Jussac tomba comme une masse.

D'Artagnan jeta alors un coup d'œil inquiet et rapide sur le champ de bataille.

Aramis avait déjà tué un de ses adversaires, mais l'autre le pressait vivement. Cependant Aramis était en bonne situation et pouvait encore se défendre.

Bicarat et Porthos venaient de faire coup fourré. Porthos avait reçu un coup d'épée au travers du bras, et Bicarat au travers de la cuisse. Mais comme ni l'une ni l'autre des deux blessures n'était grave, ils ne s'en escrimaient qu'avec plus d'acharnement.

Athos, blessé de nouveau par Cahusac, pâlissait à vue d'œil, mais il ne reculait pas d'une semelle; il avait changé seulement son épée de main et se battait de la main gauche.

D'Artagnan, selon les lois du duel de cette époque, pouvait secourir quelqu'un; pendant qu'il cherchait du regard celui de ses compagnons qui avait besoin de son aide, il surprit un coup d'œil d'Athos. Ce coup d'œil était d'une éloquence sublime. Athos serait mort plutôt que d'appeler au secours; mais il pouvait regarder et du regard demander un appui. D'Artagnan le devina, fit un bond terrible et tomba sur le flanc de Cahusac en criant:

— A moi, monsieur le garde, ou je vous tue!

Cahusac se retourna; il était temps. Athos, que son extrême courage soutenait seul, tomba sur un genou.

— Sangdieu! criait-il à d'Artagnan, ne le tuez pas, jeune homme, je vous en prie; j'ai une vieille affaire à terminer avec lui, quand je serai guéri et bien portant. Désarmez-le seulement, liez-lui l'épée. C'est cela. Bien! très-bien!

Cette exclamation était arrachée à Athos par l'épée de Cahusac, qui sautait à vingt pas de lui. D'Artagnan et Cahusac s'élancèrent ensemble, l'un pour la ressaisir, l'autre pour s'en emparer; mais d'Artagnan, plus leste, arriva le premier et mit le pied dessus.

Cahusac courut à celui des gardes qu'avait tué Aramis, s'empara de sa rapière et voulut revenir à d'Artagnan ; mais sur son chemin il rencontra Athos, qui, pendant cette pause d'un instant que lui avait procurée d'Artagnan, avait repris haleine, et qui, de crainte que d'Artagnan ne lui tuât son ennemi, voulait recommencer le combat.

D'Artagnan comprit que ce serait désobliger Athos que de ne pas le laisser faire. En effet, quelques secondes après, Cahusac tomba la gorge traversée d'un coup d'épée.

Au même instant, Aramis appuyait son épée contre la poitrine de son adversaire renversé et le forçait à demander merci.

Restait Porthos et Bicarat. Porthos

faisait en se battant mille fanfaronnades,
demandant à Bicarat quelle heure il pouvait bien être, et lui faisant ses compliments sur la compagnie que venait d'obtenir son frère dans le régiment de Na-
varre; mais tout en raillant, il ne gagnait
rien. Bicarat était un de ces hommes de fer
qui ne tombent que morts.

Cependant il fallait en finir. Le guet
pouvait arriver et prendre tous les combattants blessés ou non, royalistes ou car-
dinalistes. Athos, Aramis et d'Artagnan
entourèrent Bicarat et le sommèrent de
se rendre. Quoique seul contre tous, et
avec un coup d'épée qui lui traversait la
cuisse, Bicarat voulait tenir; mais Jussac,
qui s'était relevé sur son coude, lui cria de
se rendre. Bicarat était un Gascon comme

d'Artagnan; il fit la sourde oreille et se contenta de rire, et entre deux parades, trouvant le temps de désigner, du bout de son épée, une place à terre :

— Ici, dit-il, parodiant un verset de la Bible, ici mourra Bicarat, seul de ceux qui sont avec lui.

— Mais ils sont quatre contre toi; finis-en, je te l'ordonne.

— Ah! si tu l'ordonnes, c'est autre chose, dit Bicarat ; comme tu es mon brigadier, je dois obéir.

Et, en faisant un bond en arrière, il cassa son épée sur son genou pour ne pas la rendre, en jeta les morceaux par-dessus le mur du couvent et se croisa les bras en sifflant un air cardinaleste.

La bravoure est toujours respectée, même dans un ennemi. Les mousquetaires saluèrent Bicarat de leurs épées et les remirent au fourreau. D'Artagnan en fit autant, puis aidé de Bicarat, le seul qui fût resté debout, il porta sous le porche du couvent Jussac, Cahusac et celui des adversaires d'Aramis qui n'était pas blessé. Le quatrième, comme nous l'avons dit, était mort. Puis ils sonnèrent la cloche et, emportant quatre épées sur cinq, ils s'acheminèrent ivres de joie vers l'hôtel de M. de Tréville.

On les voyait entrelacés, tenant toute la largeur de la rue, et accostant chaque mousquetaire qu'ils rencontraient, si bien qu'à la fin ce fut une marche triomphale. Le cœur de d'Artagnan nageait dans l'ivresse ; il marchait entre Athos et Porthos en les étreignant tendrement.

— Si je ne suis pas encore mousquetaire, dit-il à ses nouveaux amis en franchissant la porte de l'hôtel de M. de Tréville, au moins me voilà reçu apprenti, n'est-ce pas ?

CHAPITRE VI.

SA MAJESTÉ LE ROI LOUIS TREIZIÈME.

L'affaire fit grand bruit, M. de Tréville gronda beaucoup tout haut contre ses mousquetaires et les félicita tout bas; mais comme il n'y avait pas de temps à perdre pour prévenir le roi, M. de Tréville s'empressa de se rendre au Louvre. Il était déjà

trop tard, le roi était enfermé avec le cardinal, et l'on dit à M. de Tréville que le
roi travaillait et ne pouvait recevoir en ce
moment. Le soir M. de Tréville vint au jeu
du roi. Le roi gagnait, et, comme Sa Majesté
était fort avare, elle était d'excellente humeur ; aussi , du plus loin que le roi aperçut Tréville :

—Venez ici, monsieur le capitaine, dit-
il, venez, que je vous gronde; savez-vous
que Son Eminence est venue me faire des
plaintes sur vos mousquetaires , et cela
avec une telle émotion, que ce soir Son
Eminence en est malade. Ah çà, mais ce
sont des diable-à-quatre, des gens à pendre,
que vos mousquetaires !

— Non , sire, répondit Tréville, qui vit

du premier coup d'œil comment la chose allait tourner; non, tout au contraire, ce sont de bonnes créatures, douces comme des agneaux, et qui n'ont qu'un désir, je m'en ferai garant : c'est que leur épée ne sorte du fourreau que pour le service de Votre Majesté. Mais, que voulez-vous, les gardes de M. le cardinal sont sans cesse à leur chercher querelle, et, pour l'honneur même du corps, les pauvres jeunes gens sont obligés de se défendre.

— Ecoutez M. de Tréville ! dit le roi, écoutez-le ! ne dirait-on pas qu'il parle d'une communauté religieuse ! En vérité, mon cher capitaine, j'ai envie de vous ôter votre brevet et de le donner à mademoiselle de Chemerault, à laquelle j'ai promis une abbaye. Mais ne pensez pas que je vous croirai ainsi sur parole. On m'appelle Louis-le-Juste, monsieur de Tréville, et tout à l'heure, tout à l'heure nous verrons.

— Ah! c'est parce que je me fie à cette justice, sire, que j'attendrai patiemment et tranquillement le bon plaisir de Votre Majesté.

— Attendez donc, monsieur, attendez donc, dit le roi, je ne vous ferai pas long-temps attendre.

En effet la chance tournait, et, comme le roi commençait à perdre ce qu'il avait ga-gné, il n'était pas fâché de trouver un pré-texte pour faire, — qu'on nous passe cette expression de joueur, dont, nous l'avouons, nous ne connaissons pas l'origine, — pour faire charlemagne. Le roi se leva donc au bout d'un instant, et mettant dans sa poche l'argent qui était devant lui et dont la majeure partie venait de son gain :

— La Vieuville, dit-il, prenez ma place; il faut que je parle à M. de Tréville pour affaire d'importance. Ah !... j'avais quatre-vingts louis devant moi. Mettez la même somme, afin que ceux qui ont perdu n'aient point à se plaindre. La justice avant tout. Puis, se retournant vers M. de Tréville et marchant avec lui vers l'embrasure d'une fenêtre :

— Eh bien, monsieur, continua-t-il, vous dites que ce sont les gardes de l'Eminentissime qui ont été chercher querelle à vos mousquetaires?

— Oui, sire, comme toujours.

— Et comment la chose est-elle venue, voyons? car, vous le savez, mon cher capitaine, il faut qu'un juge écoute les deux parties.

— Ah, mon Dieu! de la façon la plus simple et la plus naturelle. Trois de mes meilleurs soldats, que Votre Majesté connaît de nom et dont elle a plus d'une fois apprécié le dévouement, et qui ont, je puis l'affirmer au roi, son service fort à cœur; trois de mes meilleurs soldats, dis-je, MM. Athos, Porthos et Aramis, avaient fait une partie de plaisir avec un jeune cadet de Gascogne que je leur avais recommandé le matin même. La partie allait avoir lieu à Saint-Germain, je crois, et ils s'étaient donné rendez-vous aux Carmes-Deschaux , lorsqu'elle fut troublée par M. de Jussac et MM. Cahusac, Bicarat, et deux autres gardes qui ne venaient certes pas là en si nombreuse compagnie sans mauvaise intention contre les édits.

— Ah ! ah ! vous m'y faites penser, dit le roi ; sans doute ils venaient pour se battre eux-mêmes.

— Je ne les accuse pas, sire, mais je laisse Votre Majesté apprécier ce que peuvent aller faire cinq hommes armés dans un lieu aussi désert que le sont les environs du couvent des Carmes.

— Oui, vous avez raison, Tréville, vous avez raison.

— Alors, quand ils ont vu mes mousquetaires, ils ont changé d'idée et ils ont oublié leur haine particulière pour la haine de corps; car Votre Majesté n'ignore pas que les mousquetaires, qui sont au roi et rien qu'au roi, sont les ennemis naturels des gardes, qui sont à M. le cardinal.

— Oui, Tréville, oui, dit le roi mélancoliquement, et c'est bien triste, croyez-moi, de voir ainsi deux partis en France, deux têtes à la royauté; mais tout cela finira, Tréville, tout cela finira. Vous dites donc que les gardes ont cherché querelle aux mousquetaires.

— Je dis qu'il est probable que les choses se sont passées ainsi, mais je n'en jure pas, sire. Vous savez combien la vérité est difficile à connaître, et à moins d'être doué de cet instinct admirable qui a fait nommer Louis XIII le Juste...

— Et vous avez raison, Tréville; mais ils n'étaient pas seuls, vos mousquetaires, il y avait avec eux un enfant.

— Oui, sire, et un homme blessé, de sorte que trois mousquetaires du roi, dont un blessé et un enfant, non-seulement ont tenu tête à cinq des plus terribles gardes de M. le cardinal, mais encore en ont porté quatre à terre.

— Mais c'est une victoire, cela! s'écria le roi tout rayonnant; une victoire complète!

— Oui, sire, aussi complète que celle du pont de Cé.

— Quatre hommes, dont un blessé, et un enfant, dites-vous?

— Un jeune homme à peine; lequel s'est même si parfaitement conduit en cette occasion, que je prendrai la liberté de le recommander à Sa Majesté.

— Comment s'appelle-t-il?

— D'Artagnan, sire. C'est le fils d'un de mes plus anciens amis; le fils d'un homme qui a fait avec le roi votre père, de glorieuse mémoire, la guerre de partisan.

— Et vous dites qu'il s'est bien conduit, ce jeune homme? Racontez-moi cela, Tréville; vous savez que j'aime les récits de guerre et de combat.

Et le roi Louis XIII releva fièrement sa moustache en se posant sur la hanche.

— Sire, reprit Tréville, comme je vous l'ai dit, M. d'Artagnan est presque un en-fant et, comme il n'a pas l'honneur d'être mousquetaire, il était en habit bourgeois; les gardes de M. le cardinal, reconnaissant sa grande jeunesse, et de plus qu'il était étranger au corps, l'invitèrent donc à se retirer avant qu'ils attaquassent.

— Alors, vous voyez bien, Tréville, in-terrompit le roi, que ce sont eux qui ont attaqué.

— C'est juste, sire; ainsi plus de doute;

ils le sommèrent donc de se retirer; mais il répondit qu'il était mousquetaire de cœur et tout à Sa Majesté, qu'ainsi donc il resterait avec messieurs les mousquetaires.

— Brave jeune homme! murmura le roi.

— En effet, il demeura avec eux; et Votre Majesté a là un si ferme champion, que ce fut lui qui donna à Jussac ce terrible coup d'épée qui met si fort en colère M. le cardinal.

— C'est lui qui a blessé Jussac? s'écria le roi; lui, un enfant! Ceci, Tréville, c'est impossible.

— C'est comme j'ai l'honneur de le dire à Votre Majesté.

— Jussac, une des premières lames du royaume!

— Eh bien, sire! il a trouvé son maître.

— Je veux voir ce jeune homme, Tréville, je veux le voir, et si l'on en peut faire quelque chose, eh bien! nous nous en occuperons.

— Quand Votre Majesté daignera-t-elle le recevoir?

— Demain à midi, Tréville.

— L'amènerai-je seul?

— Non, amenez-les-moi tous les quatre ensemble. Je veux les remercier tous à la fois; les hommes dévoués sont rares, Tréville, et il faut récompenser le dévouement.

14.

— A midi, sire, nous serons au Louvre.

— Ah! par le petit escalier, Tréville, par le petit escalier. Il est inutile que le cardinal sache...

— Oui, sire.

— Vous comprenez, Tréville, un édit est toujours un édit, il est défendu de se battre, au bout du compte.

— Mais cette rencontre, sire, sort tout à fait des conditions ordinaires d'un duel, c'est une rixe, et la preuve c'est qu'ils étaient cinq gardes du cardinal contre mes trois mousquetaires et M. d'Artagnan.

— C'est juste, dit le roi; mais n'importe, Tréville, venez toujours par le petit escalier.

Tréville sourit. Mais comme c'était déjà beaucoup pour lui d'avoir obtenu de cet enfant qu'il se révoltât contre son maître, il salua respectueusement le roi, et avec son agrément prit congé de lui.

Dès le soir même, les trois mousquetaires furent prévenus de l'honneur qui leur était accordé. Comme ils connaissaient depuis long-temps le roi, ils n'en furent pas trop échauffés ; mais d'Artagnan, avec son imagination gasconne, y vit sa fortune à venir et passa la nuit à faire des rêves d'or. Aussi dès huit heures du matin était-il chez Athos.

D'Artagnan trouva le mousquetaire tout habillé et prêt à sortir. Comme on n'avait rendez-vous chez le roi qu'à midi, il avait formé le projet avec Porthos et Aramis d'aller faire une partie de paume dans un tripot situé tout près des écuries du Luxembourg. Athos invita d'Artagnan à les suivre, et, malgré son ignorance de ce jeu, auquel il n'avait jamais joué, celui-ci accepta ne sachant que faire de son temps depuis neuf heures du matin qu'il était à peine jusqu'à midi.

Les deux mousquetaires étaient déjà arrivés et pelotaient ensemble. Athos, qui était très-fort à tous les exercices du corps, passa avec d'Artagnan du côté opposé et leur fit défi. Mais au premier mouvement qu'il essaya, quoiqu'il jouât de la main gauche, il comprit que sa blessure était encore trop récente pour lui permettre un pareil exercice. D'Artagnan resta donc

seul, et comme il déclara qu'il était trop
maladroit pour soutenir une partie en
règles, on continua seulement à s'envoyer
des balles sans compter le jeu. Mais une
de ces balles, lancée par le poignet her-
culéen de Porthos passa si près du visage
d'Artagnan, qu'il pensa que si, au lieu de
passer à côté, elle eût donné dedans, son
audience était probablement perdue, attendu qu'il lui eût été de toute im-
sibilité de se présenter chez le roi. Or,
comme de cette audience, dans son imagination gasconne, dépendait tout son
avenir, il salua poliment Porthos et Aramis, déclarant qu'il ne reprendrait la
partie que lorsqu'il serait en état de leur
tenir tête, et il s'en revint prendre place
près de la corde et dans la galerie.

Malheureusement pour d'Artagnan, parmi les spectateurs se trouvait un garde de Son Eminence; lequel, tout échauffé encore de la défaite de ses compagnons, arrivée la veille seulement, s'était promis de saisir la première occasion de la venger. Il crut donc que cette occasion était venue, et s'adressant à son voisin :

— Il n'est pas étonnant, dit-il, que ce jeune homme ait eu peur d'une balle, c'est sans doute un apprenti mousquetaire.

D'Artagnan se retourna comme si un serpent l'eût mordu, et regarda fixement le garde qui venait de tenir cet insolent propos.

— Pardieu! reprit celui-ci en frisant

insolemment sa moustache, regardez-moi tant que vous voudrez, mon petit monsieur, j'ai dit ce que j'ai dit.

— Et comme ce que vous avez dit est trop clair pour que vos paroles aient besoin d'explication, répondit d'Artagnan à voix basse, je vous prierai de me suivre.

— Et quand cela? demanda le garde avec le même air railleur.

— Tout de suite, s'il vous plaît.

— Et vous savez qui je suis, sans doute?

— Moi, je l'ignore complétement et je ne m'en inquiète guère.

— Et vous avez tort, car, si vous saviez

mon nom, peut-être seriez-vous moins pressé.

— Comment vous appelez-vous?

— Bernajoux, pour vous servir.

— Eh bien, monsieur Bernajoux, dit tranquillement d'Artagnan, je vais vous attendre sur la porte.

— Allez, monsieur, je vous suis.

— Ne vous pressez pas trop, monsieur, qu'on ne s'aperçoive pas que nous sortons ensemble; vous comprenez que, pour ce que nous allons faire, trop de monde nous gênerait.

— C'est bien, répondit le garde étonné que son nom n'eût pas produit plus d'effet sur le jeune homme.

En effet, le nom de Bernajoux était connu de tout le monde, de d'Artagnan seul excepté, peut-être ; car c'était un de ceux qui figuraient le plus souvent dans les rixes journalières que tous les édits du roi et du cardinal n'avaient pu réprimer.

Porthos et Aramis étaient si occupés de leur partie, et Athos les regardait avec tant d'attention qu'ils ne virent pas même sortir leur jeune compagnon, lequel, ainsi qu'il l'avait dit au garde de Son Eminence, s'arrêta sur la porte ; un instant après celui-ci descendit à son tour. Comme d'Artagnan n'avait pas de temps à perdre, vu l'audience du roi, qui était fixée à midi, il jeta les yeux autour de lui, et voyant que la rue était déserte :

— Ma foi, dit-il à son adversaire, il est bien heureux pour vous, quoique vous vous appeliez Bernajoux, de n'avoir affaire qu'à un apprenti mousquetaire; cependant, soyez tranquille, je ferai de mon mieux. En garde!

— Mais, dit celui que d'Artagnan provoquait ainsi, il me semble que le lieu est assez mal choisi, et que nous serions mieux derrière l'abbaye Saint-Germain ou dans le Pré-aux-Clercs.

— Ce que vous dites est plein de sens, répondit d'Artagnan; malheureusement j'ai peu de temps à moi, ayant un rendez-vous à midi juste. En garde donc, monsieur, en garde!

Bernajoux n'était pas homme à se faire

répéter deux fois un pareil compliment.
Au même instant son épée brilla à sa main
et il fondit sur son adversaire, que, grâce
à sa grande jeunesse, il espérait intimider.

Mais d'Artagnan avait fait la veille son
apprentissage, et, tout frais émoulu de sa
victoire, tout gonflé de sa future faveur, il
était résolu à ne pas reculer d'un pas : aussi
les deux fers se trouvèrent-ils engagés jusqu'à la garde, et, comme d'Artagnan tenait
ferme à sa place, ce fut son adversaire qui
fit un pas de retraite. Mais d'Artagnan saisit le moment où, dans ce mouvement, le fer
de Bernajoux déviait de la ligne, il dégagea,
se fendit et toucha son adversaire à l'épaule.
Aussitôt d'Artagnan, à son tour, fit un pas
de retraite et releva son épée ; mais Bernajoux lui cria que ce n'était rien, et, se fen-

dant aveuglément sur lui, il s'enferra de lui-même. Cependant, comme il ne tombait pas, comme il ne se déclarait pas vaincu, mais que seulement il rompait du côté de l'hôtel de M. de La Trémouille, au service duquel il avait un parent, d'Artagnan, ignorant lui-même la gravité de la dernière blessure que son adversaire avait reçue, le pressait vivement, et sans doute allait l'achever d'un troisième coup, lorsque, la rumeur qui s'élevait de la rue s'étant étendue jusqu'au jeu de paume, deux des amis du garde, qui l'avaient entendu échanger quelques paroles avec d'Artagnan, et qui l'avaient vu sortir à la suite de ces paroles, se précipitèrent l'épée à la main hors du tripot et tombèrent sur le vainqueur. Mais aussitôt Athos, Porthos et Aramis parurent à leur tour, et, au moment où les deux gardes attaquaient leur jeune camarade, les forcèrent à se retourner. En ce moment, Bernajoux tomba; et comme les gardes étaient deux seulement contre quatre, ils se mirent à crier : « A nous, l'hôtel de La Trémouille ! » A ces cris, tout ce qui était dans l'hôtel sortit, se ruant sur les quatre compagnons, qui de leur côté se mirent à crier : « A nous, mousquetaires ! »

Ce cri était ordinairement entendu; car on savait les mousquetaires ennemis de Son Éminence, et on les aimait pour la haine qu'ils portaient au cardinal. Aussi les gardes des autres compagnies que celles appartenant au duc Rouge, comme l'avait appelé Aramis, prenaient-ils en général parti dans ces sortes de querelles pour les mousquetaires du roi. De trois gardes de la compagnie de M. Dessessart, qui passaient, deux vinrent donc en aide aux quatre compagnons, tandis que l'autre courait à l'hôtel de M. de Tréville, criant : « A nous, mousquetaires, à nous! » Comme d'habitude l'hôtel de M. de Tréville était plein de soldats de cette arme, qui accoururent au secours de leurs camarades; la mêlée devint générale, mais la force était aux mousquetaires : les gardes du cardinal et les gens de M. de La Trémouille se retirèrent dans l'hôtel, dont ils fermèrent les portes assez à temps pour empêcher que leurs ennemis n'y fissent irruption en même temps qu'eux. Quant au blessé, il y avait été tout d'abord transporté et, comme nous l'avons dit, en fort mauvais état.

L'agitation était à son comble parmi les mousquetaires et leurs alliés, et l'on délibérait déjà si, pour punir l'insolence qu'avaient eue les domestiques de M. de La Trémouille, de faire une sortie sur les mousquetaires du roi, on ne mettrait pas le feu à son hôtel. La proposition en avait été faite et accueillie avec enthousiasme, lorsque heureusement onze heures sonnèrent; d'Artagnan et ses compagnons se souvinrent de leur audience, et, comme ils eussent regretté que l'on fît un si beau coup sans eux, ils parvinrent à calmer les têtes. On se contenta donc de jeter quelques pavés dans les portes, mais les portes résistèrent : alors on se lassa; d'ailleurs ceux qui devaient être regardés comme les chefs de l'entreprise avaient depuis un instant quitté le groupe et s'acheminaient vers l'hôtel de M. de Tréville, qui les attendait, déjà au courant de cette nouvelle algarade.

— Vite, au Louvre, dit-il, au Louvre sans perdre un instant, et tâchons de voir le roi avant qu'il soit prévenu par le cardinal; nous lui raconterons la chose comme une suite de l'affaire d'hier, et les deux passeront ensemble.

M. de Tréville, accompagné des quatre jeunes gens, s'achemina donc vers le Louvre; mais, au grand étonnement du capitaine des mousquetaires, on lui annonça que le roi était allé courre le cerf dans la forêt de Saint-Germain. M. de Tréville se fit répéter deux fois cette nouvelle, et à chaque fois ses compagnons virent son visage se rembrunir.

— Est-ce que Sa Majesté, demanda-t-il, avait dès hier le projet de faire cette chasse?

— Non, Votre Excellence, répondit le valet de chambre, c'est le grand-veneur qui est venu lui annoncer ce matin qu'on avait détourné cette nuit un cerf à son intention. Il a d'abord répondu qu'il n'irait pas, puis il n'a pas su résister au plaisir que lui promettait cette chasse, et après le dîner il est parti.

— Et le roi a-t-il vu le cardinal? demanda M. de Tréville.

— Selon toute probabilité, répondit le valet de chambre, car j'ai vu ce matin les chevaux au carrosse de Son Éminence,

j'ai demandé où elle allait, et l'on m'a répondu : A Saint-Germain.

— Nous sommes prévenus, dit M. de
Tréville. Messieurs, je verrai le roi ce soir ;
mais quant à vous, je ne vous conseille
pas de vous y hasarder.

L'avis était trop raisonnable et surtout
venait d'un homme qui connaissait trop
bien le roi pour que les quatre jeunes
gens essayassent de le combattre. M. de
Tréville les invita donc à rentrer chacun
chez eux et à attendre de ses nouvelles.

En rentrant à son hôtel, M. de Tréville
songea qu'il fallait prendre date en portant
plainte le premier. Il envoya un de ses
domestiques chez M. de La Trémouille

avec une lettre dans laquelle il le priait de mettre hors de chez lui le garde de M. le cardinal et de réprimander ses gens de l'audace qu'ils avaient eue de faire leur sortie contre les mousquetaires. Mais M. de La Trémouille, déjà prévenu par son écuyer, dont, comme on le sait, Bernajoux était le parent, lui fit répondre que ce n'était ni à M. de Tréville ni à ses mousquetaires de se plaindre, mais bien au contraire à lui, dont les mousquetaires avaient chargé et blessé les gens et avaient voulu brûler l'hôtel. Or, comme le débat entre ces deux seigneurs eût pu durer long-temps, chacun devant naturellement s'entêter dans son opinion, M. de Tréville avisa un expédient qui avait pour but de tout terminer : c'était d'aller trouver lui-même M. de La Trémouille.

Il se rendit donc aussitôt à son hôtel et se fit annoncer.

Les deux seigneurs se saluèrent poliment, car, s'il n'y avait pas amitié entre eux, il y avait du moins estime. Tous deux étaient gens de cœur et d'honneur; et comme M. de La Trémouille, protestant, et voyant rarement le roi, n'était d'aucun parti, il n'apportait en général dans ses relations sociales aucune prévention. Cette fois, néanmoins, son accueil, quoique poli, fut plus froid que d'habitude.

— Monsieur, dit M. de Tréville, nous croyons avoir à nous plaindre chacun l'un de l'autre, et je suis venu moi-même pour que nous tirions de compagnie cette affaire au clair.

— Volontiers, répondit M. de La Trémouille; mais je vous préviens que je suis bien renseigné, et que tout le tort est à vos mousquetaires.

— Vous êtes un homme trop juste et trop raisonnable, monsieur, dit M. de Tréville, pour ne pas accepter la proposition que je vais vous faire.

— Faites, monsieur, j'écoute.

— Comment se trouve M. Bernajoux, le parent de votre écuyer?

— Mais, monsieur, fort mal. Outre le coup d'épée qu'il a reçu dans le bras, et qui n'est pas autrement dangereux, il en a encore ramassé un autre qui lui a traversé

le poumon, de sorte que le médecin en dit
de pauvres choses.

— Mais le blessé a-t-il conservé sa connaissance?

— Parfaitement.

— Parle-t-il?

— Avec difficulté, mais il parle.

— Eh bien, monsieur! rendons-nous
près de lui; adjurons-le, au nom du Dieu
devant lequel il va être appelé peut-être,
de dire la vérité. Je le prends pour juge
dans sa propre cause, monsieur; et ce qu'il
dira, je le croirai.

M. de La Trémouille réfléchit un instant,
puis, comme il était difficile de faire une

proposition plus raisonnable, il accepta.

Tous deux descendirent dans la chambre où était le blessé. Celui-ci, en voyant entrer ces deux nobles seigneurs qui venaient lui faire visite, essaya de se soulever sur son lit, mais il était trop faible, et, épuisé par l'effort qu'il avait fait, il retomba presque sans connaissance.

M. de La Trémouille s'approcha de lui et lui fit respirer des sels qui le rappelèrent à la vie. Alors M. de Tréville, ne voulant pas qu'on pût l'accuser d'avoir influencé le malade, invita M. de La Trémouille à l'interroger lui-même.

Ce qu'avait prévu M. de Tréville arriva. Placé entre la vie et la mort comme l'était

Bernajoux, il n'eut pas même l'idée de taire
un instant la vérité ; et il raconta aux deux
seigneurs les choses exactement, telles
qu'elles s'étaient passées.

C'était tout ce que voulait M. de Tréville ;
il souhaita à Bernajoux une prompte con-
valescence, prit congé de M. de La Trémouille, rentra à son hôtel et fit aussitôt
prévenir les quatre amis qu'il les attendait
à dîner.

M. de Tréville recevait fort bonne compagnie, tout anti-cardinaliste d'ailleurs. On
comprend donc que la conversation roula
pendant tout le dîner sur les deux échecs
que venaient d'éprouver les gardes de Son
Éminence. Or, comme d'Artagnan avait été
le héros de ces deux journées, ce fut sur lui

que tombèrent toutes les félicitations, qu'A-
thos, Porthos et Aramis lui abandonnè-
rent, non-seulement en bons camarades,
mais en hommes qui avaient eu assez souvent leur tour pour qu'ils lui laissassent le
sien.

Vers six heures, M. de Tréville annonça
qu'il était tenu d'aller au Louvre; mais
comme l'heure de l'audience accordée par
Sa Majesté était passée, au lieu de réclamer
l'entrée par le petit escalier il se plaça avec
les quatre jeunes gens dans l'antichambre.
Le roi n'était pas encore revenu de la chasse.
Nos jeunes gens attendaient depuis une
demi-heure à peine, mêlés à la foule des
courtisans, lorsque toutes les portes s'ouvrirent et qu'on annonça Sa Majesté.

A cette annonce, d'Artagnan se sentit

frémir jusqu'à la moelle des os, L'instant qui allait suivre devait, selon toute probabilité, décider du reste de sa vie. Aussi ses yeux se fixèrent-ils avec angoisse sur la porte par laquelle devait entrer le roi.

Louis XIII parut, marchant le premier; il était en costume de chasse, encore tout poudreux, ayant de grandes bottes et tenant un fouet à la main. Au premier coup d'œil, d'Artagnan jugea que l'esprit du roi était à l'orage.

Cette disposition, toute visible qu'elle était chez Sa Majesté, n'empêcha pas les courtisans de se ranger sur son passage : dans les antichambres royales, mieux vaut encore être vu d'un œil irrité que de ne pas être vu du tout. Les trois mousquetaires n'hésitèrent donc pas et firent un pas en avant, tandis que d'Artagnan au contraire restait caché derrière eux; mais quoique le roi connût personnellement Athos, Porthos et Aramis, il passa devant eux sans les regarder, sans leur parler et comme s'il ne les avait jamais vus. Quant à M. de Tréville, lorsque les yeux du roi s'arrêtèrent un instant sur lui, il soutint ce regard avec tant de fermeté, que ce fut le roi qui détourna la vue; après quoi, tout en grommelant, Sa Majesté rentra dans son appartement.

— Les affaires vont mal, dit Athos en souriant, et nous ne serons pas encore faits chevaliers de l'ordre cette fois-ci.

— Attendez ici dix minutes; dit M. de

Tréville; et si au bout de dix minutes vous ne me voyez pas sortir, retournez à mon hôtel: car il sera inutile que vous m'attendiez plus long-temps.

Les quatre jeunes gens attendirent dix minutes, un quart d'heure, vingt minutes; et, voyant que M. de Tréville ne reparaissait point, ils sortirent fort inquiets de ce qui allait arriver.

M. de Tréville était entré hardiment dans le cabinet du roi, et avait trouvé Sa Majesté de très-méchante humeur, assise sur un fauteuil et battant ses bottes du manche de son fouet, ce qui ne l'avait pas empêché de lui demander avec le plus grand flegme des nouvelles de sa santé.

— Mauvaises, monsieur, mauvaises, répondit le roi, je m'ennuie.

C'était, en effet, la pire maladie de Louis XIII, qui souvent prenait un de ses courtisans, l'attirait à une fenêtre et lui disait : Monsieur un tel, ennuyons-nous ensemble.

— Comment! Votre Majesté s'ennuie! dit M. de Tréville. N'a-t-elle donc pas pris aujourd'hui le plaisir de la chasse?

— Beau plaisir, monsieur! Tout dégénère, sur mon âme, et je ne sais si c'est le gibier qui n'a plus de voie ou les chiens qui n'ont plus de nez. Nous lançons un cerf dix cors, nous le courons six heures, et quand il est prêt à tenir, quand Saint-Simon met déjà le cor à sa bouche pour sonner l'halali, crac, toute la meute prend le change et s'emporte sur un daguet. Vous verrez que je serai obligé de renoncer à la chasse à courre comme j'ai renoncé à la chasse au vol. Ah! je suis un roi bien malheureux, monsieur de Tréville! je n'avais plus qu'un gerfaut, et il est mort avant-hier.

— En effet, sire, je comprends votre désespoir, et le malheur est grand; mais il vous reste encore, ce me semble, bon nombre de faucons, d'éperviers et de tiercelets.

— Et pas un homme pour les instruire; les fauconniers s'en vont, il n'y a plus que moi qui connaisse l'art de la vénerie. Après moi tout sera dit, et l'on chassera avec des traquenards, des piéges, des trappes. Si j'avais le temps encore de former des élèves ! mais oui, M. le cardinal est là qui ne me laisse pas un instant de repos, qui me parle de l'Espagne, qui me parle de l'Autriche, qui me parle de l'Angleterre ! Ah ! à propos de M. le cardinal, monsieur de Tréville, je suis mécontent de vous.

M. de Tréville attendait le roi à cette chute. Il connaissait le roi de longue main ; il avait compris que toutes ses plaintes n'étaient qu'une préface, une espèce d'excitation pour s'encourager lui-même, et que c'était où il était arrivé enfin qu'il en voulait venir.

— Et en quoi ai-je été assez malheureux pour déplaire à Votre Majesté ? demanda

M. de Tréville en feignant le plus profond étonnement.

— Est-ce ainsi que vous faites votre charge, monsieur? continua le roi sans répondre directement à la question de M. de Tréville; est-ce pour cela que je vous ai nommé capitaine de mes mousquetaires, que ceux-ci assassinent un homme, émeuvent tout un quartier et veulent brûler Paris sans que vous en disiez un mot? Mais au reste, continua le roi, sans doute que je me hâte de vous accuser, sans doute que les perturbateurs sont en prison et que vous venez m'annoncer que justice est faite.

— Sire, répondit tranquillement M. de Tréville, je viens vous la demander au contraire.

— Et contre qui? s'écria le roi.

— Contre les calomniateurs, dit M. de Tréville.

—Ah! voilà qui est nouveau, reprit le roi. Allez-vous pas dire que vos trois mousquetaires damnés, Athos, Porthos, Aramis, et votre cadet de Béarn, ne se sont pas jetés comme des furieux sur le pauvre Bernajoux, et ne l'ont pas maltraité de telle façon qu'il est probable qu'il est en train de trépasser à cette heure! Allez-vous pas dire qu'ensuite ils n'ont pas fait le siége de l'hôtel du duc de La Trémouille, et qu'ils n'ont point voulu le brûler! Ce qui n'aurait peut-être pas été un très-grand malheur en temps de guerre, vu que c'est un nid de huguenots, mais ce qui, en temps de paix, est d'un fâcheux exemple. Dites, n'allez-vous pas nier tout cela?

— Et qui vous a fait ce beau récit, sire? demanda tranquillement M. de Tréville.

—Qui m'a fait ce beau récit, monsieur! et qui voulez-vous que ce soit, si ce n'est celui qui veille quand je dors, qui travaille quand je m'amuse, qui mène tout au dedans et au dehors du royaume, en France comme en Europe?

— Sa Majesté veut parler de Dieu, sans doute, dit M. de Tréville, car je ne connais que Dieu qui soit si fort au-dessus de Sa Majesté.

— Non, monsieur; je veux parler du

soutien de l'Etat, de mon seul serviteur, de mon seul ami, de M. le cardinal.

— Son Eminence n'est pas Sa Sainteté, sire.

— Qu'entendez-vous par là, monsieur?

— Qu'il n'y a que le pape qui soit infaillible, et que cette infaillibilité ne s'étend pas aux cardinaux.

— Vous voulez dire qu'il me trompe, vous voulez dire qu'il me trahit. Vous l'accusez alors. Voyons, dites, avouez franchement que vous l'accusez.

— Non, sire; mais je dis qu'il se trompe lui-même; je dis qu'il a été mal renseigné; je dis qu'il a eu hâte d'accuser les mousquetaires de Sa Majesté, pour lesquels il est injuste, et qu'il n'a pas été puiser ses renseignements aux bonnes sources.

— L'accusation vient de M. de La Trémouille, du duc lui-même. Que répondrez-vous à cela?

— Je pourrais répondre, sire, qu'il est trop intéressé dans la question pour être un témoin bien impartial; mais loin de là, sire, je connais le duc pour un loyal gentilhomme, et je m'en rapporterai à lui, mais à une condition, sire.

— Laquelle?

— C'est que Votre Majesté le fera venir, l'interrogera, mais elle-même, en tête à tête, sans témoins, et que je reverrai Votre

Majesté aussitôt qu'elle aura revu le duc.

— Oui-dà! fit le roi, et vous vous en rapporterez à ce que dira M. de La Trémouille?

— Oui, sire.

— Vous accepterez son jugement?

— Sans doute.

— Et vous vous soumettrez aux réparations qu'il exigera?

— Parfaitement.

— La Chesnaye! fit le roi, La Chesnaye!

Le valet de chambre de confiance de Louis XIII, qui se tenait toujours à la porte, entra.

— La Chesnaye, dit le roi, qu'on aille à l'instant même me querir M. de La Trémouille; je veux lui parler ce soir.

— Votre Majesté me donne sa parole qu'elle ne verra personne entre M. de La Trémouille et moi?

— Personne, foi de gentilhomme.

— A demain, sire, alors.

— A demain, monsieur.

— A quelle heure, s'il plaît à Votre Majesté?

— A l'heure que vous voudrez.

— Mais, en venant par trop matin, je crains de réveiller Votre Majesté.

— Me réveiller! Est-ce que je dors! Je ne dors plus, monsieur; je rêve quelquefois, voilà tout. Venez donc d'aussi bon matin que vous voudrez, à sept heures; mais gare à vous si vos mousquetaires sont coupables.

—Si mes mousquetaires sont coupables, sire, les coupables seront remis aux mains de Votre Majesté, qui ordonnera d'eux selon son bon plaisir. Votre Majesté exige-t-elle quelque chose de plus? qu'elle parle, je suis prêt à lui obéir.

— Non, monsieur, non, et ce n'est pas sans raison qu'on m'a appelé Louis-le-Juste. A demain donc, monsieur, à demain.

— Dieu garde jusque-là Votre Majesté!

Si peu que dormit le roi, M. de Tréville dormit plus mal encore; il avait fait
prévenir dès le soir même ses trois mousquetaires et leur compagnon de se trouver
chez lui à six heures et demie du matin.
Il les emmena avec lui, sans leur rien affirmer, sans leur rien promettre, et ne leur
cachant pas que leur faveur et même la
sienne tenaient à un coup de dé.

Arrivé au bas du petit escalier, il les fit
attendre. Si le roi était toujours irrité contre eux, ils s'éloigneraient sans être vus; si
le roi consentait à les recevoir, on n'aurait
qu'à les faire appeler.

En arrivant dans l'antichambre particulière du roi, M. de Tréville trouva La Chesnaye, qui leur apprit qu'on n'avait par ren-

contré le duc de La Trémouille la veile au soir à son hôtel; qu'il était rentré trop tard pour se présenter au Louvre, qu'il venait seulement d'arriver et qu'il était à cette heure chez le roi.

Cette circonstance plut beaucoup à M. de Tréville, qui, de cette façon, fut certain qu'aucune suggestion étrangère ne se glisserait entre la déposition de M. de La Trémouille et lui.

En effet, dix minutes s'étaient à peine écoulées, que la porte du cabinet du roi s'ouvrit et que M. de Tréville en vit sortir le duc de La Trémouille, lequel vint à lui et dit:

—Monsieur de Tréville, Sa Majesté vient de m'envoyer querir pour savoir comment les choses s'étaient passées hier matin à mon hôtel. Je lui ai dit la vérité, c'est-à-dire que la faute était à mes gens, et que j'étais prêt à vous en faire mes excuses. Puisque je vous rencontre, veuillez les recevoir et me tenir toujours pour un de vos amis.

— Monsieur le duc, dit M. de Tréville, j'étais si plein de confiance dans votre loyauté, que je n'avais pas voulu près de Sa Majesté d'autre défenseur que vous-même. Je vois que je ne m'étais pas abusé, et je vous remercie de ce qu'il y a encore en France un homme de qui on puisse dire sans se tromper ce que j'ai dit de vous.

— C'est bien, c'est bien! dit le roi, qui avait écouté tous ces compliments entre

les deux portes : seulement dites-lui, Tréville, puisqu'il se prétend un de vos amis,
que moi aussi je voudrais être des siens,
mais qu'il me néglige, qu'il y a tantôt trois
ans que je ne l'ai vu, et que je ne le vois que
quand je l'envoie chercher. Dites-lui tout
cela de ma part, car ce sont de ces choses
qu'un roi ne peut dire lui-même.

— Merci, sire, merci, dit le duc, mais
que Votre Majesté croie bien que ce ne sont
pas ceux, je ne dis point cela pour M. de
Tréville, que ce ne sont point ceux qu'elle
voit à toute heure du jour qui lui sont le
plus dévoués.

— Ah! vous avez entendu ce que j'ai
dit; tant mieux, duc, tant mieux, dit le
roi en s'avançant jusque sur la porte. Ah!

c'est vous, Tréville! où sont vos mousquetaires? je vous avais dit avant-hier de me les amener, pourquoi ne l'avez-vous pas fait?

— Ils sont en bas, sire, et avec votre congé La Chesnaye va leur dire de monter.

— Oui, oui, qu'ils viennent tout de suite; il va être huit heures, et à neuf heures j'attends une visite. Allez, monsieur le duc, et revenez surtout. Entrez, Tréville.

— Le duc salua et sortit. Au moment où il ouvrait la porte, les trois mousquetaires et d'Artagnan, conduits par La Chesnaye, apparaissaient au haut de l'escalier.

— Venez, mes braves, dit le roi, venez, j'ai à vous gronder.

Les mousquetaires s'approchèrent en s'inclinant, d'Artagnan les suivait par derrière.

— Comment diable! continua le roi; à vous quatre, sept gardes de Son Éminence mis hors de combat en deux jours! C'est trop, messieurs, c'est trop. A ce compte-là Son Éminence serait forcée de renouveler sa compagnie dans trois semaines, et moi de faire appliquer les édits dans toute leur rigueur. Un par hasard, je ne dis pas; mais sept en deux jours, je le répète, c'est trop, c'est beaucoup trop.

— Aussi, sire; Votre Majesté voit qu'ils viennent tout contrits et tout repentants lui faire leurs excuses.

— Tout contrits et tout repentants!

Hum! fit le roi, je ne me fie pas à leurs faces hypocrites; il y a surtout là-bas une figure de Gascon. Venez ici, monsieur.

D'Artagnan, qui comprit que c'était à lui que le compliment s'adressait, s'approcha en prenant son air le plus désespéré.

— Eh bien, que me disiez-vous donc, que c'était un jeune homme? c'est un enfant, monsieur de Tréville, un véritable enfant! Et c'est celui-là qui a donné ce rude coup d'épée à Jussac?

— Et ces deux beaux coups d'épée à Bernajoux.

— Véritablement!

— Sans compter, dit Athos, que s'il ne

m'avait pas tiré des mains de Biscarrat, je n'aurais très-certainement pas l'honneur de faire en ce moment-ci ma très-humble révérence à Votre Majesté.

— Mais c'est donc un véritable démon, que ce Béarnais, ventre saint-gris! monsieur de Tréville? comme eût dit le roi mon père. — A ce métier-là, on doit trouer force pourpoints et briser force épées. — Or les Gascons sont toujours pauvres, n'est-ce pas?

— Sire, je dois dire qu'on n'a pas encore trouvé des mines d'or dans leurs montagnes; quoique le Seigneur leur dût bien ce miracle en récompense de la manière dont ils ont soutenu les prétentions du roi votre père.

— Ce qui veut dire que ce sont les Gascons qui m'ont fait roi moi-même, n'est-ce pas, Tréville, puisque je suis le fils de mon père ? Eh bien ! à la bonne heure, je ne dis pas non. La Chesnaye, allez voir si en fouillant dans toutes mes poches vous trouverez quarante pistoles ; et si vous les trouvez, apportez-les-moi. Et maintenant, voyons, jeune homme, la main sur la conscience, comment cela s'est-il passé ?

D'Artagnan raconta l'aventure de la veille dans tous ses détails : comment, n'ayant pas pu dormir de la joie qu'il éprouvait à voir Sa Majesté, il était arrivé chez ses amis trois heures avant l'heure de l'audience ; comment ils étaient allés ensemble au tripot, et comment, sur la crainte qu'il avait manifestée de recevoir une balle au visage, il avait été raillé par Bernajoux, lequel avait failli payer cette raillerie de la perte de la vie, et M. de La Trémouille, qui n'y était pour rien, de la perte de son hôtel.

— C'est bien cela, murmurait le roi; oui, c'est ainsi que le duc m'a raconté la chose. Pauvre cardinal! sept hommes en deux jours, et de ses plus chers; mais c'est assez comme cela, messieurs, entendez-vous! c'est assez: vous avez pris votre revanche de la rue Férou, et au-delà; vous devez être satisfaits.

— Si Votre Majesté l'est, dit Tréville, nous le sommes.

— Oui, je le suis, ajouta le roi en prenant une poignée d'or de la main de La Chesnaye; et la mettant dans celle de d'Artagnan : Voici, dit-il, une preuve de ma satisfaction!

— A cette époque, les idées de fierté qui sont de mise de nos jours n'étaient point encore de mode. Un gentilhomme recevait de la main à la main de l'argent du roi, et n'en était pas le moins du monde humilié. D'Artagnan mit donc les quarante pistoles dans sa poche sans faire aucune façon, et en remerciant tout au contraire grandement Sa Majesté.

— Là, dit le roi en regardant sa pendule, là, et maintenant qu'il est huit heures et demie, retirez-vous; car, je vous l'ai dit, j'attends quelqu'un à neuf heures. Merci de votre dévouement, messieurs. J'y puis compter, n'est-ce pas?

— Oh, sire ! s'écrièrent d'une même voix les quatre compagnons, nous nous ferions couper en morceaux pour Votre Majesté.

—Bien, bien; mais restez entiers: cela vaut mieux, et vous me serez plus utiles ainsi. Tréville, ajouta le roi à demi-voix pendant que les autres se retiraient, comme vous n'avez pas de place dans les mousquetaires et que d'ailleurs pour entrer dans ce corps nous avons décidé qu'il fallait faire un noviciat, placez ce jeune homme dans la compagnie des gardes de M. Dessessart votre beau-frère. Ah, pardieu! Tréville, je me réjouis de la grimace que va faire le cardinal : il sera furieux, mais cela m'est égal; je suis dans mon droit.

Et le roi salua de la main Tréville, qui sortit et s'en vint rejoindre ses mousquetaires, qu'il trouva partageant avec d'Artagnan les quarante pistoles.

Et le cardinal, comme l'avait dit Sa Majesté, fut effectivement furieux, si furieux que pendant huit jours il abandonna le jeu du roi, ce qui n'empêchait pas le roi de lui faire la plus charmante mine du monde, et toutes les fois qu'il le rencontrait de lui demander de sa voix la plus caressante :

— Eh bien, monsieur le cardinal, comment vont ce pauvre Bernajoux et ce pauvre Jussac, qui sont à vous?

CHAPITRE VII.

L'INTÉRIEUR DES MOUSQUETAIRES.

Lorsque d'Artagnan fut hors du Louvre et qu'il consulta ses amis sur l'emploi qu'il devait faire de sa part des quarante pistoles, Athos lui conseilla de commander un bon repas à la Pomme-de-Pin, Porthos de prendre un laquais, et Aramis de se faire une maîtresse convenable.

Le repas fut exécuté le jour même, et le laquais y servit à table. Le repas avait été commandé par Athos, et le laquais fourni par Porthos. C'était un Picard que le glorieux mousquetaire avait embauché le jour même et à cette occasion sur le pont de la Tournelle, pendant qu'il faisait des ronds en crachant dans l'eau.

Porthos avait prétendu que cette occupation était la preuve d'une organisation réfléchie et contemplative, et il l'avait emmené sans autre recommandation. La grande mine de ce gentilhomme, pour le compte duquel il se crut engagé, avait séduit Planchet, — c'était le nom du Picard; — il y eut chez lui un léger désappointement lorsqu'il vit que la place était déjà prise par un confrère nommé Mousqueton, et lorsque Porthos lui eut signifié que son état de maison, quoique grand, ne comportait pas deux domestiques, et qu'il lui fallait entrer au service de d'Artagnan. Cependant, lorsqu'il assista au dîner que donnait son maître et qu'il vit celui-ci tirer en payant une poignée d'or de sa poche, il crut sa fortune faite et remercia le ciel d'être tombé en la possession d'un pareil Crésus ; il persévéra dans cette opinion jusqu'après le festin, des reliefs duquel il répara de longues abstinences. Mais en faisant le soir le lit de son maître les chimères de Planchet s'évanouirent. Le lit était le seul de l'appartement, qui se composait d'une antichambre et d'une chambre à coucher. Planchet coucha dans l'antichambre sur une couverture tirée du lit de d'Artagnan, et dont d'Artagnan se passa depuis.

Athos de son côté avait un valet qu'il avait dressé à son service d'une façon toute particulière et que l'on appelait Grimaud. Il était fort silencieux, ce digne seigneur. Nous parlons d'Athos, bien entendu. Depuis cinq ou six ans qu'il vivait dans la plus profonde intimité avec ses compagnons Porthos et Aramis, ceux-ci se rappelaient l'avoir vu sourire souvent; mais jamais ils ne l'avaient entendu rire. Ses paroles étaient brèves et expressives, disant toujours ce qu'elles voulaient dire, rien de plus : pas d'enjolivements, pas de broderies, pas d'arabesques. Sa conversation était un fait sans aucun épisode.

Quoique Athos eût à peine trente ans et fût d'une grande beauté de corps et d'esprit, personne ne lui connaissait de maîtresse. Jamais il ne parlait des femmes. Seulement il n'empêchait point qu'on en parlât devant lui, quoiqu'il fût facile de voir que ce genre de conversation, auquel il ne se mêlait que par des mots amers et des aperçus misanthropiques, lui était particulièrement désagréable. Sa réserve, sa sauvagerie et son mutisme en faisaient presque un vieillard; il avait donc, pour ne point déroger à ses habitudes, habitué Grimaud à lui obéir sur un simple geste ou sur un simple mouvement des lèvres. Il ne lui parlait que dans des circonstances suprêmes.

Quelquefois Grimaud, qui craignait son maître comme le feu tout en ayant pour sa personne un grand attachement et pour son génie une grande vénération, croyait

avoir parfaitement compris ce qu'il désirait, s'élançait pour exécuter l'ordre reçu
et faisait précisément le contraire. Alors
Athos haussait les épaules, et, sans se mettre en colère, rossait Grimaud. Ces jours-
là, il parlait un peu.

Porthos, comme on a pu le voir, avait
un caractère tout opposé à celui d'Athos :
non seulement il parlait beaucoup, mais
parlait haut ; peu lui importait, au reste,
il faut lui rendre cette justice, qu'on l'é-
coutât ou non, il parlait pour le plaisir de
parler et pour le plaisir de s'entendre, il
parlait de toutes choses excepté de scien-
ces, excipant à cet endroit de la haine in-
vétérée que depuis son enfance il portait,
disait-il, aux savants. Il avait moins grand
air qu'Athos ; et le sentiment de son infé-

riorité à ce sujet l'avait, dans le commencement de leur liaison, rendu souvent injuste pour ce gentilhomme, qu'il s'était
alors efforcé de dépasser par ses splendides
toilettes. Mais, avec sa simple casaque de
mousquetaire et rien que par la façon dont
il rejetait la tête en arrière et avançait le
pied, Athos prenait à l'instant même la
place qui lui était due et reléguait le fas-
tueux Porthos au second rang. Porthos
s'en consolait en remplissant l'antichambre
de M. de Tréville et les corps de garde du
Louvre du bruit de ses bonnes fortunes,
dont Athos ne parlait jamais, et, pour le
moment, après avoir passé de la noblesse
de robe à la noblesse d'épée, de la robine à la
baronne, il n'était question de rien moins
pour Porthos que d'une princesse étrangère qui lui voulait un bien énorme.

Un vieux proverbe dit : « Tel maître, tel valet. » Passons donc du valet d'Athos au valet de Porthos, de Grimaud à Mousqueton.

Mousqueton était un Normand dont son maître avait changé le nom pacifique de Boniface en celui infiniment plus sonore et plus belliqueux de Mousqueton. Il était entré au service de Porthos à la condition qu'il serait habillé et logé seulement, mais d'une façon magnifique; il ne réclamait que deux heures par jour pour les consacrer à une industrie qui devait suffire à pourvoir à ses autres besoins. Porthos avait accepté le marché; la chose lui allait à merveille. Il faisait tailler à Mousqueton des pourpoints dans ses vieux habits et dans ses manteaux de rechange, et, grâce à un tailleur fort intelligent qui lui remettait ses hardes à neuf en les retournant, et dont la femme était soupçonnée de faire descendre Porthos de ses habitudes aristocratiques, Mousqueton faisait à la suite de son maître fort bonne figure.

Quant à Aramis, don nous croyons avoir suffisamment exposé le caractère, caractère du reste que, comme celui de ses compagnons, nous pourrons suivre dans son développement, son laquais s'appelait Bazin. Grâce à l'espérance qu'avait son maître d'entrer un jour dans les ordres, il était toujours vêtu de noir, comme doit l'être le serviteur d'un homme d'Église. C'était un Berrichon de trente-cinq à quarante ans, doux, paisible, grassouillet, occupant à lire de pieux ouvrages les loisirs que lui laissait son maître, faisant à la rigueur pour deux un dîner de peu de plats, mais excellent. Au reste, muet, aveugle, sourd et d'une fidélité à toute épreuve.

Maintenant que nous connaissons, superficiellement du moins, les maîtres et les valets, passons aux demeures occupées par chacun d'eux.

Athos habitait, rue Férou, à deux pas du Luxembourg; son appartement se composait de deux petites chambres, fort proprement meublées, dans une maison garnie dont l'hôtesse, encore jeune et véritablement encore belle, lui faisait inutilement les doux yeux. Quelques fragments d'une grande splendeur passée éclataient çà et là aux murailles de ce modeste logement : c'était une épée, par exemple, richement damasquinée, qui remontait, pour la façon, à l'époque de François Ier, et dont la poignée seule, incrustée de pierres précieuses, pouvait valoir deux cents pistoles, et que cependant, dans ses moments de plus grande étresse, Athos n'avait jamais consenti à engager ni à vendre. Cette épée avait fait long-temps l'ambition de Porthos. Porthos aurait donné dix années de sa vie pour posséder cette épée.

Un jour qu'il avait rendez-vous avec une duchesse, il essaya même de l'emprunter à Athos. — Athos, sans rien dire, vida ses poches, ramassa tous ses bijoux : bourses, aiguillettes et chaînes d'or, il offrit tout à Porthos; mais quant à l'épée, lui dit-il, elle était scellée à sa place, et ne devait la quitter que lorsque son maître quitterait lui-même son logement. Outre cette épée, il y avait encore un portrait représentant un seigneur du temps de Henri III, vêtu avec la plus grande élégance, et qui portait l'ordre du Saint-Esprit, et ce portrait avait avec Athos certaines ressemblances de lignes, certaines similitudes de famille, qui indiquaient que ce grand seigneur, chevalier des ordres du roi, était son ancêtre.

Enfin, un coffre de magnifique orfévrerie, aux mêmes armes que l'épée et le portrait, faisait un milieu de cheminée qui jurait effroyablement avec le reste de la garniture. Athos portait toujours la clef de ce coffre sur lui. Mais un jour il l'avait ou-

vert devant Porthos, et Porthos avait pu s'assurer que ce coffre ne contenait que des lettres et des papiers : — des lettres d'amour
et des papiers de famille, sans doute.

— Porthos habitait un appartement
très-vaste et d'une très-somptueuse apparence, rue du Vieux-Colombier. Chaque
fois qu'il passait avec quelque ami devant
ses fenêtres, à l'une desquelles Mousqueton se tenait toujours en grande livrée,
Porthos levait la tête et la main, et disait :
Voilà ma demeure. Mais jamais on ne le
trouvait chez lui, jamais il n'invitait personne à y monter, et nul ne pouvait se
faire une idée de ce que cette somptueuse
apparence renfermait de richesses réelles.

Quant à Aramis, il habitait un petit

logement composé d'un boudoir, d'une salle à manger et d'une chambre à coucher, laquelle chambre, située comme le reste de l'appartement au rez-de-chaussée, donnait sur un petit jardin frais, vert, ombreux et impénétrable aux yeux du voisinage.

Quant à d'Artagnan, nous savons comment il était logé, et nous avons déjà fait connaissance avec son laquais, maître Planchet.

D'Artagnan, qui était fort curieux de sa nature, comme sont les gens, du reste, qui ont le génie de l'intrigue, fit tous ses efforts pour savoir ce qu'étaient au juste Athos, Porthos et Aramis; car sous ces noms de guerre, chacun des jeunes gens cachait son nom de gentilhomme, Athos surtout, qui sentait son grand seigneur d'une lieue. Il s'adressa donc à Porthos pour avoir des renseignements sur Athos et Aramis, et à Aramis pour connaître Porthos.

Malheureusement Porthos lui-même ne savait de la vie de son silencieux camarade que ce qui en avait transpiré. On disait qu'il avait eu de grands malheurs dans ses affaires amoureuses, et qu'une affreuse trahison avait empoisonné à jamais la vie de ce galant homme. Quelle était cette trahison? tout le monde l'ignorait.

Quant à Porthos, excepté son véritable nom, que M. de Tréville savait seul, ainsi que celui de ses deux camarades, sa vie était facile à connaître. Vaniteux et indiscret, on voyait à travers lui comme à travers un cristal. La seule chose qui eût pu égarer l'investigateur eût été que l'on eût cru tout le bien qu'il disait de lui.

Quant à Aramis, tout en ayant l'air de n'avoir aucun secret, c'était un garçon tout confit de mystères, répondant peu aux questions qu'on lui faisait sur les autres, et éludant celles qu'on lui faisait sur lui-même. Un jour d'Artagnan, après l'avoir long-temps interrogé sur Porthos et en avoir appris ce bruit qui courait de la bonne fortune du mousquetaire avec une princesse, voulut savoir aussi à quoi s'en tenir sur les aventures amoureuses de son interlocuteur.

— Et vous, mon cher compagnon, lui dit-il, vous qui parlez des baronnes, des comtesses et des princesses des autres ?

— Pardon, interrompit Aramis, j'ai parlé parce que Porthos en parle lui-même, parce qu'il a crié toutes ces belles choses devant moi. Mais croyez bien, mon cher monsieur d'Artagnan, que si je les tenais d'une autre source ou qu'il me les eût confiées, il n'y aurait pas eu de confesseur plus discret que moi.

— Je n'en doute pas, reprit d'Artagnan ; mais enfin, il me semble que vous-même vous êtes assez familier avec les armoiries, témoin certain mouchoir brodé auquel je dois l'honneur de votre connaissance.

Aramis cette fois ne se fâcha point, mais il prit son air le plus modeste et répondit affectueusement :

— Mon cher, n'oubliez pas que je veux

être d'Église, et que je fuis toutes les occasions mondaines. Ce mouchoir que vous avez vu ne m'avait point été confié, mais avait été oublié chez moi par un de mes amis. J'ai dû le recueillir pour ne pas les compromettre, lui et la dame qu'il aime. Quant à moi, je n'ai point et ne veux point avoir de maîtresse, suivant en cela l'exemple très-judicieux d'Athos, qui n'en a pas plus que moi.

—Mais que diable! vous n'êtes pas abbé, puisque vous êtes mousquetaire.

— Mousquetaire par intérim, mon cher, comme dit le cardinal, mousquetaire contre mon gré, mais homme d'Église dans le cœur, croyez-moi. Athos et Porthos m'ont fourré là-dedans pour m'occuper : j'ai eu, au moment d'être ordonné, une petite difficulté avec... Mais cela ne vous intéresse guère, et je vous prends un temps précieux.

— Point du tout, cela m'intéresse fort, s'écria d'Artagnan, et je n'ai pour le moment absolument rien à faire.

— Oui, mais moi j'ai mon bréviaire à dire, répondit Aramis, puis quelques vers à composer, que m'a demandés madame d'Aiguillon; ensuite je dois passer rue Saint-Honoré afin d'acheter du rouge pour madame de Chevreuse : vous voyez, mon cher ami, que, si rien ne vous presse, je suis très-pressé, moi.

Et Aramis tendit affectueusement la

main à son jeune compagnon et prit congé de lui.

D'Artagnan ne put, quelque peine qu'il se donnât, en savoir davantage sur ses trois nouveaux amis. Il prit donc son parti de croire dans le présent tout ce qu'on disait de leur passé, — espérant des révélations plus sûres et plus étendues de l'avenir. — En attendant, il considéra Athos comme un Achille, Porthos comme un Ajax, et Aramis comme un Joseph.

Au reste, la vie des quatre jeunes gens était joyeuse : Athos jouait, et toujours malheureusement.Cependant il n'empruntait jamais un sou à ses amis, quoique sa bourse fût sans cesse à leur service; et lorsqu'il avait joué sur parole, il faisait toujours réveiller son créancier à six heures du matin pour lui payer sa dette de la veille.

Porthos avait des fougues : ces jours-là, s'il gagnait, on le voyait insolent et splendide; s'il perdait, il disparaissait complétement pendant quelques jours, après lesquels il reparaissait le visage blême et la mine allongée, mais avec de l'argent dans ses poches.

Quant à Aramis, il ne jouait jamais. C'était bien le plus mauvais mousquetaire et le plus méchant convive qui se pût voir. Il avait toujours besoin de travailler. Quelquefois, au milieu d'un dîner, quand chacun, dans l'entraînement du vin et dans la chaleur de la conversation, croyait que l'on en avait encore pour deux ou trois heures à rester à table, Aramis regardait sa montre, se levait avec un gracieux sourire et prenait congé de la société pour aller, disait-il, consulter un casuiste avec lequel il avait rendez-vous. D'autres fois, il retournait à son logis pour écrire une thèse, et priait ses amis de ne pas le distraire.

Cependant Athos souriait de ce charmant sourire mélancolique, si bien séant à sa noble figure, et Porthos buvait en jurant qu'Aramis ne serait jamais qu'un curé de village.

Planchet, le valet de d'Artagnan, supporta noblement la bonne fortune; il recevait trente sous par jour, et pendant un mois il revenait au logis gai comme un pinson et affable envers son maître. Quand le vent de l'adversité commença de souffler sur le ménage de la rue des Fossoyeurs, c'est-à-dire quand les quarante pistoles du roi Louis XIII furent mangées ou à peu près, il commença des plaintes qu'Athos trouva nauséabondes, Porthos indécentes, et Aramis ridicules. Athos conseilla donc à d'Artagnan de congédier le drôle, Porthos voulait qu'on le bâtonnât auparavant, et Aramis prétendit qu'un maître ne devait entendre que les compliments qu'on fait de lui.

— Cela vous est bien aisé à dire, reprit d'Artagnan; à vous, Athos, qui vivez muet avec Grimaud, qui lui défendez de parler, et qui, par conséquent, n'avez jamais de mauvaises paroles avec lui; à vous, Porthos, qui menez un train magnifique et qui êtes un dieu pour votre valet Mousqueton; à vous enfin, Aramis, qui, toujours distrait par vos études théologiques, inspirez un profond respect à votre serviteur Bazin, homme doux et religieux; mais moi qui suis sans consistance et sans ressources, moi qui ne suis pas mousquetaire ni même garde, moi, que ferais-je pour inspirer de l'affection, de la terreur ou du respect à Planchet?

— La chose est grave, répondirent les trois amis; c'est une affaire d'intérieur : il en est des valets comme des femmes, il faut les mettre tout de suite sur le pied où l'on désire qu'ils r stent. Réfléchissez donc.

D'Artagnan réfléchit et se résolut à rouer

Planchet par provision, ce qui fut exécuté avec la conscience que d'Artagnan mettait en toutes choses; puis, après l'avoir bien rossé, il lui défendit de quitter son service sans sa permission; car, ajouta-t-il, l'avenir ne peut manquer de me faire faute; j'attends inévitablement des temps meilleurs. Ta fortune est donc faite si tu restes près de moi, et je suis trop bon maître pour te faire manquer ta fortune en t'accordant le congé que tu me demandes.

Cette manière d'agir donna beaucoup de respect aux mousquetaires pour la politique de d'Artagnan. Planchet fut également saisi d'admiration et ne parla plus de s'en aller.

La vie des quatre jeunes gens était devenue commune; d'Artagnan, qui n'avait aucune habitude, puisqu'il arrivait de sa province et tombait au milieu d'un monde tout nouveau pour lui, prit aussitôt les habitudes de ses amis.

On se levait vers huit heures en hiver, vers six heures en été, et l'on allait prendre le mot d'ordre et l'air des affaires chez M. de Tréville. D'Artagnan, bien qu'il ne fût pas mousquetaire, en faisait le service avec une ponctualité touchante; il était toujours de garde parce qu'il tenait toujours compagnie à celui de ses trois amis qui montait la sienne. On le connaissait à l'hôtel des mousquetaires et chacun le tenait pour un bon camarade. M. de Tréville, qui l'avait apprécié du premier coup d'œil et qui lui portait une véritable affection, ne cessait de le recommander au roi.

De leur côté, les trois mousquetaires ai-
maient fort leur jeune camarade. L'amitié
qui unissait ces quatre hommes, et le besoin de se voir trois ou quatre fois par jour,
soit pour duel, soit pour affaires, soit pour
plaisir, les faisait sans cesse courir l'un après
l'autre comme des ombres, et l'on rencontrait toujours les inséparables se cherchant
du Luxembourg à la place Saint-Sulpice
ou de la rue du Vieux-Colombier au Luxembourg.

En attendant, les promesses de M. de
Tréville allaient leur train. Un beau jour
le roi commanda à M. le chevalier des Essarts de prendre d'Artagnan comme cadet
dans sa compagnie des gardes. D'Artagnan
endossa en soupirant cet habit, qu'il eût
voulu, au prix de dix années de son existence, troquer contre la casaque de mous-

quetaire. Mais M. de Tréville promit cette faveur après un noviciat de deux ans, noviciat qui pouvait être abrégé, au reste, si l'occasion se présentait pour d'Artagnan de rendre quelque service au roi ou de faire quelque action d'éclat. D'Artagnan se retira sur cette promesse et dès le lendemain commença son service.

Alors ce fut le tour d'Athos, de Porthos et d'Aramis de monter la garde avec d'Artagnan quand il était de garde. La compagnie de M. le chevalier des Essarts prit ainsi quatre hommes au lieu d'un le jour où elle prit d'Artagnan.

CHAPITRE VIII.

UNE INTRIGUE DE COUR.

Cependant les quarante pistoles du roi Louis XIII, ainsi que toutes les choses de ce monde, après avoir eu un commencement avaient eu une fin, et depuis cette fin nos quatre compagnons étaient tombés dans la gêne. D'abord Athos avait soutenu pendant quelque temps l'association de ses propres deniers. Porthos lui avait succédé, et, grâce à une de ces disparitions auxquelles on était habitué, il avait pendant près de quinze jours encore subvenu aux besoins de tout le monde; enfin était arrivé le tour d'Aramis, qui s'était exécuté de bonne grâce, et qui était parvenu, disait-il, en vendant ses livres de théologie, à se procurer quelques pistoles.

On eut alors, comme d'habitude, recours à M. de Tréville, qui fit quelques avances sur la solde; mais ces avances ne pouvaient conduire bien loin trois mousquetaires qui avaient déjà force comptes arriérés, et un garde qui n'en avait pas encore.

Enfin, quand on vit qu'on allait manquer tout à fait, on rassembla par un dernier effort huit ou dix pistoles que Porthos joua. Malheureusement il était dans une mauvaise veine : il perdit tout ; plus, vingt-cinq pistoles sur parole.

Alors la gêne devint de la détresse ; on vit les affamés suivis de leurs laquais courir les quais et les corps de garde, ramassant chez leurs amis du dehors tous les dîners qu'ils purent trouver ; car, suivant l'avis d'Aramis, on devait dans la prospérité semer des repas à droite et à gauche, pour en récolter quelques-uns dans la disgrâce.

Athos fut invité quatre fois et mena chaque fois ses amis avec leurs laquais. Porthos eut six occasions et en fit également

jouir ses camarades : Aramis en eut huit.
C'était un homme, comme on a déjà pu
s'en apercevoir, qui faisait peu de bruit et
beaucoup de besogne.

Quant à d'Artagnan, qui ne connaissait
encore personne dans la capitale, il ne
trouva qu'un déjeuner de chocolat chez
un prêtre de son pays, et un dîner chez un
cornette des gardes. Il mena son armée
chez le prêtre, auquel on dévora sa provision de deux mois, et chez le cornette, qui fit
des merveilles; mais, comme le disait Planchet, on ne mange toujours qu'une fois,
même quand on mange beaucoup.

D'Artagnan se trouva donc assez humilié de n'avoir eu qu'un repas et demi, car
le déjeuner chez le prêtre ne pouvait comp-

ter que pour un demi-repas, à offrir à ses compagnons, en échange des festins que s'étaient procurés Athos, Porthos et Aramis. — Il se croyait à charge à la société, oubliant dans sa bonne foi toute juvénile qu'il avait nourri cette société pendant un mois, et son esprit préoccupé se mit à travailler activement. Il réfléchit que cette coalition de quatre hommes jeunes, braves, entreprenants et actifs, devait avoir un autre but que des promenades déhanchées, des leçons d'escrime et des lazzis plus ou moins spirituels.

En effet, quatre hommes comme eux, quatre hommes dévoués les uns aux autres depuis la bourse jusqu'à la vie, quatre hommes se soutenant toujours, ne reculant jamais, exécutant isolément ou ensemble les résolutions prises en commun ; quatre bras menaçant les quatre points cardinaux, ou se tournant vers un seul point, devaient inévitablement, soit souterrainement, soit au jour, soit par la mine, soit par la tranchée, soit par la ruse, soit par la force, s'ouvrir un chemin vers le but qu'ils voulaient atteindre, si bien défendu ou si éloigné qu'il fût. La seule chose qui étonnât d'Artagnan, c'est que ses compagnons n'eussent point encore songé à cela.

Il y songeait, lui, et sérieusement même, se creusant la cervelle pour trouver une direction à cette force unique quatre fois multipliée avec laquelle il ne doutait pas que, comme avec le levier que cherchait Archimède, on ne parvînt à soulever le monde, lorsque l'on frappa doucement à la porte. D'Artagnan réveilla Planchet et lui ordonna d'aller ouvrir.

Que de cette phrase, D'Artagnan réveilla Planchet, le lecteur n'aille pas augurer qu'il faisait nuit ou que le jour n'était point encore venu. Non! quatre heures venaient de sonner. Planchet, deux heures auparavant, était venu demander à dîner à son maître, lequel lui avait répondu par le proverbe: « Qui dort dîne. » Et Planchet dînait en dormant.

Un homme fut introduit de mine assez simple et qui avait l'air d'un bourgeois.

Planchet, pour son dessert, eût bien voulu entendre la conversation, mais le bourgeois déclara à d'Artagnan que, ce qu'il

avait à lui dire étant important et confiden-
tiel, il désirait demeurer en tête à tête avec
lui.

D'Artagnan congédia Planchet et fit asseoir son visiteur.

Il y eut un moment de silence pendant
lequel les deux hommes se regardèrent
comme pour faire une connaissance préalable, après quoi d'Artagnan s'inclina en
signe qu'il écoutait.

—J'ai entendu parler de M. d'Artagnan
comme d'un jeune homme fort brave, dit
le bourgeois, et cette réputation dont il
jouit à juste titre m'a décidé à lui confier
un secret.

— Parlez, monsieur, parlez, dit d'Artagnan, qui, d'instinct, flaira quelque chose d'avantageux.

Le bourgeois fit une nouvelle pose et continua :

— J'ai ma femme qui est lingère chez la reine, monsieur, et qui ne manque ni de sagesse ni de beauté. On me l'a fait épouser, voilà bientôt trois ans, quoiqu'elle n'eût qu'un petit avoir, parce que M. de La Porte, le porte-manteau de la reine, est son parrain et la protége..

— Eh bien, monsieur? demanda d'Artagnan.

—Eh bien! reprit le bourgeois, eh bien! monsieur, ma femme a été enlevée hier au matin comme elle sortait de sa chambre de travail.

— Et par qui votre femme a-t-elle été enlevée ?

—Je n'en sais rien sûrement, monsieur, mais je soupçonne quelqu'un.

— Et quelle est cette personne que vous soupçonnez?

—Un homme qui la poursuivait depuis long-temps.

— Diable!

— Mais, voulez-vous que je vous dise, monsieur, continua le bourgeois, je suis convaincu, moi, qu'il y a moins d'amour que de politique dans tout cela.

— Moins d'amour que de politique, reprit d'Artagnan d'un air fort réfléchi, et que soupçonnez-vous?

— Je ne sais pas si je devrais vous dire ce que je soupçonne...

— Monsieur, je vous ferai observer que je ne vous demande absolument rien, moi. C'est vous qui êtes venu. C'est vous qui m'avez dit que vous aviez un secret à me confier. Faites donc à votre guise, il est encore temps de vous retirer.

— Non, monsieur, non, vous m'avez l'air d'un honnête jeune homme, et j'aurai confiance en vous. Je crois donc que ce n'est pas à cause de ses amours que ma femme a été arrêtée, mais à cause de celles d'une plus grande dame qu'elle.

— Ah! ah! serait-ce à cause des amours de madame de Bois-Tracy? fit d'Artagnan, qui voulut avoir l'air, vis-à-vis de son bourgeois, d'être au courant des affaires de la cour.

— Plus haut, monsieur, plus haut.

— De madame d'Aiguillon?

— Plus haut encore.

— De madame de Chevreuse?

— Plus haut, beaucoup plus haut!...

— De La.... d'Artagnan s'arrêta.

— Oui, monsieur, répondit si bas, qu'à peine si on put l'entendre, le bourgeois épouvanté.

— Et avec qui?

— Avec qui cela peut-il être, si ce n'est avec le duc de...

— Le duc de...

—Oui, monsieur! répondit le bourgeois en donnant à sa voix une intonation plus sourde encore.

— Mais comment savez-vous tout cela, vous?

— Ah! comment je le sais?

— Oui, comment le savez-vous? Pas de demi-confidence, ou... vous comprenez.

— Je le sais par ma femme, monsieur, par ma femme elle-même.

— Qui le sait, elle... par qui?

— Par M. de Laporte. Ne vous ai-je pas dit qu'elle était la filleule de M. de Laporte, l'homme de confiance de la reine? Eh bien, M. de Laporte l'avait mise près de Sa Majesté pour que notre pauvre reine au moins eût quelqu'un à qui se fier, abandonnée comme elle l'est par le roi, espionnée comme elle l'est par le cardinal, trahie comme elle l'est par tous.

— Ah! ah! voilà qui se dessine, dit d'Artagnan.

— Or ma femme est venue il y a quatre jours, monsieur; une de ses conditions était qu'elle devait me venir voir deux fois la semaine; car, ainsi que j'ai eu l'honneur de vous le dire, ma femme m'aime beaucoup; ma femme est donc venue et m'a confié que la reine, en ce moment-ci, avait de grandes craintes.

— Vraiment?

— Oui. — M. le cardinal, à ce qu'il paraît, la poursuit et la persécute plus que jamais. — Il ne peut pas lui pardonner l'histoire de la sarabande. Vous savez l'histoire de la sarabande?

— Pardieu, si je la sais! répondit d'Artagnan, qui ne savait rien du tout, mais qui voulait avoir l'air d'être au courant.

— De sorte que maintenant ce n'est plus de la haine, — c'est de la vengeance.

— Vraiment?

— Et la reine croit...

20.

— Eh bien, que croit la reine?

— Elle croit que l'on a écrit à M. le duc de Buckingham en son nom.

— Au nom de la reine?

— Oui, pour le faire venir à Paris; et une fois venu à Paris, pour l'attirer dans quelque piége.

— Diable! mais votre femme, mon cher monsieur, qu'a-t-elle à faire dans tout cela?

— On connaît son dévouement pour la reine, et l'on veut ou l'éloigner de sa maîtresse, ou l'intimider pour avoir les secrets de Sa Majesté, ou la séduire pour se servir d'elle comme d'un espion.

— C'est probable, dit d'Artagnan; mais l'homme qui l'a enlevée, le connaissez-vous?

— Je vous ai dit que je croyais le connaître.

— Son nom?

— Je ne le sais pas; ce que je sais seulement, c'est que c'est une créature du cardinal, son âme damnée.

— Mais vous l'avez vu?

— Oui, ma femme me l'a montré un jour.

— A-t-il un signalement auquel on puisse le reconnaître?

— Oh! certainement, c'est un seigneur

de haute mine, poil noir, teint basané, œil perçant, dents blanches et une cicatrice à la tempe.

— Une cicatrice à la tempe! s'écria d'Artagnan, et avec cela dents blanches, œil perçant, teint basané, poil noir et haute mine; c'est mon homme de Meung!

— C'est votre homme, dites-vous?

— Oui, oui, mais cela ne fait rien à la chose. Non, je me trompe, cela la simplifie beaucoup, au contraire: si votre homme est le mien, je ferai d'un coup deux vengeances, voilà tout; mais où rejoindre cet homme?

— Je n'en sais rien.

— Vous n'avez aucun renseignement sur sa demeure?

— Aucun; un jour que je reconduisais ma femme au Louvre, il en sortait comme elle allait y entrer, et elle me l'a fait voir.

— Diable! diable! murmura d'Artagnan, tout ceci est bien vague; par qui avez-vous su l'enlèvement de votre femme?

— Par M. Laporte.

— Vous a-t-il donné quelque détail?

— Il n'en avait aucun.

— Et vous n'avez rien appris d'un autre côté?

— Si fait, j'ai reçu...

— Quoi?

— Mais je ne sais si je ne commets pas une grande imprudence?

— Vous revenez encore là-dessus, cependant je vous ferai observer que cette fois il est un peu tard pour reculer.

— Aussi, je ne recule pas, mordieu, s'écria le bourgeois en jurant pour se monter la tête. D'ailleurs, foi de Bonacieux....

— Vous vous appelez Bonacieux? interrompit d'Artagnan.

— Oui, c'est mon nom.

— Vous disiez donc, foi de Bonacieux! Pardon si je vous ai interrompu, mais il me semblait que ce nom ne m'était pas inconnu.

— C'est possible, monsieur. Je suis **votre** propriétaire.

—Ah! ah! fit d'Artagnan en se soulevant à demi et en saluant, vous êtes mon propriétaire.

— Oui, monsieur, oui. Et comme depuis trois mois que vous êtes chez moi, et que, distrait sans doute par vos grandes occupations, vous avez oublié de me payer mon loyer, comme, dis-je, je ne vous ai pas tourmenté un seul instant, j'ai pensé que vous auriez égard à ma délicatesse.

— Comment donc, mon cher monsieur Bonacieux! reprit d'Artagnan, croyez que je suis plein de reconnaissance pour un pareil procédé, et que, comme je vous l'ai dit, si je puis vous être bon à quelque chose...

— Je vous crois, monsieur, je vous, crois et, comme j'allais vous le dire, foi de Bonacieux! j'ai confiance en vous.

— Achevez donc ce que vous avez commencé à me dire.

Le bourgeois tira un papier de sa poche et le présenta à d'Artagnan.

— Une lettre! fit le jeune homme.

— Que j'ai reçue ce matin.

D'Artagnan l'ouvrit et, comme le jour commençait à baisser, il s'approcha de la fenêtre. Le bourgeois le suivit.

« Ne cherchez pas votre femme, lut d'Ar-
» tagnan, elle vous sera rendue quand on
» n'aura plus besoin d'elle. Si vous faites
» une seule démarche pour la retrouver,
» vous êtes perdu. »

— Voilà qui est positif, continua d'Artagnan ; mais après tout ce n'est qu'une
menace.

— Oui, mais cette menace m'épouvante,
moi, monsieur ; je ne suis pas homme d'é-
péc du tout, et j'ai peur de la Bastille.

— Hum ! fit d'Artagnan ; mais c'est que
je ne me soucie pas plus de la Bastille que
vous, moi. S'il ne s'agissait que d'un coup
d'épée, passe encore.

— Cependant, monsieur, j'avais bien
compté sur vous dans cette occasion.

— Oui !

— Vous voyant sans cesse entouré de mousquetaires à l'air fort superbe, et reconnaissant que ces mousquetaires étaient ceux de M. de Tréville, et par conséquent des ennemis du cardinal, j'avais pensé que vous et vos amis, tout en rendant justice à notre pauvre reine, seriez enchantés de jouer un mauvais tour à Son Éminence.

— Sans doute.

— Et puis j'avais pensé que me devant trois mois de loyer dont je ne vous ai jamais parlé...

— Oui, oui, vous m'avez déjà donné cette raison, et je la trouve excellente.

— Comptant de plus, tant que vous me

ferez l'honneur de rester chez moi, ne jamais vous parler de votre loyer à venir...

— Très-bien.

— Et ajoutez à cela, si besoin était,
comptant vous offrir une cinquantaine de
pistoles si, contre toute probabilité, vous
vous trouviez gêné en ce moment.

— A merveille; mais vous êtes donc
riche, mon cher monsieur Bonacieux?

— Je suis à mon aise, monsieur, c'est le
mot; j'ai amassé quelque chose comme
deux ou trois mille écus de rente dans
le commerce de la mercerie, et surtout en
plaçant quelques fonds sur le dernier
voyage du célèbre navigateur Jean Moc-

quet : de sorte que, vous comprenez, monsieur... Ah ! mais. . s'écria le bourgeois.

— Quoi ? demanda d'Artagnan.

— Que vois-je là ?

— Où ?

— Dans la rue, en face de vos fenêtres, dans l'embrasure de cette porte : un homme enveloppé dans un manteau.

— C'est lui ! s'écrièrent à la fois d'Artagnan et le bourgeois, chacun d'eux, en même temps, ayant reconnu son homme.

—Ah cette fois-ci, s'écria d'Artagnan en sautant sur son épée, cette fois-ci il ne m'échappera pas.

Et tirant son épée du fourreau, il se précipita hors de l'appartement.

Sur l'escalier il rencontra Athos et Porthos qui le venaient voir. Ils s'écartèrent, d'Artagnan passa entre eux comme un trait.

—Ah çà! où cours-tu ainsi? lui crièrent à la fois les deux mousquetaires.

— L'homme de Meung! répondit d'Artagnan, et il disparut.

D'Artagnan avait plus d'une fois raconté à ses amis son aventure avec l'inconnu, ainsi que l'apparition de la belle voyageuse à laquelle cet homme avait paru confier une si importante missive.

L'avis d'Athos avait été que d'Artagnan avait perdu sa lettre dans la bagarre. Un gentilhomme, selon lui, et au portrait que d'Artagnan avait fait de l'inconnu ce ne pouvait être qu'un gentilhomme, un gentilhomme devait être incapable de cette bassesse de voler une lettre.

Porthos n'avait vu dans tout cela qu'un rendez-vous amoureux donné par une dame à un cavalier ou par un cavalier à une dame, et qu'était venu troubler la présence de d'Artagnan et de son cheval jaune.

Aramis avait dit que ces sortes de choses étant mystérieuses, mieux valait ne les point approfondir.

Ils comprirent donc, sur les quelques

mots échappés à d'Artagnan, de quelle affaire il était question, et comme ils pensè-
rent qu'après avoir rejoint son homme ou
l'avoir perdu de vue, d'Artagnan finirait
toujours par remonter chez lui, ils conti-
nuèrent leur chemin.

Lorsqu'ils entrèrent dans la chambre de
d'Artagnan, la chambre était vide; le propriétaire, craignant les suites de la rencontre qui allait sans doute avoir lieu entre le jeune homme et l'inconnu, avait, par
suite de l'exposition qu'il avait faite lui-
même de son caractère, jugé qu'il était prudent d décamper.

CHAPITRE IX.

D'ARTAGNAN SE DESSINE.

Comme l'avaient prévu Athos et Porthos, au bout d'une demi-heure d'Artagnan rentra. Cette fois encore il avait manqué son homme, qui avait disparu comme par enchantement. D'Artagnan avait couru, l'épée à la main, toutes les rues environnantes, mais il n'avait rien trouvé qui ressemblât à celui qu'il cherchait, puis enfin il en était revenu à la chose par laquelle il aurait dû commencer peut-être, et qui était de frapper à la porte contre laquelle l'inconnu était appuyé; mais c'était inutilement qu'il avait dix ou douze fois de suite fait résonner le marteau, personne n'avait répondu, et des voisins qui, attirés par le bruit, étaient accourus sur le seuil de leur porte ou avaient mis le nez à leurs fenêtres, lui avaient assuré que cette maison, dont au reste toutes les ouvertures étaient closes, était depuis six mois complétement inhabitée.

Pendant que d'Artagnan courait les rues et frappait aux portes, Aramis avait rejoint ses deux compagnons, de sorte qu'en reve-

nant chez lui d'Artagnan trouva la réunion
au grand complet.

— Eh bien? dirent ensemble les trois
mousquetaires en voyant entrer d'Artagnan la sueur sur le front et la figure bou-
leversée par la colère.

—Eh bien! s'écria celui-ci en jetant son
épée sur le lit, il faut que cet homme soit
le diable en personne : il a disparu comme
un fantôme, comme une ombre, comme un
spectre.

— Croyez-vous aux apparitions? demanda Athos à Porthos.

—Moi, je ne crois que ce que j'ai vu, et
comme je n'ai jamais vu d'apparitions, je
n'y crois pas.

— La Bible, dit Aramis, nous fait une loi d'y croire : l'ombre de Samuel apparut à Saül, et c'est un article de foi que je serais fâché de voir mettre en doute, Porthos.

— Dans tous les cas, homme ou diable, corps ou ombre, illusion ou réalité, cet homme est né pour ma damnation, car sa fuite nous fait manquer une affaire superbe, messieurs, une affaire dans laquelle il y avait cent pistoles et peut-être plus à gagner.

— Comment cela? dirent à la fois Porthos et Aramis.

Quant à Athos, fidèle à son système de mutisme, il se contenta d'interroger d'Artagnan du regard.

— Planchet, dit d'Artagnan à son domestique, qui passait en ce moment la tête par la porte entrebâillée pour tâcher de surprendre quelques bribes de la conversation, descendez chez mon propriétaire, M. Bonacieux, et dites-lui de nous envoyer une demi-douzaine de bouteilles de vin de Beaugency, c'est celui que je préfère.

— Ah çà! mais vous avez donc crédit ouvert chez votre propriétaire? demanda Porthos.

— Oui, répondit d'Artagnan, à compter d'aujourd'hui, et soyez tranquille, si son vin est mauvais, nous lui en enverrons querir d'autre.

— Il faut user et non abuser, dit sentencieusement Aramis.

— J'ai toujours dit que d'Artagnan était la forte tête de nous quatre, fit Athos, qui, après avoir émis cette opinion, à laquelle d'Artagnan répondit par un salut, retomba aussitôt dans son silence accoutumé.

— Mais enfin, voyons, qu'y a-t-il? demanda Porthos.

— Oui, dit Aramis, confiez-nous cela, mon cher ami, à moins que l'honneur de quelque dame ne se trouve intéressé à cette confidence; à ce quel cas vous feriez mieux de la garder pour vous.

— Soyez tranquilles, répondit d'Artagnan, l'honneur de personne n'aura à se plaindre de ce que j'ai à vous dire.

Et alors il raconta mot à mot à ses amis

ce qui venait de se passer entre lui et son hôte, et comment l'homme qui avait enlevé la femme du digne propriétaire était le même avec lequel il avait eu maille à partir à l'hôtellerie du Franc-Meunier.

— Votre affaire n'est pas mauvaise, dit Athos, après avoir goûté le vin en connaisseur et indiqué d'un signe de tête qu'il le trouvait bon, et l'on pourra tirer de ce brave homme cinquante à soixante pistoles. Maintenant, reste à savoir si cinquante à soixante pistoles valent la peine de risquer quatre têtes.

— Mais faites attention, s'écria d'Artagnan, qu'il y a une femme dans cette affaire, une femme enlevée, une femme qu'on menace sans doute, qu'on torture peut-être, et tout cela parce qu'elle est fidèle à sa maîtresse!

— Prenez garde, d'Artagnan, prenez garde, dit Aramis, vous vous échauffez un peu trop à mon avis sur le sort de madame Bonacieux. La femme a été créée pour notre perte, et c'est d'elle que nous viennent toutes nos misères.

Athos, à cette sentence d'Aramis, fronça le sourcil et se mordit les lèvres.

— Ce n'est point de madame Bonacieux que je m'inquiète, s'écria d'Artagnan, mais de la reine, que le roi abandonne, que le cardinal persécute, et qui voit tomber, les unes après les autres, les têtes de tous ses amis.

— Pourquoi aime-t-elle ce que nous détestons le plus au monde, les Espagnols et les Anglais?

— L'Espagne est sa patrie, répondit d'Artagnan, et il est tout simple qu'elle aime les Espagnols, qui sont enfants de la même terre qu'elle. Quant au second reproche que vous lui faites, j'ai entendu dire qu'elle aimait non pas les Anglais, mais un Anglais.

— Eh! ma foi, dit Athos, il faut avouer que cet Anglais était bien digne d'être aimé. Je n'ai jamais vu un plus grand air que le sien.

— Sans compter qu'il s'habille comme personne, dit Porthos. J'étais au Louvre le jour où il a semé ses perles, et, pardieu, j'en ai ramassé deux que j'ai bien vendues dix pistoles pièce. Et toi, Aramis, le connais-tu?

— Aussi bien que vous, messieurs, car j'étais de ceux qui l'ont arrêté dans le jardin d'Amiens, où m'avait introduit M. de Putange, l'écuyer de la reine. J'étais au séminaire à cette époque, et l'aventure me parut cruelle pour le roi.

— Ce qui ne m'empêcherait pas, dit d'Artagnan, si je savais où est le duc de Buckingham, de le prendre par la main et de le conduire près de la reine, ne fût-ce que pour faire enrager M. le cardinal ; car notre véritable, notre seul éternel ennemi, messieurs, c'est le cardinal, et si nous pouvions trouver moyen de lui jouer quelque

tour bien cruel, j'avoue que j'y engagerais
volontiers ma tête.

— Et, reprit Athos, le mercier vous a
dit, d'Artagnan, que la reine pensait qu'on
avait fait venir Buckingham sur un faux
avis?

— Elle en a peur.

— Attendez donc, dit Aramis.

— Quoi? demanda Porthos.

— Allez toujours, je cherche à me rap-
peler des circonstances.

— Et maintenant je suis convaincu, dit
d'Artagnan, que l'enlèvement de cette
femme de la reine se rattache aux événements dont nous parlons, et peut-être à la
présence de M. de Buckingham à Paris.

— Le Gascon est plein d'idées, dit Porthos avec admiration.

— J'aime beaucoup l'entendre parler, dit Athos, son patois m'amuse.

— Messieurs, reprit Aramis, écoutez ceci.

— Écoutons Aramis, dirent les trois amis.

— Hier, je me trouvais chez un savant docteur en théologie que je consulte quelquefois pour mes études...

Athos sourit.

— Il habite un quartier désert, continua Aramis : ses goûts, sa profession l'exigent. Or, au moment où je sortais de chez lui...

Ici Aramis s'arrêta.

— Eh bien, demandèrent ses auditeurs, au moment où vous sortiez de chez lui?

Aramis parut faire un effort sur lui-même, comme un homme qui, en plein courant de mensonge, se voit arrêté par quelque obstacle imprévu; mais les yeux de ses trois compagnons étaient fixés sur lui, leurs oreilles attendaient béantes, il n'y avait pas moyen de reculer.

— Ce docteur a une nièce, continua Aramis.

— Ah, il a une nièce! interrompit Porthos.

— Dame fort respectable, dit Aramis.

Les trois amis se mirent à rire.

— Ah ! si vous riez ou si vous doutez, reprit Aramis, vous ne saurez rien.

— Nous sommes croyants comme des mahométistes et muets comme des catafalques, dit Athos.

— Je continue donc, reprit Aramis. Cette nièce vient quelquefois voir son oncle ; or, elle s'y trouvait hier en même temps que moi, par hasard, et je dus m'offrir pour la conduire à son carrosse.

—Ah ! elle a un carrosse, la nièce du docteur ? interrompit Porthos, dont un des défauts était une grande incontinence de langue ; — belle connaissance, mon ami.

— Porthos, reprit Aramis, je vous ai déjà fait observer plus d'une fois que vous êtes fort indiscret, et que cela vous nuit près des femmes.

— Messieurs, messieurs ! s'écria d'Artagnan, qui entrevoyait le fond de l'aventure, la chose est sérieuse; tâchons donc de ne pas plaisanter si nous pouvons. Allez, Aramis, allez.

—Tout à coup un homme grand, brun, aux manières de gentilhomme... tenez, dans le genre du vôtre, d'Artagnan.

— Le même peut-être, dit celui-ci.

— C'est possible, continua Aramis..... s'approcha de moi, accompagné de cinq ou six hommes qui le suivaient à dix pas en arrière, et du ton le plus poli, « Monsieur le duc, me dit-il, et vous madame, » continua-t·il en s'adressant à la dame que j'avais sous le bras...

— A la nièce du docteur?

—Silence donc, Porthos! dit Athos, vous êtes insupportable!

—«Veuillez monter dans ce carrosse, et cela sans essayer de la moindre résistance, sans faire le moindre bruit. »

— Il vous avait pris pour Buckingham! s'écria d'Artagnan.

— Je le crois, répondit Aramis.

— Mais cette dame? demanda Porthos.

—Il l'avait prise pour la reine! dit d'Artagnan.

— Justement, répondit Aramis.

—Le Gascon est le diable! s'écria Athos, rien ne lui échappe.

— Le fait est, dit Porthos, qu'Aramis est de la taille et a quelque chose de la tournure du beau duc; mais cependant il me semble que l'habit de mousquetaire....

— J'avais un manteau énorme, dit Aramis.

— Au mois de juillet, diable! fit Porthos, est-ce que le docteur craint que tu ne sois reconnu?

— Je comprends encore, dit Athos, que l'espion se soit laissé prendre par la tournure, mais le visage...

—J'avais un grand chapeau, dit Aramis.

— Oh! mon Dieu, s'écria Porthos, que de précautions pour étudier la théologie !

—Messieurs, messieurs, dit d'Artagnan, ne perdons pas notre temps à badiner; éparpillons-nous et cherchons la femme du mercier : c'est la clef de l'intrigue.

— Une femme de condition si inférieure! vous croyez, d'Artagnan? fit Porthos en allongeant les lèvres avec mépris.

—C'est la filleule de Laporte, le valet de confiance de la reine. Ne vous l'ai-je pas dit, messieurs? Et d'ailleurs c'est peut-être un calcul de Sa Majesté d'avoir été cette fois chercher ses appuis si bas. Les hautes têtes se voient de loin, et le cardinal a bonne vue.

— Eh bien ! dit Porthos, faites d'abord prix avec le mercier, et bon prix.

— C'est inutile, dit d'Artagnan, car je crois que s'il ne nous paye pas, nous serons assez payés d'un autre côté.

En ce moment un bruit précipité de pas retentit dans l'escalier, la porte s'ouvrit avec fracas, et le malheureux mercier s'élança dans la chambre où se tenait le conseil.

— Ah ! messieurs, s'écria-t-il, sauvez-moi, au nom du ciel, sauvez-moi ! Il y a là quatre hommes qui viennent pour m'arrêter ; sauvez-moi, sauvez-moi !

Porthos et Aramis se levèrent.

— Un moment, s'écria d'Artagnan en

leur faisant signe de repousser au fourreau leurs épées à demi tirées; un moment, ce n'est pas du courage qu'il faut ici, c'est de la prudence.

— Cependant, s'écria Porthos, nous ne laisserons pas...

— Vous laisserez faire d'Artagnan, dit Athos; c'est, je le répète, la forte tête de nous tous, et moi, pour mon compte, je déclare que je lui obéis. Fais ce que tu voudras, d'Artagnan.

En ce moment les quatre gardes apparurent à la porte de l'antichambre, et voyant quatre mousquetaires debout et l'épée au côté, hésitèrent à aller plus loin.

— Entrez, messieurs, entrez, cria d'Artagnan ; vous êtes ici chez moi, et nous sommes tous de fidèles serviteurs du roi et de monsieur le cardinal.

— Alors, messieurs, vous ne vous opposerez pas à ce que nous exécutions les ordres que nous avons reçus? demanda celui qui paraissait le chef de l'escouade.

— Au contraire, messieurs, et nous vous prêterions main-forte, si besoin était.

— Mais que dit-il donc? marmotta Porthos.

— Tu es un niais, dit Athos, silence!

— Mais vous m'avez promis... dit tout bas le pauvre mercier.

— Nous ne pouvons vous sauver qu'en

restant libres, répondit rapidement et tout bas d'Artagnan, et si nous faisons mine de vous défendre, on nous arrête avec vous.

— Il me semble, cependant....

— Venez, messieurs, venez, dit tout haut d'Artagnan ; je n'ai aucun motif de défendre monsieur. Je l'ai vu aujourd'hui pour la première fois, et encore à quelle occasion, il vous le dira lui-même, pour me venir réclamer le prix de mon loyer. Est-ce vrai, monsieur Bonacieux ? Répondez ?

— C'est la vérité pure, s'écria le mercier, mais monsieur ne vous dit pas...

— Silence sur moi, — silence sur mes amis, silence sur la reine surtout, ou vous perdriez tout le monde sans vous sauver. Allez, allez, messieurs, emmenez cet homme!

Et d'Artagnan poussa le mercier tout étourdi aux mains des gardes en lui disant :

— Vous êtes un maraud, mon cher ; — vous venez me demander de l'argent, à moi ! — à un mousquetaire ! — En prison ! — Messieurs, encore une fois, emmenez-le en prison, et gardez-le sous clef le plus long-temps possible, — cela me donnera du temps pour payer.

Les sbires se confondirent en remercîments et emmenèrent leur proie.

Au moment où ils descendaient, d'Artagnan frappa sur l'épaule du chef.

— Ne boirai-je pas à votre santé et vous à la mienne? dit-il en remplissant deux verres de vin de Beaugency qu'il tenait de la libéralité de M. Bonacieux.

— Ce sera bien de l'honneur pour moi, dit le chef des sbires, et j'accepte avec reconnaissance.

— Donc, à la vôtre, monsieur... comment vous nommez-vous?

— Boisrenard!

— Monsieur Boisrenard!

— A la vôtre, mon gentilhomme : comment vous nommez-vous? à votre tour, s'il vous plaît.

— D'Artagnan.

— A la vôtre, monsieur d'Artagnan !

— Et par-dessus toutes celles-là, s'écria d'Artagnan comme emporté par son enthousiasme, à celles du roi et du cardinal.

Le chef des sbires eût peut-être douté de la sincérité de d'Artagnan si le vin eût été mauvais, mais le vin était bon, il fut convaincu.

— Mais quelle diable de vilenie avez-vous donc faite là? dit Porthos lorsque l'alguazil en chef eut rejoint ses compagnons, et que les quatre amis se retrouvèrent seuls. Fi donc! quatre mousquetaires laisser arrêter au milieu d'eux un malheureux qui crie à l'aide! Un gentilhomme trinquer avec un recors!

— Porthos, dit Aramis, Athos t'a déjà prévenu que tu étais un niais, et je me range de son avis. D'Artagnan, tu es un grand homme, et quand tu seras à la place de M. de Tréville, je te demande ta protection pour me faire avoir une abbaye.

— Ah çà! je m'y perds, dit Porthos, vous approuvez ce que d'Artagnan vient de faire?

— Je le crois parbleu bien, dit Athos; non-seulement j'approuve ce qu'il vient de faire, mais encore je l'en félicite.

— Et maintenant, messieurs, dit d'Artagnan sans se donner la peine d'expliquer sa conduite à Porthos, tous pour un, un pour tous; c'est notre devise, n'est-ce pas?

— Cependant ? dit Porthos.

— Étends la main et jure ! s'écrièrent à la fois Athos et Aramis.

Vaincu par l'exemple, maugréant tout bas, Porthos étendit la main, et les quatre amis répétèrent d'une seule voix la formule dictée par d'Artagnan :

« Tous pour un, un pour tous. »

—C'est bien, que chacun se retire maintenant chez soi, dit d'Artagnan comme s'il n'avait fait autre chose que de commander toute sa vie, et attention, car à partir de ce moment nous voilà aux prises avec le cardinal.

FIN DU PREMIER VOLUME.

TABLE DES CHAPITRES.

LES TROIS

MOUSQUETAIRES.

PARIS. IMPRIMÉ PAR BÉTHUNE ET PLON,

RUE DE VAUGIRARD, 36.

LES TROIS MOUSQUETAIRES.

PAR

ALEXANDRE DUMAS.

II.

PARIS.

BAUDRY, LIBRAIRE-ÉDITEUR,

34, RUE COQUILLIÈRE;

ET RUE DE LA CHAUSSÉE-D'ANTIN, 22.

M DCCC XLIV.

LES TROIS MOUSQUETAIRES.

CHAPITRE PREMIER.

UNE SOURICIÈRE AU DIX-SEPTIÈME SIÈCLE.

L'invention de la souricière ne date pas de nos jours; dès que les sociétés, en se formant, eurent inventé une police quelconque, cette police à son tour inventa les souricières.

Comme peut-être nos lecteurs ne sont pas familiarisés encore avec l'argot de la rue de Jérusalem, et que c'est depuis que nous écrivons, et il y a quelque quinze ans de cela, la première fois que nous employons ce mot appliqué à cette chose, expliquons-leur ce que c'est qu'une souricière.

Quand dans une maison, quelle qu'elle soit, on a arrêté un individu soupçonné d'un crime quelconque, on tient secrète l'arrestation; on place quatre ou cinq hommes en embuscade dans la première pièce, on ouvre la porte à tous ceux qui frappent, on la referme sur eux et on les arrête; de cette façon, au bout de deux ou trois jours on tient à peu près tous les familiers de l'établissement.

— Voilà ce que c'est qu'une souricière.

On fit donc une souricière de l'appartement de maître Bonacieux, et quiconque y apparut fut pris et interrogé par les gens de M. le cardinal. Il va sans dire que, comme une allée particulière conduisait au premier étage, qu'habitait d'Artagnan, ceux qui venaient chez lui étaient exemptés de toutes visites.

D'ailleurs, les trois mousquetaires y venaient seuls; ils s'étaient mis en quête, chacun de son côté, et n'avaient rien trouvé, rien découvert. Athos avait été même jusqu'à questionner M. de Tréville, chose qui, vu le mutisme habituel du digne mousquetaire, avait fort étonné son capitaine. Mais M. de Tréville ne savait rien, sinon que, la dernière fois qu'il avait vu le cardinal, le roi et la reine, le cardinal avait l'air fort sou-

cieux, que le roi était inquiet, et que les yeux
rouges de la reine indiquaient qu'elle avait
veillé ou pleuré. Mais cette dernière circonstance l'avait peu frappé, la reine, depuis son mariage, veillant et pleurant beaucoup.

M. de Tréville recommanda en tout cas
à Athos le service du roi et surtout celui de
la reine, le priant de faire la même recommandation à ses camarades.

Quant à d'Artagnan, il ne bougeait pas
de chez lui. Il avait converti sa chambre en
observatoire. Des fenêtres il voyait arriver
ceux qui venaient se faire prendre; puis,
comme il avait ôté les carreaux du plancher, qu'il avait creusé le parquet et qu'un
simple plafond le séparait de la chambre

au-dessous, où se faisaient les interrogatoires, il entendait tout ce qui se passait
entre les inquisiteurs et les accusés.

Les interrogatoires, précédés d'une perquisition minutieuse opérée sur la personne arrêtée, étaient presque toujours
ainsi conçus :

— Madame Bonacieux vous a-t-elle remis quelque chose pour son mari ou pour
quelque autre personne?

— M. Bonacieux vous a-t-il remis quelque chose pour sa femme ou pour quelque
autre personne?

— L'un et l'autre vous ont-ils fait quelque confidence de vive voix?

— S'ils savaient quelque chose, ils ne questionneraient pas ainsi, se dit à lui-même d'Artagnan. Maintenant, que cherchent-ils à savoir? Si le duc de Buckingham ne se trouve point à Paris et s'il n'a pas eu ou s'il ne doit point avoir quelque entrevue avec la reine.

D'Artagnan s'arrêta à cette idée, qui, d'après tout ce qu'il avait entendu, ne manquait pas de probabilité.

En attendant, la souricière était en permanence, et la vigilance de d'Artagnan aussi.

Le soir du lendemain de l'arrestation du pauvre Bonacieux, comme Athos venait de quitter d'Artagnan pour se rendre chez

M. de Tréville, comme neuf heures venaient de sonner, et comme Planchet, qui n'avait pas encore fait le lit, commençait sa besogne, on entendit frapper à la porte de la rue; aussitôt cette porte s'ouvrit et se referma : quelqu'un venait de se prendre à la souricière.

D'Artagnan s'élança vers l'endroit décarrelé, se coucha ventre à terre et écouta.

Des cris retentirent bientôt, puis des gémissements qu'on cherchait à étouffer. D'interrogatoire, il n'en était pas question.

— Diable ! se dit d'Artagnan, il me semble que c'est une femme : on la fouille, elle résiste, — on la violente. — Les misérables !

Et d'Artagnan, malgré sa prudence, se tenait à quatre pour ne pas se mêler à la scène qui se passait au-dessous de lui.

— Mais je vous dis que je suis la maîtresse de la maison, messieurs; je vous dis que je suis madame de Bonacieux, — je vous dis que j'appartiens à la reine! s'écriait la malheureuse femme.

— Madame Bonacieux! murmura d'Artagnan; serais-je assez heureux pour avoir trouvé ce que tout le monde cherche?

— C'est justement vous que nous attendions, reprirent les interrogateurs.

La voix devint de plus en plus étouffée: un mouvement tumultueux fit retentir les boiseries. La victime résistait autant qu'une femme peut résister à quatre hommes.

— Pardon, messieurs, par..., murmura la voix, qui ne fit plus entendre que des sons inarticulés.

— Ils la bâillonnent, ils vont l'entraîner, s'écria d'Artagnan en se redressant comme par un ressort. Mon épée; bon, elle est à mon côté. Planchet!

— Monsieur?

— Cours chercher Athos, Porthos et Aramis. L'un des trois sera sûrement chez lui, peut-être tous les trois seront-ils rentrés. Qu'ils prennent des armes, qu'ils viennent, qu'ils accourent. Ah! je me souviens, Athos est chez M. de Tréville.

— Mais où allez-vous, monsieur, où allez-vous?

— Je descends par la fenêtre, s'écria d'Artagnan, afin d'être plus tôt arrivé; toi, remets les carreaux, balaie le plancher, sors par la porte et cours où je te dis.

— Oh! monsieur, monsieur, vous allez vous tuer, s'écria Planchet.

— Tais-toi, imbécile, dit d'Artagnan. Et s'accrochant de la main au rebord de sa fenêtre, il se laissa tomber du premier étage, qui heureusement n'était pas élevé, sans se faire une écorchure.

Puis il alla aussitôt frapper à la porte en murmurant :

— Je vais me faire prendre à mon tour dans la souricière, et malheur aux chats qui se frotteront à pareille souris!

A peine le marteau eut-il résonné sous la main du jeune homme, que le tumulte cessa, que des pas s'approchèrent, que la porte s'ouvrit et que d'Artagnan, l'épée nue, s'élança dans l'appartement de maître Bonacieux, dont la porte, sans doute mue par un ressort, se referma d'elle-même sur lui.

Alors ceux quii habitaient encore la malheureuse maison de Bonacieux, et les voisins les plus proches, entendirent de grands cris, des trépignements, un cliquetis d'épées, et un bris prolongé de meubles. Puis un moment après, ceux qui, surpris par ce bruit, s'étaient mis aux fenêtres pour en connaître la cause, purent voir la porte se rouvrir et quatre hommes vêtus de noir, non pas en sortir, mais s'envoler comme des corbeaux effarouchés, laissant par terre et aux angles des tables des plumes de leurs ailes, c'est-à-dire des loques de leurs habits et des bribes de leurs manteaux.

D'Artagnan était vainqueur sans beaucoup de peine, il faut le dire, car un seul des alguazils était armé, encore se défendit-il pour la forme. Il est vrai que les trois autres avaient essayé d'assommer le jeune homme avec les chaises, les tabourets et les poteries; mais deux ou trois égratignures faites par la flamberge du Gascon les avaient épouvantés. Dix minutes avaient suffi à leur défaite, et d'Artagnan était resté maître du champ de bataille.

Les voisins, qui avaient ouvert leurs fenêtres avec le sang-froid particulier aux habitants de Paris dans ces temps d'émeutes et de rixes perpétuelles, les refermèrent dès qu'ils eurent vu s'enfuir les quatre hommes noirs; leur instinct leur disait que pour le moment tout était fini.

D'ailleurs il se faisait tard, et alors comme aujourd'hui on se couchait de bonne heure dans le quartier du Luxembourg.

D'Artagnan, resté seul avec madame Bonacieux, se retourna vers elle : la pauvre femme était renversée sur un fauteuil et a demi évanouie. D'Artagnan l'examina d'un coup d'œil rapide.

C'était une charmante femme de vingt-cinq à vingt-six ans, brune avec des yeux bleus, ayant le nez légèrement retroussé, des dents admirables, un teint marbré de rose et d'opale. Là cependant s'arrêtaient les signes qui pouvaient la faire confondre avec une grande dame. Les mains étaient blanches, mais sans finesse; les pieds n'annonçaient pas la femme de qualité. Heureusement d'Artagnan n'en était pas encore à se préoccuper de ces détails.

Tandis que d'Artagnan examinait madame Bonacieux, et en était aux pieds, comme nous l'avons dit, il vit à terre un fin mouchoir de batiste, qu'il ramassa, se-

lon son habitude, et au coin duquel il reconnut le même chiffre qu'il avait vu au
mouchoir qui avait failli lui faire couper
la gorge avec Aramis.

Depuis ce temps d'Artagnan se méfiait
des mouchoirs armoriés, il remit donc
sans rien dire celui qu'il avait ramassé dans
la poche de madame Bonacieux.

En ce moment madame Bonacieux reprenait ses sens. Elle ouvrit les yeux, regarda avec terreur autour d'elle, vit que
l'appartement était vide, et qu'elle était
seule avec son libérateur. Elle lui tendit
aussitôt les mains en souriant. — Madame
Bonacieux avait le plus charmant sourire
du monde.

—Ah, monsieur ! dit-elle, c'est vous qui m'avez sauvée : permettez que je vous remercie.

— Madame, dit d'Artagnan, je n'ai fait que ce que tout gentilhomme eût fait à ma place, vous ne me devez donc aucun remercîment.

— Si fait, monsieur, si fait, et j'espère vous prouver que vous n'avez pas rendu service à une ingrate. Mais que me voulaient donc ces hommes, que j'ai pris d'abord pour des voleurs, et pourquoi M. Bonacieux n'est-il point ici ?

—Madame, ces hommes étaient bien autrement dangereux que ne pourraient être

des voleurs, car ce sont des agents de M. le
cardinal; et quant à votre mari, M. Bonacieux, il n'est point ici parce qu'hier on est
venu le prendre pour le conduire à la Bastille.

— Mon mari à la Bastille! s'écria madame Bonacieux; oh! mon Dieu! qu'a-t-il
donc fait? pauvre cher homme! lui l'in-
nocence même!

Et quelque chose comme un sourire
perçait sur la figure encore tout effrayée
la jeune femme.

— Ce qu'il a fait, madame? dit d'Artagnan. Je crois que son seul crime est d'a-
voir à la fois le bonheur et le malheur d'ê-
tre votre mari.

II.   2

— Mais, monsieur, vous savez donc...

— Je sais que vous avez été enlevée, madame.

— Et par qui le savez-vous? Oh! si vous le savez, dites-le-moi.

— Par un homme de quarante à quarante-cinq ans, aux cheveux noirs, au teint basané, avec une cicatrice à la tempe gauche.

— C'est cela, c'est cela; mais son nom?

— Ah! son nom? c'est ce que j'ignore.

— Et mon mari savait-il que j'avais été enlevée?

— Il en avait été prévenu par une

lettre que lui avait écrite le ravisseur lui-même.

— Et soupçonne-t-il, demanda madame Bonacieux avec embarras, la cause de cet événement ?

— Il l'attribuait, je crois, à une cause politique.

— J'en ai douté d'abord, et maintenant je le pense comme lui. Ainsi donc ce cher monsieur Bonacieux ne m'a pas soupçonnée un seul instant.

— Ah ! loin de là, madame, il était trop fier de votre sagesse et surtout de votre amour.

Un second sourire presque imperceptible effleura les lèvres rosées de la belle jeune femme.

— Mais, continua d'Artagnan, comment vous êtes vous enfuie?

— J'ai profité d'un moment où l'on m'a laissée seule, et, comme je savais depuis ce matin à quoi m'en tenir sur mon enlèvement. à l'aide de mes draps je suis descendue par la fenetre; alors, comme je croyais mon mari ici, je suis accourue.

— Pour vous mettre sous sa protection?

— Oh! non, pauvre cher homme, je savais bien qu'il était incapable de me défendre; mais comme il pouvait nous servir à autre chose, je voulais le prévenir.

— De quoi ?

— Oh ! ceci n'est pas mon secret, je ne puis donc pas vous le dire.

— D'ailleurs , dit d'Artagnan (pardon, madame, si, tout garde que je suis, je vous rappelle à la prudence), d'ailleurs, je crois que nous ne sommes pas ici en lieu opportun pour faire des confidences. Les hommes que j'ai mis en fuite vont revenir avec main-forte; s'ils nous retrouvent ici, nous sommes perdus. J'ai bien fait prévenir trois de mes amis, mais qui sait si on les aura trouvés chez eux !

—Oui, oui, vous avez raison, s'écria madame Bonacieux effrayée; fuyons, sauvons-nous !

A ces mots elle passa son bras sous celui de d'Artagnan et l'entraîna vivement.

— Mais où fuir, dit d'Artagnan, où nous sauver?

— Éloignons-nous d'abord de cette maison, puis après nous verrons.

Et la jeune femme et le jeune homme, sans se donner la peine de refermer la porte, descendirent rapidement la rue des Fossoyeurs, s'engagèrent dans la rue des Fossés-Monsieur-le-Prince et ne s'arrêtèrent qu'à la place Saint-Sulpice.

— Et maintenant qu'allons-nous faire, demanda d'Artagnan, et où voulez-vous que je vous conduise?

— Je suis fort embarrassée de vous répondre, je vous l'avoue, dit madame Bonacieux ; mon intention était de faire prévenir M. Laporte par mon mari, afin que M. Laporte pût nous dire précisément ce qui s'était passé au Louvre depuis trois jours et s'il n'y avait pas danger pour me de m'y présenter.

— Mais moi, dit d'Artagnan, je puis aller prévenir M. Laporte.

— Sans doute, seulement il n'y a qu'un malheur : c'est qu'on connaît M. Bonacieux au Louvre et qu'on le laisserait passer, lui, tandis qu'on ne vous connaît pas, vous, et que l'on vous fermera la porte.

— Ah bah ! dit d'Artagnan, vous avez

bien à quelque guichet du Louvre un concierge qui vous est dévoué et qui grâce à un mot d'ordre...

Madame Bonacieux regarda fixement le jeune homme.

— Et si je vous donnais ce mot d'ordre, dit-elle, l'oublieriez-vous aussitôt que vous vous en seriez servi?

— Parole d'honneur, foi de gentil-homme! dit d'Artagnan avec un accent à la vérité duquel il n'y avait pas à se tromper.

— Tenez, je vous crois; vous avez l'air d'un brave jeune homme, d'ailleurs votre fortune est peut-être au bout de votre dé-vouement.

— Je ferai sans promesse et de conscience tout ce que je pourrai pour servir le roi et être agréable à la reine, dit d'Artagnan; disposez donc de moi comme d'un ami.

— Mais moi, où me mettrez-vous pendant ce temps-là?

— N'avez vous pas une personne chez laquelle M. Laporte puisse revenir vous prendre?

— Non, je ne veux me fier à personne.

— Attendez, dit d'Artagnan; nous sommes à la porte d'Athos. Oui, c'est cela.

— Qu'est-ce qu'Athos?

— Un de mes amis.

— Mais s'il est chez lui, et qu'il me voie?

— Il n'y est pas, et j'emporterai la clef après vous avoir fait entrer dans son appartement.

— Mais s'il revient?

— Il ne reviendra pas ; d'ailleurs on lui dirait que j'ai amené une femme, et que cette femme est chez lui.

—Mais cela me compromettra très-fort, savez-vous !

— Que vous importe, on ne vous connaît pas ; d'ailleurs, nous sommes dans une situation à passer par-dessus quelques convenances !

— Allons donc chez votre ami. Où demeure-t-il ?

— Rue Férou, à deux pas d'ici.

— Allons.

Et tous deux reprirent leur course. Comme l'avait prévu d'Artagnan, Athos n'était pas chez lui ; il prit la clef, qu'on avait l'habitude de lui donner comme à un ami de la maison, monta l'escalier et introduisit madame Bonacieux dans le petit appartement dont nous avons déjà fait la description.

— Vous êtes chez vous, dit-il ; attendez, fermez la porte en dedans et n'ouvrez à personne, à moins que vous n'entendiez frapper trois coups ainsi, tenez ; et il frappa trois fois : deux coups rapprochés l'un de l'autre et assez forts, un coup plus distant et plus léger.

— C'est bien, dit madame Bonacieux, maintenant à mon tour de vous donner mes instructions.

— J'écoute.

— Présentez-vous au guichet du Louvre, du côté de la rue de l'Échelle, et demandez Germain.

— C'est bien. Après?

— Il vous demandera ce que vous voulez, et alors vous lui répondrez par ces deux mots : — Tours et Bruxelles. — Aussitôt il se mettra à vos ordres.

— Et que lui ordonnerai-je?

— D'aller chercher M. Laporte, le valet de chambre de la reine.

— Et quand il l'aura été chercher et que M. Laporte sera venu?

— Vous me l'enverrez.

— C'est bien, mais où et comment vous reverrai-je?

— Y tenez-vous beaucoup, à me revoir?

— Certainement.

— Eh bien! reposez-vous sur moi de ce soin, et soyez tranquille.

— Je compte sur votre parole.

— Comptez-y.

D'Artagnan salua madame Bonacieux en lui lançant le coup d'œil le plus amoureux qu'il lui fût possible de concentrer sur sa charmante petite personne, et tandis qu'il descendait l'escalier il entendit la porte se fermer derrière lui à double tour. En deux bonds il fut au Louvre ; comme il entrait au guichet de l'Échelle, dix heures sonnaient. Tous les événements que nous venons de raconter s'étaient succédé en une demi-heure.

Tout s'exécuta comme l'avait annoncé madame Bonacieux. Au mot d'ordre convenu, Germain s'inclina ; dix minutes après, Laporte était dans la loge ; en deux mots d'Artagnan le mit au fait et lui indiqua où était madame Bonacieux. Laporte s'assura par deux fois de l'exactitude de l'adresse et partit tout courant. Cependant, à peine eut-il fait dix pas qu'il revint.

— Jeune homme, dit-il à d'Artagnan, un conseil.

— Lequel?

— Vous pourriez être inquiété pour ce qui vient de se passer.

— Vous croyez!

— Oui.

— Avez-vous quelque ami dont la pendule retarde?

— Eh bien?

— Allez le voir pour qu'il puisse témoigner que vous étiez chez lui à neuf heures et demie. En justice cela s'appelle un alibi.

D'Artagnan trouva le conseil prudent;

il prit ses jambes à son cou, il arriva chez
M. de Tréville; mais au lieu de passer au
salon avec tout le monde, il demanda à entrer dans son cabinet. Comme d'Artagnan
était un des habitués de l'hôtel, on ne fit
aucune difficulté d'accéder à sa demande;
et l'on alla prévenir M. de Tréville que son
jeune compatriote, ayant quelque chose
d'important à lui dire, sollicitait une audience particulière. Cinq minutes après,
M. de Tréville demandait à d'Artagnan ce
qu'il pouvait faire pour son service et ce
qui lui valait sa visite à une heure si avancée.

— Pardon, monsieur! dit d'Artagnan,
qui avait profité du moment où il était
resté seul pour retarder l'horloge de trois
quarts d'heure; mais j'ai pensé que, comme

il n'était que neuf heures vingt-cinq minutes, il était encore temps de me présenter
chez vous.

— Neuf heures vingt-cinq minutes! s'é-
cria M. de Tréville en regardant sa pendule; mais c'est impossible!

— Voyez plutôt, monsieur, dit d'Artagnan, voilà qui fait foi.

— C'est juste, dit M. de Tréville, j'aurais cru qu'il était plus tard. Mais, voyons,
que me voulez-vous?

Alors d'Artagnan fit à M. de Tréville
une longue histoire sur la reine. Il lui ex-
posa les craintes qu'il avait conçues à l'é-
gard de Sa Majesté; il lui raconta ce qu'il

avait entendu dire des projets du cardinal à l'endroit de Buckingham, et tout cela avec une tranquillité et un aplomb dont M. de Tréville fut d'autant mieux la dupe, que lui-même, comme nous l'avons dit, avait remarqué qu'il se passait quelque chose de nouveau entre le cardinal, le roi et la reine.

A dix heures sonnant, d'Artagnan quitta M. de Tréville, qui le remercia de ses renseignements, lui recommanda d'avoir toujours à cœur le service du roi et de la reine, et qui rentra dans le salon. Mais, au bas de l'escalier, d'Artagnan se souvint qu'il avait oublié sa canne : en conséquence, il remonta précipitamment, rentra dans le cabinet, d'un tour de doigt remit la pendule à son heure, pour qu'on ne pût pas s'apercevoir, le lendemain, qu'elle avait été dérangée, et sûr, désormais, qu'il y avait un témoin pour prouver son alibi, il redescendit l'escalier et se retrouva bientôt dans la rue.

3.

CHAPITRE II.

L'INTRIGUE SE NOUE.

Sa visite faite à M. de Tréville, d'Artagnan prit, tout pensif, le plus long pour rentrer chez lui.

A quoi pensait d'Artagnan, qu'il s'écartait ainsi de sa route, regardant les étoiles du ciel et tantôt soupirant, tantôt souriant ?

Il pensait à madame Bonacieux. Pour un apprenti mousquetaire, la jeune femme était presque une idéalité amoureuse. Jolie, mystérieuse, initiée à presque tous les secrets de cour, qui reflétaient tant de charmante gravité sur ses traits gracieux, elle était soupçonnée de n'être pas insensible, ce qui est un attrait irrésistible pour les amants novices ; de plus, d'Artagnan l'avait délivrée des mains de ces démons qui voulaient la fouiller et la maltraiter, et cet important service avait établi entre elle et lui un de ces sentiments de reconnaissance qui prennent si facilement un plus tendre caractère.

D'Artagnan se voyait déjà, tant les rêves

marchent vite sur les ailes de l'imagination, accosté par un messager de la jeune
femme qui lui remettait quelque billet de
rendez-vous, une chaîne d'or ou un diamant. Nous avons dit que les jeunes cava-
liers recevaient sans honte de leur roi;
ajoutons qu'en ce temps de facile morale,
ils n'avaient pas plus de vergogne à l'endroit de leurs maîtresses et que celles-ci
leur laissaient presque toujours de précieux et durables souvenirs, comme si elles
eussent essayé de conquérir la fragilité de
leurs sentiments par la solidité de leurs
dons.

On faisait alors son chemin par les femmes sans en rougir. Celles qui n'étaient que
belles donnaient leur beauté, et de là vient
sans doute le proverbe que la plus belle fille

du monde ne peut donner que ce qu'elle a. Celles qui étaient riches donnaient en outre une partie de leur argent, et l'on pourrait citer bon nombre de héros de cette galante époque qui n'eussent gagné ni leurs éperons d'abord, ni leurs batailles ensuite, sans la bourse plus ou moins garnie que leur maîtresse attachait à l'arçon de leur selle.

D'Artagnan ne possédait rien; l'hésitation du provincial, vernis léger, fleur éphémère, duvet de la pêche, s'était évaporée au vent des conseils peu orthodoxes que les trois mousquetaires donnaient à leur ami. D'Artagnan, suivant l'étrange coutume du temps, se regardait à Paris comme en campagne, et cela ni plus ni moins que dans les Flandres : l'Espagnol là-bas, la femme ici. — C'était partout un ennemi né à combattre, des contributions à frapper.

Mais, disons-le, pour le moment d'Artagnan était mû d'un sentiment plus noble et plus désintéressé. Le mercier lui avait dit qu'il était riche; le jeune homme avait pu deviner qu'avec un niais comme l'était M. Bonacieux, ce devait être la femme qui tenait la clef de la bourse. Mais tout cela n'avait influé en rien sur le sentiment produit par la vue de madame Bonacieux, et l'intérêt était resté à peu près étranger à ce commencement d'amour qui en avait été la suite. Nous disons, à peu près, car l'idée qu'une jeune femme, belle, gracieuse, spirituelle est riche en même temps, n'ôte rien à ce commencement d'amour, et tout au contraire le corrobore.

Il y a dans l'aisance une foule de soins et de caprices aristocratiques qui vont bien à la beauté. Un bas fin et blanc, une robe de soie, une guimpe de dentelle, un joli soulier au pied, un frais ruban sur la tête, ne font point jolie une femme laide, mais font belle une femme jolie, sans compter les mains qui gagnent à tout cela; les mains, chez les femmes surtout, ont besoin de rester oisives pour rester belles.

Puis d'Artagnan, comme le sait très-bien le lecteur, auquel nous n'avons pas caché l'état de sa fortune, d'Artagnan n'était pas un millionnaire; il espérait bien le devenir un jour, mais le temps qu'il se fixait lui-même pour cet heureux changement était assez éloigné. En attendant, quel désespoir que de voir une femme qu'on aime désirer ces mille riens dont les femmes composent leur bonheur, et de ne pouvoir lui donner ces mille riens! Au moins quand la femme est riche et que l'amant ne l'est pas, ce qu'il ne peut lui offrir, elle se l'offre elle-même; et quoique ce soit ordinairement avec l'argent du mari qu'elle se passe cette jouissance, il est rare que ce soit à lui qu'en revienne la reconnaissance.

Puis d'Artagnan, disposé à être l'amant le plus tendre, était en attendant ami très-dévoué. Au milieu de ses projets amoureux sur la femme du mercier, il n'oubliait pas les siens. La jolie madame Bonacieux était femme à promener dans la plaine Saint-

Denis ou dans la foire Saint-Germain en compagnie d'Athos, de Porthos et d'Aramis, auxquels d'Artagnan serait fier de montrer une telle conquête. Puis quand on a marché long-temps, la faim arrive; d'Artagnan depuis quelque temps avait remarqué cela. On ferait de ces petits dîners charmants où l'on touche d'un côté la main d'un ami, et de l'autre le pied d'une maîtresse. Enfin dans les moments pressants, dans les positions extrêmes, d'Artagnan serait le sauveur de ses amis.

Et M. Bonacieux, que d'Artagnan avait poussé dans les mains des sbires en le reniant bien haut et à qui il avait promis tout bas de le sauver? Nous devons avouer à nos lecteurs que d'Artagnan n'y songeait en aucune façon ou que, s'il y songeait, c'était pour se dire qu'il était bien où il était, quelque part qu'il fût. L'amour est la plus égoïste de toutes les passions.

Cependant que nos lecteurs se rassurent : si d'Artagnan oublie son hôte ou fait semblant de l'oublier, sous prétexte qu'il ne sait pas où on l'a conduit, nous ne l'oublions pas, nous, et nous savons où il est. Mais pour le moment faisons comme le Gascon amoureux. Quant au digne mercier, nous reviendrons à lui plus tard.

D'Artagnan, tout en réfléchissant à ses futures amours, tout en parlant à la nuit, tout en souriant aux étoiles, remontait la rue du Cherche-Midi ou Chasse-Midi, ainsi qu'on l'appelait alors. Comme il se trouvait dans le quartier d'Aramis, l'idée lui était venue d'aller faire une visite à son ami pour lui donner quelques explications sur les motifs qui lui avaient fait envoyer Planchet avec invitation de se rendre immédiatement à la Souricière. Or, si Aramis s'était trouvé chez lui lorsque Planchet y était venu, il avait sans aucun doute couru rue des Fossoyeurs, et, n'y trouvant personne que ses deux autres compagnons peut-être, ils n'avaient dû savoir, ni les uns ni les autres, ce que cela voulait dire. Ce dérangement méritait donc une explication, voilà ce que se disait tout haut d'Artagnan.

Puis tout bas il pensait que c'était pour lui une occasion de parler de la jolie petite madame Bonacieux, dont son esprit, sinon son cœur, était déjà tout plein. Ce n'est pas à propos d'un premier amour qu'il faut demander de la discrétion. Ce premier amour est accompagné d'une si grande joie qu'il faut que cette joie déborde, sans cela elle vous étoufferait.

Paris depuis deux heures était sombre et commençait à se faire désert. Onze heures sonnaient à toutes les horloges du faubourg Saint-Germain, il faisait un temps doux, d'Artagnan suivait une ruelle située sur l'emplacement où passe aujourd'hui la rue d'Assas, respirant les émanations embaumées qui venaient avec le vent de la rue de Vaugirard et qu'envoyaient les jardins rafraîchis par la rosée du soir et par la brise de la nuit. Au loin résonnaient, assourdis cependant par de bons volets, quelques cabarets perdus dans la plaine. Arrivé au bout de la ruelle, d'Artagnan tourna à gauche. La maison qu'habitait Aramis se trouvait située entre la rue Cassette et la rue Servandoni.

D'Artagnan venait de dépasser la rue Cassette et reconnaissait déjà la porte de la maison de son ami, enfouie sous un massif de sycomores et de clématites qui formaient un vaste bourrelet au-dessus d'elle, lorsqu'il aperçut quelque chose comme une ombre qui sortait de la rue Servandoni. Ce quelque chose était enveloppé d'un manteau, et d'Artagnan crut d'abord que c'était un homme; mais à la petitesse de la taille, à l'incertitude de la démarche, à l'embarras du pas, il reconnut bientôt une femme. De plus, cette femme, comme si elle n'eût pas été bien sûre de la maison qu'elle cherchait, levait les yeux pour se reconnaître, s'arrêtait, retournait en arrière, puis revenait encore. D'Artagnan fut intrigué.

— Si j'allais lui offrir mes services! pensa-t-il. A son allure, on voit qu'elle est jeune; peut-être est-elle jolie. Oh! oui. Mais une femme qui court les rues à cette heure, ne sort guère que pour aller rejoindre son amant. Peste! si j'allais troubler les rendez-vous, ce serait une mauvaise porte pour entrer en relation.

Cependant, la jeune femme s'avançait toujours, comptant les maisons et les fenêtres. Ce n'était, au reste, chose ni longue ni difficile. Il n'y avait que trois hôtels dans cette partie de la rue, et deux fenêtres

ayant vue sur cette rue; l'une était celle
d'un pavillon parallèle à celui qu'occupait
Aramis, l'autre était celle d'Aramis lui-
même.

— Pardieu, se dit d'Artagnan, auquel la
nièce du théologien revenait à l'esprit; pardieu, il serait drôle que cette colombe
attardée cherchât la maison de notre ami.
Mais, sur mon âme, cela y ressemble fort.
Ah! mon cher Aramis, pour cette fois, j'en
veux avoir le cœur net.

Et d'Artagnan, se faisant le plus mince
qu'il pût, s'abrita dans le côté le plus obscur de la rue, près d'un banc de pierre
situé au fond d'une niche.

La jeune femme continua de s'avancer,

car outre la légèreté de son allure, qui l'avait trahie, elle venait de faire entendre une petite toux qui dénonçait une voix des plus fraîches. D'Artagnan pensa que cette toux était un signal.

Cependant, soit qu'on eût répondu à cette toux par un signe équivalent qui avait fixé les irrésolutions de la nocturne chercheuse, soit que sans secours étranger elle eût reconnu qu'elle était arrivée au bout de sa course, elle s'approcha résolument du volet d'Aramis et frappa trois fois à intervalles égaux avec son doigt recourbé.

— C'est bien chez Aramis, murmura d'Artagnan. Ah, monsieur l'hypocrite! je vous y prends à faire de la théologie!

4.

Les trois coups étaient à peine frappés que la croisée intérieure s'ouvrit et qu'une lumière parut à travers les vitres du volet.

— Ah! ah! fit l'écouteur non pas aux portes mais aux fenêtres, ah! ah! la visite était attendue. Allons, le volet va s'ouvrir et la dame entrera par escalade. Très-bien!

Mais, au grand étonnement de d'Artagnan, le volet resta fermé. De plus, la lumière qui avait flamboyé un instant disparut et tout rentra dans l'obscurité.

D'Artagnan pensa que cela ne pouvait durer ainsi, et continua de regarder de tous ses yeux et d'écouter de toutes ses oreilles.

Il avait raison: au bout de quelques secondes deux coups secs retentirent dans
l'intérieur.

La jeune femme de la rue répondit par
un seul coup et le volet s'entr'ouvrit.

On juge si d'Artagnan regardait et écoutait avec avidité.

Malheureusement la lumière avait été
transportée dans un autre appartement.
Mais les yeux du jeune homme s'étaient
habitués à la nuit. D'ailleurs les yeux des
Gascons ont, à ce qu'on assure, comme
ceux des chats, la propriété de voir pendant la nuit.

D'Artagnan vit donc que la jeune femme

tirait de sa poche un objet blanc qu'elle déploya vivement et qui prit la forme d'un mouchoir. Cet objet déployé, elle en fit remarquer le coin à son interlocuteur.

Cela rappela à d'Artagnan ce mouchoir qu'il avait trouvé aux pieds de madame Bonacieux, lequel lui avait rappelé celui qu'il avait trouvé aux pieds d'Aramis.

Que diable pouvait donc signifier ce mouchoir?

Placé où il était, d'Artagnan ne pouvait voir le visage d'Aramis : nous disons d'Aramis, parce que le jeune homme ne faisait aucun doute que ce fût son ami qui dialoguât de l'intérieur avec la dame de l'extérieur; la curiosité l'emporta donc sur la prudence, et, profitant de la préoccupation dans laquelle la vue du mouchoir paraissait plonger les deux personnages que nous avons mis en scène, il sortit de sa cachette, et prompt comme l'éclair, mais étouffant le bruit de ses pas, il alla se coller à un angle de la muraille, d'où son œil pouvait parfaitement plonger dans l'intérieur de l'appartement d'Aramis.

Arrivé là, d'Artagnan pensa jeter un cri de surprise : ce n'était pas Aramis qui causait avec la nocturne visiteuse, c'était une femme. Seulement, d'Artagnan y voyait assez pour reconnaître la forme de ses vêtements, mais pas assez pour distinguer ses traits.

Au même instant, la femme de l'appar-

tement tira un second mouchoir de sa poche et l'échangea avec celui qu'on venait
de lui montrer. Puis quelques mots furent
prononcés entre les deux femmes. Enfin
le volet se referma, la femme qui se trouvait à l'extérieur de la fenêtre se retourna
et vint passer à quatre pas de d'Artagnan
en abaissant la coiffe de sa mante; mais la
précaution avait été prise trop tard, d'Artagnan avait déjà reconnu madame Bonacieux.

Madame Bonacieux! Le soupçon que
c'était elle lui avait déjà traversé l'esprit
quand elle avait tiré le mouchoir de sa poche; mais quelle probabilité que madame
Bonacieux, qui avait envoyé chercher
M. Laporte pour se faire reconduire par
lui au Louvre, courût les rues de Paris

seule, à onze heures et demie du soir, au risque de se faire enlever une seconde fois.

Il fallait donc que ce fût pour une affaire bien importante ; et quelle est l'affaire importante d'une femme de vingt-cinq ans? L'amour.

Mais était-ce pour son compte ou pour le compte d'une autre personne qu'elle s'exposait à de semblables hasards? Voilà ce que se demandait à lui-même le jeune homme, que le démon de la jalousie mordait déjà au cœur ni plus ni moins qu'un amant en titre.

Il y avait au reste un moyen bien simple de s'assurer où allait madame Bonacieux, c'était de la suivre. Ce moyen était si sim-

ple, que d'Artagnan l'employa tout naturellement et d'instinct.

Mais, à la vue du jeune homme qui se
détachait de la muraille comme une sta-
tue de sa niche, et au bruit des pas qu'elle
entendit retentir derrière elle, madame
Bonacieux jeta un petit cri et s'enfuit.

D'Artagnan courut après elle. Ce n'était
pas une chose difficile pour lui que de rejoindre une femme embarrassée dans son
manteau. Il la rejoignit donc au tiers de
la rue dans laquelle elle s'était engagée. La
malheureuse était épuisée, non pas de fati-
gue, mais de terreur, et quand d'Artagnan
lui posa la main sur l'épaule elle tomba
sur un genou en criant d'une voix étran-
glée :

— Tuez-moi si vous voulez, mais vous ne saurez rien.

D'Artagnan la releva en lui passant le bras autour de la taille; mais, comme il sentait à son poids qu'elle était sur le point de se trouver mal, il s'empressa de la rassurer par des protestations de dévouement. Ces protestations n'étaient rien pour madame Bonacieux, car de pareilles protestations peuvent se faire avec les plus mauvaises intentions du monde; mais la voix était tout. La jeune femme crut reconnaître le son de cette voix; elle rouvrit les yeux, jeta un regard sur l'homme qui lui avait fait si grand'peur et, reconnaissant d'Artagnan, elle poussa un cri de joie.

— Oh! c'est vous, c'est vous! dit-elle, merci, mon Dieu!

— Oui, c'est moi, dit d'Artagnan, moi que Dieu a envoyé pour veiller sur vous.

— Était-ce dans cette intention que vous me suiviez? demanda avec un sourire plein de coquetterie la jeune femme, dont le caractère un peu railleur reprenait le dessus et chez laquelle toute crainte avait disparu du moment où elle avait reconnu un ami dans celui qu'elle avait pris pour un ennemi.

— Non, dit d'Artagnan; non, je l'avoue, c'est le hasard qui m'a mis sur votre route, j'ai vu une femme frapper à la fenêtre d'un de mes amis...

— D'un de vos amis? interrompit madame Bonacieux.

— Sans doute, Aramis est de mes meilleurs amis.

— Aramis! qu'est-ce que cela?

— Allons donc! allez-vous me dire que vous ne connaissez pas Aramis?

— C'est la première fois que j'entends prononcer ce nom.

— C'est donc la première fois que vous venez à cette maison?

— Sans doute.

— Et vous ne saviez pas qu'elle fût habitée par un jeune homme?

— Non.

— Par un mousquetaire?

— Nullement.

— Ce n'est donc pas lui que vous veniez chercher?

— Pas le moins du monde. D'ailleurs vous l'avez bien vu : la personne à qui j'ai parlé est une femme.

— C'est vrai, mais cette femme est des amis d'Aramis.

— Je n'en sais rien.

— Puisqu'elle loge chez lui.

— Cela ne me regarde pas.

— Mais qui est-elle?

— Oh! cela n'est point mon secret.

— Chère madame Bonacieux, vous êtes charmante; mais en même temps vous êtes la femme la plus mystérieuse...

— Est-ce que je perds à cela ?

— Non, vous êtes, au contraire, adorable.

— Alors, donnez-moi le bras.

— Bien volontiers. Et maintenant ?

— Maintenant, conduisez-moi.

— Où cela ?

— Où je vais.

— Mais où allez-vous ?

— Vous le verrez, puisque vous me laisserez à la porte.

— Faudra-t-il vous attendre ?

— Ce sera inutile.

— Vous reviendrez donc seule ?

— Peut-être oui, peut-être non.

— Mais la personne qui vous accompagnera ensuite sera-t-elle un homme, sera-t-elle une femme?

— Je n'en sais rien encore.

— Je le saurai bien, moi!

— Comment cela?

— Je vous attendrai pour vous voir sortir.

— En ce cas, adieu!

— Comment cela?

— Je n'ai pas besoin de vous.

— Mais vous aviez réclamé...

— L'aide d'un gentilhomme, et non la surveillance d'un espion.

— Le mot est un peu dur !

— Comment appelle-t-on ceux qui sui-
vent les gens malgré eux?

— Des indiscrets.

— Le mot est trop doux.

— Allons, madame, je vois bien qu'il
faut faire tout ce que vous voulez.

— Pourquoi vous être privé du mérite
de le faire tout de suite?

— N'y en a-t-il donc aucun à se repentir?

— Et vous repentez-vous réellement?

— Je n'en sais rien moi-même. Mais ce
que je sais, c'est que je vous promets de

faire tout ce que vous voudrez si vous me laissez vous accompagner jusqu'où vous allez.

— Et vous me quitterez après?

— Oui.

— Sans m'épier à ma sortie?

— Non.

— Parole d'honneur?

— Foi de gentilhomme!

— Prenez mon bras et marchons alors.

D'Artagnan offrit son bras à madame Bonacieux, qui s'y suspendit moitié rieuse, moitié tremblante, et tous deux gagnèrent le haut de la rue de La Harpe. Arrivée là, la jeune femme parut hésiter comme elle avait déjà fait dans la rue de Vaugirard. Cependant à de certains signes elle sembla reconnaître une porte ; et s'approchant de cette porte :

— Et maintenant, monsieur, dit-elle, c'est ici que j'ai affaire ; mille fois merci de votre honorable compagnie, qui m'a sauvée de tous les dangers auxquels seule j'eusse été exposée ! mais le moment est venu de tenir votre parole : je suis arrivée à ma destination.

— Et vous n'aurez plus rien à craindre e revenant ?

— Je n'aurai à craindre que les voleurs.

— N'est-ce donc rien ?

5.

— Que pourraient-ils me prendre? je n'ai pas un denier sur moi.

— Vous oubliez ce beau mouchoir brodé, armorié.

— Lequel?

— Celui que j'ai trouvé à vos pieds et que j'ai remis dans votre poche.

— Taisez-vous, taisez-vous, malheureux! s'écria la jeune femme; voulez-vous me perdre?

— Vous voyez bien qu'il y a encore du danger pour vous, puisqu'un seul mot vous fait trembler, et que vous avouez que si l'on entendait ce mot vous seriez perdue. Ah! tenez, madame, s'écria d'Artagnan en lui saisissant la main et la couvrant d'un ardent regard, tenez! soyez plus généreuse, confiez-vous à moi; n'avez-vous donc pas lu dans mes yeux qu'il n'y a que dévouement et sympathie dans mon cœur !

— Si fait, répondit madame Bonacieux : aussi demandez-moi mes secrets, et je vous les dirai; mais ceux des autres, c'est autre chose.

— C'est bien, dit d'Artagnan, je les découvrirai; puisque ces secrets peuvent avoir une influence sur votre vie, il faut que ces secrets deviennent les miens.

— Gardez-vous-en bien, s'écria la jeune femme avec un sérieux qui fit frissonner d'Artagnan malgré lui. Oh ! ne vous mêlez en rien de ce qui me regarde; ne cherchez point à m'aider dans ce que j'accomplis; et cela je vous le demande au nom de l'intérêt que je vous inspire, au nom du service que vous m'avez rendu et que je n'oublierai de ma vie. Croyez bien plutôt à ce que je vous dis. Ne vous occupez plus de moi, que je n'existe plus pour vous, que ce soit comme si vous ne m'aviez jamais vue.

— Aramis doit-il en faire autant que moi, madame? dit d'Artagnan piqué.

— Voilà déjà deux ou trois fois que vous avez prononcé ce nom, monsieur, et cependant je vous ai dit que je ne le connaissais pas.

— Vous ne connaissez pas l'homme au volet duquel vous avez été frapper! Allons donc, madame! vous me croyez par trop crédule aussi !

— Avouez que c'est pour me faire parler que vous inventez cette histoire, et que vous créez ce personnage.

— Je n'invente rien, madame, je ne crée rien, je dis l'exacte vérité.

— Et vous dites qu'un de vos amis demeure dans cette maison?

— Je le dis et je le répète pour la troisième fois, cette maison est celle qu'habite mon ami, et cet ami est Aramis.

— Tout cela s'éclaircira plus tard, murmura la jeune femme; maintenant, monsieur, taisez-vous.

— Si vous pouviez voir mon cœur tout à découvert, dit d'Artagnan, vous y liriez tant de curiosité que vous auriez pitié de moi, et tant d'amour que vous satisferiez à l'instant même ma curiosité. On n'a rien à craindre de ceux qui vous aiment.

— Vous parlez bien vite d'amour, monsieur! dit la jeune femme en secouant la tête.

— C'est que l'amour m'est venu vite et pour la première fois, et que je n'ai pas vingt ans.

La jeune femme le regarda à la dérobée.

— Écoutez, je suis déjà sur la trace, reprit d'Artagnan. Il y a trois mois, j'ai manqué avoir un duel avec Aramis pour un mouchoir pareil à celui que vous avez montré à cette femme qui était chez lui, pour un mouchoir marqué de la même manière, j'en suis sûr.

— Monsieur, dit la jeune femme, vous me fatiguez fort, je vous le jure, avec ces questions.

— Mais vous si prudente, madame, songez-y, si vous étiez arrêtée avec ce mouchoir, et que ce mouchoir fût saisi, ne seriez-vous pas compromise?

— Pourquoi cela, les initiales ne sont-elles pas les miennes : C. B., Constance Bonacieux?

— Ou Camille de Bois-Tracy.

— Silence, monsieur, encore une fois

silence! Ah! puisque les dangers que je cours pour moi-même ne vous arrêtent pas, songez à ceux que vous pouvez courir, vous!

— Moi?

— Oui, vous. Il y a danger de la prison, il y a danger de la vie à me connaître.

— Alors je ne vous quitte plus.

— Monsieur, dit la jeune femme suppliant et joignant les mains, monsieur, au nom du ciel, au nom de l'honneur d'un militaire, au nom de la courtoisie d'un gentilhomme, éloignez-vous, tenez, voilà minuit qui sonne, c'est l'heure où l'on m'attend.

— Madame, dit le jeune homme en

s'inclinant, je ne sais rien refuser à qui me demande ainsi; soyez contente, je m'éloigne.

— Mais vous ne me suivrez pas, vous ne m'épierez pas.

— Je rentre chez moi à l'instant.

— Ah! je le savais bien que vous étiez un brave jeune homme! s'écria madame Bonacieux en lui tendant une main et en posant l'autre sur le marteau d'une petite porte presque perdue dans la muraille.

D'Artagnan saisit la main qu'on lui tendait et la baisa ardemment.

« Ah! j'aimerais mieux ne vous avoir jamais vue, s'écria d'Artagnan avec cette brutalité naïve que les femmes préfèrent souvent aux afféteries de la politesse, parce qu'elle découvre le fond de la pensée et qu'elle prouve que le sentiment l'emporte sur la raison.

— Eh bien! reprit madame Bonacieux d'une voix presque caressante et en serrant la main de d'Artagnan, qui n'avait pas abandonné la sienne; eh bien! je n'en dirai pas autant que vous : ce qui est perdu pour aujourd'hui n'est pas perdu pour l'avenir. Qui sait si, lorsque je serai déliée un jour, je ne satisferai pas votre curiosité.

— Et faites-vous la même promesse à mon amour? s'écria d'Artagnan au comble de la joie.

— Oh! de ce côté, je ne veux point

m'engager, cela dépendra des sentiments que vous saurez m'inspirer.

— Ainsi aujourd'hui, madame...

— Aujourd'hui, monsieur, je n'en suis encore qu'à la reconnaissance.

— Ah! vous êtes trop charmante, dit d'Artagnan avec tristesse, et vous abusez de mon amour.

— Non, j'use de votre générosité, voilà tout. Mais, croyez-le bien, avec certaines gens tout se retrouve.

— Oh! vous me rendez le plus heureux des hommes. N'oubliez pas cette soirée, n'oubliez pas cette promesse !

— Soyez tranquille, en temps et lieu je me souvienerai de tout. Eh bien! partez donc, partez, au nom du ciel! On m'attendait à minuit juste, et je suis en retard.

— De cinq minutes.

—Oui; mais dans certaines circonstances, cinq minutes sont cinq siècles.

— Quand on aime.

— Eh bien, qui vous dit que je n'ai pas affaire à un amoureux.

— C'est un homme qui vous attend, s'écria d'Artagnan, — un homme !

— Allons, voilà la discussion qui va recommencer, fit madame Bonacieux avec

un demi-sourire qui n'était pas exempt
d'une certaine teinte d'impatience.

— Non, non, je m'en vais, je pars; je
crois en vous, je veux avoir tout le mérite
de mon dévouement, ce dévouement dût-il
être une stupidité. Adieu, madame, adieu !

Et comme s'il ne se fût senti la force de
se détacher de la main qu'il tenait que par
une secousse, il s'éloigna tout courant, tandis que madame Bonacieux frappait, comme
au volet, trois coups lents et réguliers ; puis,
arrivé à l'angle de la rue, il se retourna :
la porte s'était ouverte et refermée, la jolie
mercière avait disparu.

D'Artagnan continua son chemin ; il
avait donné sa parole de ne pas épier ma-

dame Bonacieux, et sa vie eût-elle dépendu de l'endroit où elle allait se rendre, ou de la personne qui devait l'accompagner, d'Artagnan serait rentré chez lui, puisqu'il avait dit qu'il y rentrait. Cinq minutes après il était dans la rue des Fossoyeurs.

— Pauvre Athos, disait-il, il ne saura pas ce que cela veut dire. Il se sera endormi en m'attendant, ou il sera retourné chez lui, et en rentrant il aura appris qu'une femme y était venue. Une femme chez Athos! Après tout, continua d'Artagnan, il y en avait bien une chez Aramis. Tout cela est fort étrange, et je serais bien curieux de savoir comment cela finira.

—Mal, monsieur, mal, répondit une voix que le jeune homme reconnut pour

celle de Planchet; car tout en monologuant tout haut, à la manière des gens
très-préoccupés, il s'était engagé dans l'allée au fond de laquelle était l'escalier qui
conduisait à sa chambre.

— Comment, mal? que veux-tu dire,
imbécile? demanda d'Artagnan, et qu'est-il
donc arrivé?

— Toutes sortes de malheurs.

— Lesquels?

— D'abord M. Athos est arrêté.

— Arrêté! Athos! arrêté! Pourquoi?

— On l'a trouvé chez vous; on l'a pris
pour vous.

— Et par qui a-t-il été arrêté?

II.   6

— Par la garde qu'ont été chercher les hommes noirs que vous avez mis en fuite.

— Pourquoi ne s'est-il pas nommé? pourquoi n'a-t-il pas dit qu'il était étranger à cette affaire?

— Il s'en est bien gardé, monsieur; il s'est au contraire approché de moi et m'a dit : « C'est ton maître qui a besoin de sa liberté en ce moment, et non pas moi, puisqu'il sait tout et que je ne sais rien. On le croira arrêté, et cela lui donnera du temps; dans trois jours je dirai qui je suis, et il faudra bien qu'on me fasse sortir. »

— Bravo, Athos! noble cœur, murmura d'Artagnan, je le reconnais bien là! Et qu'ont fait les sbires?

—Quatre l'ont emmené je ne sais où, à la Bastille ou au Fort-l'Evêque; deux sont restés avec les hommes noirs, qui ont fouillé partout et qui ont pris tous les papiers. Enfin les deux derniers, pendant cette expédition, montaient la garde à la porte; puis, quand tout a été fini, ils sont partis, laissant la maison vide et tout ouvert.

— Et Porthos et Aramis?

— Je ne les avais pas trouvés, ils ne sont pas venus.

— Mais ils peuvent venir d'un moment à l'autre, car tu leur as fait dire que je les attendais?

— Oui, monsieur.

6.

— Eh bien, ne bouge pas d'ici; s'ils viennent, préviens-les de ce qui m'est arrivé, qu'ils m'attendent au cabaret de la Pomme-du-Pin; ici, il y aurait danger, la maison peut être espionnée. Je cours chez M. de Tréville pour lui annoncer tout cela, et je les y rejoins.

— C'est bien, monsieur, dit Planchet.

— Mais tu resteras, tu n'auras pas peur? dit d'Artagnan en revenant sur ses pas pour recommander le courage à son laquais.

— Soyez tranquille, monsieur, dit Planchet, vous ne me connaissez pas encore; je suis brave quand je m'y mets, allez; c'est le tout de m'y mettre; d'ailleurs, je suis Picard.

— Alors, c'est convenu, dit d'Artagnan,
tu te fais tuer plutôt que de quitter ton
poste.

— Oui, monsieur, et il n'y a rien que je
ne fasse pour prouver à monsieur que je
lui suis attaché.

— Bon, dit en lui-même d'Artagnan; il
paraît que la méthode que j'ai employée à
l'égard de ce garçon est décidément la
bonne : j'en userai dans l'occasion.

Et de toute la vitesse de ses jambes, déjà
quelque peu fatiguées cependant par les
courses de la journée, d'Artagnan se dirigea vers la rue du Colombier.

M. de Tréville n'était point à son hôtel ;

sa compagnie était de garde au Louvre, il était au Louvre avec sa compagnie.

Il fallait arriver jusqu'à M. de Tréville, il était important qu'il fût prévenu de ce qui se passait. D'Artagnan résolut d'essayer d'entrer au Louvre. Son costume de garde dans la compagnie de M. des Essarts lui devait être un passe-port.

Il descendit donc la rue des Petits-Augustins, et remonta le quai pour prendre le Pont-Neuf. Il avait eu un instant l'idée de passer le bac ; mais en arrivant au bord de l'eau, il avait machinalement introduit sa main dans sa poche et s'était aperçu qu'il n'avait pas de quoi payer le passeur.

Comme il arrivait à la hauteur de la rue Guénégaud, il vit déboucher de la rue

Dauphine un groupe composé de deux personnes et dont l'allure le frappa.

Les deux personnes qui composaient le groupe étaient : l'un, un homme ; l'autre, une femme.

La femme avait la tournure de madame Bonacieux, et l'homme ressemblait à s'y méprendre à Aramis.

En outre, la femme avait cette mante noire que d'Artagnan voyait encore se dessiner sur le volet de la rue de Vaugirard et sur la porte de la rue de la Harpe.

De plus, l'homme portait l'uniforme des mousquetaires.

Le capuchon de la femme était rabattu,

l'homme tenait son mouchoir sur son visage; tous deux, cette double précaution l'indiquait, tous deux avaient donc intérêt à n'être point reconnus.

Ils prirent le pont : c'était le chemin de d'Artagnan, puisque d'Artagnan se rendait au Louvre; d'Artagnan les suivit.

D'Artagnan n'avait pas fait vingt pas qu'il fut convaincu que cette femme, c'était madame Bonacieux, et que cet homme, c'était Aramis.

Il sentit à l'instant même tous les soupçons de la jalousie qui s'agitaient dans son cœur.

Il était doublement trahi et par son ami et par celle qu'il aimait déjà comme une maîtresse. Madame Bonacieux lui avait juré ses grands dieux qu'elle ne connaissait pas Aramis, et un quart d'heure après qu'elle lui avait fait ce serment il la retrouvait au bras d'Aramis.

D'Artagnan ne réfléchit pas seulement qu'il connaissait la jolie mercière depuis trois heures seulement, qu'elle ne lui devait rien qu'un peu de reconnaissance pour l'avoir délivrée des hommes noirs qui voulaient l'enlever et qu'elle ne lui avait rien promis. Il se regarda comme un amant outragé, trahi, bafoué ; le sang et la colère lui montèrent au visage, il résolut de tout éclaircir.

La jeune femme et le jeune homme s'étaient aperçus qu'ils étaient suivis, et ils avaient doublé le pas. D'Artagnan prit sa course, les dépassa, puis revint sur eux au moment où ils se trouvaient devant la Samaritaine éclairée par un réverbère qui projetait sa lueur sur toute cette partie du pont.

D'Artagnan s'arrêta devant eux et ils s'arrêtèrent devant lui.

— Que voulez-vous, monsieur? demanda le mousquetaire en reculant d'un pas et avec un accent étranger qui prouvait à d'Artagnan qu'il s'était trompé dans une partie de ses conjectures.

— Ce n'est pas Aramis! s'écria-t-il.

— Non, monsieur, ce n'est point Aramis, et, à votre exclamation, je vois que vous m'ayez pris pour un autre et je vous pardonne.

— Vous me pardonnez! s'écria d'Arta-gnan.

— Oui, répondit l'inconnu. Laissez-moi donc passer, puisque ce n'est pas à moi que vous ayez affaire.

— Vous avez raison, monsieur, dit d'Ar-tagnan, ce n'est pas à vous que j'ai affaire, c'est à madame.

— A madame! vous ne la connaissez pas, dit l'étranger.

— Vous vous trompez, monsieur, je la connais.

— Ah! fit madame Bonacieux d'un ton

de reproche; ah, monsieur! j'avais votre parole de militaire et votre foi de gentilhomme: j'espérais pouvoir compter dessus.

— Et moi, madame, dit d'Artagnan embarrassé, vous m'aviez promis...

— Prenez mon bras, madame, dit l'étranger, et continuons notre chemin.

Cependant d'Artagnan, étourdi, atterré, anéanti par tout ce qui lui arrivait, restait debout et les bras croisés devant le mousquetaire et madame Bonacieux.

Le mousquetaire fit deux pas en avant et écarta d'Artagnan avec la main.

D'Artagnan fit un bond en arrière et tira son épée.

En même temps et avec la rapidité de l'éclair l'inconnu tira la sienne.

— Au nom du ciel, milord! s'écria madame Bonacieux en se jetant entre les combattants et en prenant les épées à pleines mains.

— Milord! s'écria d'Artagnan illuminé d'une idée subite, milord! pardon, monsieur; mais est-ce que vous seriez...

— Milord duc de Buckingham, dit madame Bonacieux à demi-voix; et maintenant vous pouvez nous perdre tous.

— Milord, madame, pardon, cent fois pardon; mais je l'aimais, milord, et j'étais jaloux; vous savez ce que c'est que d'aimer, milord; pardonnez-moi, et dites-moi comment je puis me faire tuer pour Votre Grâce.

— Vous êtes un brave jeune homme, dit Buckingham en tendant à d'Artagnan une main que celui-ci serra respectueusement; vous m'offrez vos services, je les accepte; suivez-nous à vingt pas jusqu'au Louvre; et si quelqu'un nous épie, tuez-le!

D'Artagnan mit son épée nue sous son bras, laissa prendre à madame Bonacieux et au duc vingt pas d'avance, et les suivit, prêt à exécuter à la lettre les instructions du noble et élégant ministre de Charles Ier.

Mais heureusement le jeune séide n'eut aucune occasion de donner au duc cette preuve de son dévouement, et la jeune femme et le beau mousquetaire rentrèrent au Louvre par le guichet de l'Échelle sans avoir été inquiétés.

Quant à d'Artagnan, il se rendit aussitôt au cabaret de la pomme-du-Pin, où il trouva Porthos et Aramis qui l'attendaient.

Mais, sans leur donner d'autre explication sur le dérangement qu'il leur avait causé, il leur dit qu'il avait terminé seul l'affaire pour laquelle il avait cru un instant avoir besoin de leur intervention.

Et maintenant, emportés que nous sommes par notre récit, laissons nos trois amis rentrer chacun chez soi, et suivons, dans les détours du Louvre, le duc de Buckingham et son guide.

CHAPITRE III.

GEORGE VILLIERS, DUC DE BUCKINGHAM.

Madame Bonacieux et le duc entrèrent
au Louvre sans difficulté; madame Bonacieux était connue pour appartenir à la
reine; le duc portait l'uniforme des mousquetaires de M. de Tréville, qui, comme
nous l'avons dit, étaient de garde ce soir-là,

II.   7

D'ailleurs Germain était dans les intérêts de la reine, et si quelque chose arrivait, madame Bonacieux serait accusée d'avoir introduit son amant au Louvre, voilà tout; elle prenait sur elle le crime : sa réputation était perdue, il est vrai, mais de quelle valeur était dans le monde la réputation d'une petite mercière!

Une fois entrés dans l'intérieur de la cour, le duc et la jeune femme suivirent le pied de la muraille pendant l'espace d'environ vingt-cinq pas; cet espace parcouru, madame Bonacieux poussa une petite porte de service, ouverte le jour, mais ordinairement fermée la nuit; la porte céda; tous deux entrèrent et se trouvèrent dans l'obscurité, mais madame Bonacieux connaissait tous les tours et détours de cette partie

du Louvre, destinée aux gens de la suite.
Elle referma les portes derrière elle, prit le
duc par la main, fit quelques pas en tâton-
nant, saisit une rampe, toucha du pied un
degré, et commença de monter un escalier; le duc compta deux étages. Alors elle
prit à droite; suivit un long corridor, re-
descendit un étage, fit quelques pas encore, introduisit une clef dans une serrure,
ouvrit une porte et poussa le duc dans un
appartement éclairé seulement par une
lampe de nuit, en lui disant : « Restez ici,
milord-duc, on va venir. » Puis elle sortit
par la même porte, qu'elle ferma à la clef,
de sorte que le duc se trouva littéralement
prisonnier.

Cependant, tout isolé qu'il se trouvait, il
faut le dire, le duc de Buckingham n'é-

prouva pas un instant de crainte; un des côtés saillants de son caractère était la recherche de l'aventureux et l'amour du romanesque. Brave, hardi, entreprenant, ce n'était pas la première fois qu'il risquait sa vie dans de pareilles tentatives; il avait appris que ce prétendu message d'Anne d'Autriche, sur la foi duquel il était venu à Paris, était un piége, et au lieu de regagner l'Angleterre, il avait, abusant de la position qu'on lui avait faite, déclaré à la reine qu'il ne partirait pas sans l'avoir vue. La reine avait positivement refusé d'abord, puis enfin elle avait craint que le duc, exaspéré, ne fît quelque folie. Déjà elle était décidée à le recevoir et à le supplier de partir aussitôt, lorsque, le soir même de cette décision, madame Bonacieux, qui était chargée d'aller chercher le duc et de le conduire au

Louvre, fut enlevée. Pendant deux jours on ignora complétement ce qu'elle était devenue, et tout resta en suspens. Mais une fois libre, une fois remise en rapport avec Laporte, les choses avaient repris leur cours, et elle venait d'accomplir la périlleuse entreprise que, sans son arrestation, elle eût exécuté trois jours plus tôt.

Buckingham, resté seul, s'approcha d'une glace. Cet habit de mousquetaire lui allait à merveille.

A trente-cinq ans qu'il avait alors, il passait à juste titre pour le plus beau gentilhomme et pour le plus élégant cavalier de France et d'Angleterre.

Favori de deux rois, riche à millions, tout-puissant dans un royaume qu'il bou-

eversait à sa fantaisie et calmait à son caprice, George Villiers, duc de Buckingham, avait entrepris une de ces existences
fabuleuses qui restent dans le cours des
siècles comme un étonnement pour la postérité.

Aussi, sûr de lui-même, convaincu de
sa puissance, certain que les lois qui régis-
sent les autres hommes ne pouvaient l'atteindre, allait-il droit au but qu'il s'était
fixé, ce but fût-il si élevé et si éblouissant
que c'eût été folie pour un autre que de
l'envisager seulement. C'est ainsi qu'il était
arrivé à s'approcher plusieurs fois de la
belle et fière Anne d'Autriche et à s'en
aire aimer, à force d'éblouissement.

George de Villiers se plaça donc devant

une glace, comme nous l'avons dit, rendit
à sa belle chevelure blonde les ondulations
que le poids de son chapeau lui avait fait
perdre, retroussa sa moustache, et le cœur
tout gonflé de joie, heureux et fier de toucher au moment qu'il avait si longtemps
désiré, se sourit à lui-même d'orgueil et
d'espoir.

En ce moment une porte cachée dans
la tapisserie s'ouvrit, et une femme apparut. Buckingham vit cette apparition dans
la glace ; il jeta un cri, c'était la reine !

Anne d'Autriche avait alors vingt-six
ou vingt-sept ans, c'est-à-dire qu'elle se
trouvait dans tout l'éclat de sa beauté.

Sa démarche était celle d'une reine ou
d'une déesse ; ses yeux, qui jetaient des

reflets d'émeraude, étaient parfaitement beaux, et tout à la fois pleins de douceur et de majesté.

Sa bouche était petite et vermeille, et quoique sa lèvre inférieure, comme celle des princes de la maison d'Autriche, avançât légèrement sur l'autre, elle était éminemment gracieuse dans le sourire, mais aussi profondément dédaigneuse dans le mépris.

Sa peau était citée pour sa douceur et son velouté, sa main et ses bras étaient d'une beauté surprenante, et tous les poètes du temps les chantaient comme incomparables.

Enfin ses cheveux, qui, de blonds qu'ils étaient dans sa jeunesse, étaient devenus châtains, et qu'elle portait frisés très-clair et avec beaucoup de poudre, encadraient admirablement son visage, auquel le censeur le plus rigide n'eût pu souhaiter qu'un peu moins de rouge, et le statuaire le plus exigeant qu'un peu plus de finesse dans le nez.

Buckingham resta un instant ébloui; jamais Anne d'Autriche ne lui était apparue aussi belle, au milieu des bals, des fêtes, des carrousels, qu'elle lui apparut en ce moment, vêtue d'une simple robe de satin blanc et accompagnée de dona Estefania, la seule de ses femmes espagnóles qui n'eût pas été chassée par la jalousie du roi et par les persécutions de Richelieu.

Anne d'Autriche fit deux pas en avant :

Buckingham se précipita à ses genoux, et avant que la reine eût pu l'en empêcher, il baisa le bas de sa robe.

« Duc, vous savez déjà que ce n'est pas moi qui vous ai fait écrire.

— Oh! oui, madame, oui, Votre Majesté, s'écria le duc, je sais que j'ai été un fou, un insensé de croire que la neige s'animerait, que le marbre s'échaufferait; mais que voulez-vous, quand on aime, on croit facilement à l'amour; d'ailleurs, je n'ai pas tout perdu à ce voyage, puisque je vous vois.

— Oui, répondit Anne, mais vous savez pourquoi et comment je vous vois, milord. Je vous vois par pitié pour vous-même; je vous vois parce qu'insensible à toutes mes peines, vous vous êtes obstiné à rester dans une ville où, en restant, vous courez risque de la vie et me faites courir risque de mon honneur ; je vous vois pour vous dire que tout nous sépare, les profondeurs de la mer, l'inimitié des royaumes, la sainteté des serments. Il est sacrilége de lutter contre tant de choses, milord. Je vous vois enfin pour vous dire qu'il ne faut plus nous voir.

— Parlez, madame, parlez, reine, dit Buckingham, la douceur de votre voix couvre la dureté de vos paroles. Vous parlez de sacrilége ! mais le sacrilége est dans la séparation des cœurs que Dieu avait formés l'un pour l'autre.

— Milord, s'écria la reine, vous oubliez que je ne vous ai jamais dit que je vous aimais.

— Mais vous ne m'avez jamais dit non plus que vous ne m'aimiez point, et vraiment me dire de semblables paroles ce serait de la part de Votre Majesté une trop grande ingratitude. Car, dites-moi, où trouvez-vous un amour pareil au mien, un amour que ni le temps, ni l'absence, ni le désespoir ne peuvent éteindre ; un amour qui se contente d'un ruban égaré, d'un regard perdu, d'une parole échappée.

» Il y a trois ans, madame, que je vous ai vue pour la première fois, et depuis trois ans je vous aime ainsi.

» Voulez-vous que je vous dise comment vous étiez vêtue la première fois que je vous vis ? voulez-vous que je détaille chacun des ornements de votre toilette ? Tenez, je vous vois encore : Vous étiez assise sur des carreaux, à la mode d'Espagne; vous aviez une robe de satin vert avec des broderies d'or et d'argent, des manches pendantes et renouées sur vos beaux bras, sur ces bras admirables, avec de gros diamants; vous aviez une fraise fermée, un petit bonnet sur votre tête, de la couleur de votre robe, et sur ce bonnet une plume de héron.

» Oh! tenez, tenez, je ferme les yeux, et je vous vois telle que vous étiez alors ; je les rouvre, et je vous vois telle que vous êtes maintenant, c'est-à-dire cent fois plus belle encore!

— Quelle folie! murmura Anne d'Autriche, qui n'avait pas le courage d'en vouloir au duc d'avoir si bien conservé son portrait dans son cœur; quelle folie de nourrir une passion inutile avec de pareils souvenirs!

— Et avec quoi voulez-vous donc que je vive? je n'ai que des souvenirs, moi. C'est mon bonheur, mon trésor, mon espérance. Chaque fois que je vous vois, c'est un diamant de plus que je renferme dans l'écrin de mon cœur. Celui-ci est le quatrième que vous laissez tomber et que je ramasse; car en trois ans, madame, je ne vous ai vue que quatre fois : cette première que je viens de vous dire, la seconde chez madame de Chevreuse, la troisième dans les jardins d'Amiens.

— Duc, dit la reine en rougissant, ne parlez pas de cette soirée.

— Oh! parlons-en, au contraire, madame, parlons-en : c'est la soirée heureuse et rayonnante de ma vie. Vous rappelez-vous la belle nuit qu'il faisait? Comme l'air était doux et parfumé, comme le ciel était bleu et tout émaillé d'étoiles!

[illegible]

» Ah! cette fois, madame, j'avais pu être un instant seul avec vous; cette fois vous étiez prête à tout me dire, l'isolement de votre vie, les chagrins de votre cœur. Vous étiez appuyée à mon bras, tenez, à celui-ci. Je sentais, en inclinant ma tête de votre côté, vos beaux cheveux effleurer mon visage, et chaque fois qu'ils l'effleuraient je frissonnais de la tête aux pieds. Oh! reine, reine! oh! vous ne savez pas tout ce qu'il y a de félicités du ciel, de joies du paradis enfermées dans un moment pareil.

Tenez, mes biens, ma fortune, ma gloire, tout ce qui me reste de jours à vivre, pour un pareil instant et par une semblable nuit ! car, cette nuit-là, madame, cette nuit-là, vous m'aimiez, je vous le jure.

— Milord, il est possible, oui, que l'influence du lieu, que le charme de cette belle soirée, que la fascination de votre regard, que ces mille circonstances enfin qui se réunissent parfois pour perdre une femme se soient groupées autour de moi dans cette fatale soirée ; mais vous l'avez vu, milord, la reine est venue au secours de la femme qui faiblissait : au premier mot que vous avez osé dire, à la première hardiesse à laquelle j'ai eu à répondre, j'ai appelé.

— Oh ! oui, oui, cela est vrai, et un autre amour que le mien aurait succombé à cette épreuve ; mais mon amour, à moi, en est sorti plus ardent et plus éternel. Vous avez cru me fuir en revenant à Paris, vous avez cru que je n'oserais quitter le trésor sur lequel mon maître m'avait chargé de veiller. Ah! que m'importent à moi tous les trésors du monde et tous les rois de la terre! Huit jours après j'étais de retour, madame. Cette fois, vous n'avez rien eu à me dire : j'avais risqué ma faveur, ma vie pour vous voir une seconde; je n'ai pas même touché votre main, et vous m'avez pardonné en me voyant si soumis et si repentant.

— Oui, mais la calomnie s'est emparée de toutes ces folies dans lesquelles je n'étais pour rien, vous le savez bien, milord. Le

roi, excité par M. le cardinal, a fait un
éclat terrible : madame de Vernet a été
chassée, Putange exilé, madame de Chevreuse est tombée en défaveur, et lorsque
vous avez voulu revenir comme ambassadeur en France, le roi lui-même, souvenez-
vous-en, milord, le roi lui-même s'y est
opposé.

— Oui, et la France va payer d'une
guerre le refus de son roi. Je ne puis plus
vous voir, madame, eh bien ! je veux chaque jour que vous entendiez parler de moi.

» Quel but pensez-vous qu'aient eu cette
expédition de Ré et cette ligue avec les
protestants de La Rochelle que je projette?
Le plaisir de vous voir !

» Je n'ai pas l'espoir de pénétrer à main armée jusqu'à Paris, je le sais bien ; mais cette guerre pourra amener une paix, cette paix nécessitera un négociateur, ce négociateur ce sera moi. On n'osera plus me refuser alors, et je reviendrai à Paris, et je vous reverrai et je serai heureux un instant. Des milliers d'hommes, il est vrai, auront payé mon bonheur de leur vie, mais que m'importera, à moi, pourvu que je vous revoie ! Tout cela est peut-être bien fou, peut-être bien insensé ; mais, dites-moi, quelle femme a eu un amant plus amoureux ? quelle reine a eu un serviteur plus ardent ?

— Milord, milord, vous invoquez pour votre défense des choses qui vous accusent encore ; milord, toutes ces preuves d'amour que vous voulez me donner sont presque des crimes.

— Parce que vous ne m'aimez pas, madame : si vous m'aimiez, vous verriez tout cela bien autrement; si vous m'aimiez, oh! mais si vous m'aimiez, ce serait trop de bonheur et je deviendrais fou. Ah! madame de Chevreuse, dont vous parliez tout à l'heure, madame de Chevreuse a été moins cruelle que vous. Holland l'a aimée, et elle a répondu à son amour.

— Madame de Chevreuse n'était pas reine, murmura Anne d'Autriche vaincue malgré elle par l'expression d'un amour si profond.

— Vous m'aimeriez donc si vous ne l'é-

tiez pas, vous, madame, dites, vous m'aimeriez donc? Je puis donc croire que c'est la
dignité seule de votre rang qui vous fait
cruelle pour moi; je puis donc croire que
si vous eussiez été madame de Chevreuse,
le pauvre Buckingham aurait pu espérer?
Merci de ces douces paroles, oh! ma belle
Majesté, cent fois merci!

— Ah! milord, vous avez mal entendu,
mal interprété; je n'ai pas voulu dire...

— Silence! silence! dit le duc; si je suis
heureux d'une erreur, n'ayez pas la cruauté
de me l'enlever. Vous l'avez dit vous-
même, on m'a attiré dans un piége; j'y
laisserai ma vie, peut-être, car, tenez,
c'est étrange, depuis quelque temps j'ai
des pressentiments que je vais mourir. Et

le duc sourit d'un sourire triste et charmant à la fois.

— Oh, mon Dieu ! s'écria Anne d'Autriche avec un accent d'effroi qui prouvait quel intérêt plus grand qu'elle ne le voulait dire elle prenait au duc:

— Je ne vous dis point cela pour vous effrayer, madame, non ; c'est même ridicule ce que je vous dis, et croyez que je ne me préoccupe point de pareils rêves. Mais ce mot de vous que vous venez de dire, cette espérance que vous m'avez presque donnée, aura tout payé, fût-ce même ma vie.

— Eh bien ! dit Anne d'Autriche, moi aussi, duc, moi j'ai des pressentiments, moi aussi j'ai des rêves. J'ai songé que je vous voyais couché sanglant, frappé d'une blessure.

— Au côté gauche, n'est-ce pas, et avec un couteau, interrompit Buckingham.

— Oui, c'est cela, milord, c'est cela, au côté gauche avec un couteau. Qui a pu vous dire que j'avais fait ce rêve? Je ne l'ai confié qu'à Dieu, et encore dans mes prières.

— Je n'en veux pas davantage, et vous m'aimez, madame; c'est bien.

— Je vous aime, moi

— Oui, vous. Dieu vous enverrait-il les

mêmes rêves qu'à moi, si vous ne m'aimiez pas? Aurions-nous les mêmes pressentiments, si nos deux existences ne se touchaient pas par le cœur? Vous m'aimez, ô reine, et vous me pleurerez!

—Oh! mon Dieu! mon Dieu! s'écria Anne d'Autriche, c'est plus que je n'en puis supporter. Tenez, duc, au nom du ciel, partez, retirez-vous; je ne sais si je vous aime ou si je ne vous aime pas; mais ce que je sais, c'est que je ne serai point parjure. — Prenez donc pitié de moi et partez. Oh! si vous êtes frappé en France, si vous mourez en France, si je pouvais supposer que votre amour pour moi fût cause de votre mort, je ne me consolerais jamais : j'en deviendrais folle. Partez donc, partez, je vous en supplie.

— Oh! que vous êtes belle ainsi! Oh! que je vous aime! dit Buckingham.

— Partez! partez! je vous en supplie, et revenez plus tard ; — revenez comme ambassadeur, revenez comme ministre, revenez entouré de gardes qui vous défendront, de serviteurs qui veilleront sur vous, et alors, — alors je ne craindrai plus pour vos jours, et j'aurai du bonheur à vous revoir.

— Oh! est-ce bien vrai, ce que vous me dites?

— Oui...

— Eh bien! un gage de votre indulgence, un objet qui vienne de vous et qui me rappelle que je n'ai point fait un rêve; quelque chose que vous ayez porté et que je puisse porter à mon tour, une bague, un collier, une chaîne.

— Et partirez-vous, partirez-vous, si je vous donne ce que vous demandez?

— Oui.

— A l'instant même?

— Oui.

— Vous quitterez la France, vous retournerez en Angleterre?

— Oui, je vous le jure!

— Attendez, alors, attendez.

Et Anne d'Autriche rentra dans son appartement et en sortit presque aussitôt, tenant à la main un petit coffret en bois de rose à son chiffre tout incrusté d'or.

— Tenez, milord-duc, tenez, dit-elle, gardez cela en mémoire de moi.

Buckingham prit le coffret et tomba une seconde fois à genoux.

— Vous m'avez promis de partir, dit la reine.

— Et je tiens ma parole. Votre main, votre main, madame, et je pars.

Anne d'Autriche tendit sa main en fermant les yeux et en s'appuyant de l'autre sur Estefania, car elle sentait que les forces allaient lui manquer.

Buckingham appuya avec passion ses lèvres sur cette belle main, puis se relevant :

— Avant six mois, dit-il, si je ne suis pas mort, je vous aurai revue, madame, dussé-je bouleverser le monde pour cela.

Et, fidèle à la promesse qu'il avait faite, il s'élança hors de l'appartement.

Dans le corridor, il rencontra madame Bonacieux qui l'attendait, et qui, avec les mêmes précautions et le même bonheur, le reconduisit hors du Louvre.

CHAPITRE IV.

MONSIEUR BONACIEUX.

Il y avait dans tout cela, comme on a pu
le remarquer, un personnage dont, malgré
sa position précaire, on n'avait paru s'inquiéter que fort médiocrement; ce personnage était M. Bonacieux, respectable martyr des intrigues politiques et amoureuses

qui s'enchevêtraient si bien les unes aux autres dans cette époque à la fois si chevaleresque et si galante.

Heureusement, le lecteur se le rappelle ou ne se le rappelle pas, heureusement que nous avons promis de ne pas le perdre de vue.

Les estafiers qui l'avaient arrêté le conduisirent droit à la Bastille, où on le fit passer tout tremblant devant un peloton de soldats qui chargeaient leurs mousquets.

De là, introduit dans une galerie demi-souterraine, il fut, de la part de ceux qui l'avaient amené, l'objet des plus grossières injures et des plus farouches traitements.

Les sbires voyaient qu'ils n'avaient pas affaire à un gentilhomme, et ils le traitaient en véritable croquant.

Au bout d'une demi-heure à peu près, un greffier vint mettre fin à ses tortures, mais non pas à ses inquiétudes, en donnant l'ordre de conduire M. Bonacieux dans la chambre des interrogatoires. Ordinairement on interrogeait les prisonniers chez eux, mais avec M. Bonacieux on n'y faisait pas tant de façons.

Deux gardes s'emparèrent du mercier, lui firent traverser une cour, le firent entrer dans un corridor où il y avait trois sentinelles, ouvrirent une porte et le poussèrent dans une chambre basse, où il n'y avait pour tout meuble qu'une table, une

chaise et un commissaire. Le commissaire
était assis sur la chaise et occupé à écrire
sur la table.

Les deux gardes conduisirent le prisonnier devant la table et, sur un signe du
commissaire, s'éloignèrent hors de la portée de la voix.

Le commissaire, qui jusque-là avait tenu
sa tête baissée sur ses papiers, la releva
pour voir à qui il avait affaire. Ce commissaire était un homme à la mine rébar-
bative, au nez pointu, aux pommettes jau-
nes et saillantes, aux yeux petits, mais
investigateurs et vifs, à la physionomie tenant à la fois de la fouine et du renard. Sa
tête, supportée par un cou long et mobile,
sortait de sa large robe noire en se balan-

çant avec un mouvement à peu près pareil à celui de la tortue tirant sa tête hors de sa carapace.

Il commença par demander à M. Bonacieux ses nom et prénoms, son âge, son état et son domicile.

L'accusé répondit qu'il s'appelait Jacques-Michel Bonacieux, qu'il était âgé de cinquante et un ans, mercier retiré, et qu'il demeurait rue des Fossoyeurs, n° 11.

Le commissaire alors, au lieu de continuer à l'interroger, lui fit un long discours sur le danger qu'il y a pour un bourgeois obscur à se mêler des choses publiques.

Il compliqua cet exorde d'une exposition

dans laquelle il raconta la puissance et les actes de M. le cardinal, ce ministre incomparable, ce vainqueur des ministres passés, cet exemple des ministres à venir : actes et puissance que nul ne contrecarrait impunément.

Après cette deuxième partie de son discours, fixant son regard d'épervier sur le pauvre Bonacieux, il l'invita à réfléchir à la gravité de sa situation.

Les réflexions du mercier étaient toutes faites; il donnait au diable l'instant où M. de Laporte avait eu l'idée de le marier avec sa filleule, et l'instant surtout où cette filleule avait été reçue dame de la lingerie chez la reine.

Le fond du caractère de maître Bonacieux était un profond égoïsme mêlé à une avarice sordide, le tout assaisonné d'une poltronnerie extrême. L'amour que lui avait inspiré sa jeune femme étant un sentiment tout secondaire, ne pouvait lutter avec les sentiments primitifs que nous venons d'énumérer.

Bonacieux réfléchit en effet sur ce qu'on venait de lui dire.

— Mais, monsieur le commissaire, dit-il timidement, croyez bien que je connais et que j'apprécie plus que personne le mérite de l'incomparable éminence par laquelle nous avons l'honneur d'être gouvernés.

— Vraiment? demanda le commissaire d'un air de doute; mais, s'il en était véritablement ainsi, comment seriez-vous à la Bastille?

— Comment j'y suis, ou plutôt pourquoi j'y suis, répliqua M. Bonacieux, voilà ce qu'il m'est parfaitement impossible de vous dire, vu que je l'ignore moi-même; mais à coup sûr ce n'est pas pour avoir désobligé, sciemment du moins, M. le cardinal.

Il faut cependant que vous ayez commis un crime, puisque vous êtes ici accusé de haute trahison.

— De haute trahison! s'écria Bonacieux épouvanté, de haute trahison! et comment voulez-vous qu'un pauvre mercier qui déteste les huguenots et qui abhorre les Es-

pagnols, soit accusé de haute trahison?
Réfléchissez, monsieur, la chose est maté-
riellement impossible.

— Monsieur Bonacieux, dit le commissaire en regardant l'accusé comme si ses
petits yeux avaient la faculté de lire jusqu'au plus profond des cœurs, monsieur
Bonacieux, vous avez une femme?

— Oui, monsieur, répondit le mercier
tout tremblant, sentant que c'était là où
les affaires allaient s'embrouiller; c'est-à-
dire, j'en avais une.

— Comment? vous en aviez une! qu'en
avez-vous fait, si vous ne l'avez plus?

— On me l'a enlevée, monsieur.

— On vous l'a enlevée? dit le commissaire. Ah!

Bonacieux sentit à ce ah! que l'affaire s'embrouillait de plus en plus.

— On vous l'a enlevée! reprit le commissaire; et savez-vous quel est l'homme qui a commis ce rapt?

— Je crois le connaître.

— Quel est-il?

— Songez que je n'affirme rien, monsieur le commissaire, et que je soupçonne seulement.

— Qui soupçonnez-vous? Voyons, répondez franchement.

M. Bonacieux était dans la plus grande

perplexité; devait-il tout nier ou tout dire? En niant tout, on pouvait croire qu'il en savait trop long pour avouer; en disant tout, il faisait preuve de bonne volonté. Il se décida donc à tout dire.

— Je soupçonne, dit-il, un grand brun, de haute mine, lequel a tout à fait l'air d'un grand seigneur; il nous a suivis plusieurs fois, à ce qu'il m'a semblé, quand j'attendais ma femme devant le guichet du Louvre pour la ramener chez moi.

Le commissaire parut éprouver quelque inquiétude.

— Et son nom? dit-il.

— Oh! quant à son nom, je n'en sais rien; mais si je le rencontre jamais, je le re-

connaîtrai à l'instant même, je vous en réponds, fût-il entre mille personnes.

Le front du commissaire se rembrunit.

— Vous le reconnaîtriez entre mille, dites-
vous ? continua-t-il.

— C'est-à-dire, reprit Bonacieux, qui
vit qu'il avait fait fausse route, c'est-à-
dire...

— Vous avez répondu que vous le reconnaîtriez, dit le commissaire, c'est bien,
en voici assez pour aujourd'hui ; il faut,
avant que nous allions plus loin, que quelqu'un soit prévenu que vous connaissez le
ravisseur de votre femme.

— Mais je ne vous ai pas dit que je le

connaissais ! s'écria Bonacieux au désespoir. Je vous ai dit au contraire...

— Emmenez le prisonnier, dit le commissaire aux deux gardes.

— Et où faut-il le conduire? demanda
le greffier.

— Dans un cachot.

— Dans lequel ?

— Oh ! mon Dieu, dans le premier
venu, pourvu qu'il ferme bien, répondit le
commissaire avec une indifférence qui pé-
nétra d'horreur le pauvre Bonacieux.

— Hélas ! hélas ! se dit-il, le malheur
est sur ma tête ; ma femme aura commis
quelque crime effroyable ; on me croit son

complice, et l'on me punira avec elle; elle aura parlé, elle aura avoué qu'elle m'avait tout dit; une femme, c'est si faible! Un cachot! le premier venu! c'est cela! une nuit est bientôt passée; et demain, à la roue, à la potence! Oh! mon Dieu! mon Dieu! ayez pitié de moi!

Sans écouter le moins du monde les lamentations de maître Bonacieux, lamentations auxquelles d'ailleurs ils devaient être habitués, les deux gardes prirent le prisonnier par un bras, et l'emmenèrent, tandis que le commissaire écrivait en hâte une lettre que son greffier attendait.

Bonacieux ne ferma pas l'œil, non pas que son cachot fût par trop désagréable, mais parce que ses inquiétudes étaient trop grandes. Il resta toute la nuit sur son escabeau, tressaillant au moindre bruit; et quand les premiers rayons du jour se glissèrent dans sa chambre, l'aurore lui parut avoir pris des teintes funèbres.

Tout à coup, il entendit tirer les verrous, et fit un soubresaut terrible. Il croyait qu'on venait le chercher pour le conduire à l'échafaud; aussi lorsqu'il vit purement et simplement paraître, au lieu de l'exécuteur qu'il attendait, son commissaire et son greffier de la veille, il fut tout prêt de leur sauter au cou.

— Votre affaire s'est fort compliquée depuis hier au soir, mon brave homme, lui dit le commissaire, et je vous conseille de dire toute la vérité ; car votre repentir peut seul conjurer la colère du cardinal.

— Mais je suis prêt à tout dire, s'écria Bonacieux, du moins tout ce que je sais. Interrogez, je vous prie.

— Où est votre femme, d'abord ?

— Mais puisque je vous ai dit qu'on me l'avait enlevée.

— Oui, mais depuis hier cinq heures de l'après-midi, grâce à vous, elle s'est échappée.

— Ma femme s'est échappée ! s'écria Bonacieux. Oh ! la malheureuse ! Monsieur, si elle s'est échappée, ce n'est pas ma faute, je vous le jure.

— Qu'alliez-vous donc alors faire chez M. d'Artagnan, votre voisin, avec lequel vous avez eu une longue conférence dans la journée ?

— Ah ! oui, monsieur le commissaire, oui, cela c'est vrai, et j'avoue que j'ai eu tort. J'ai été chez M. d'Artagnan.

— Quel était le but de cette visite ?

— De le prier de m'aider à retrouver ma femme. Je croyais que j'avais le droit de la réclamer ; je me trompais, à ce qu'il paraît, et je vous en demande bien pardon.

— Et qu'a répondu M. d'Artagnan ?

— M. d'Artagnan m'a promis son aide ;

mais je me suis bientôt aperçu qu'il me trahissait.

— Vous en imposez à la justice ! M. d'Artagnan a fait un pacte avec vous, et en vertu
de ce pacte il a mis en fuite les hommes de
police qui avaient arrêté votre femme et
l'a soustraite à toutes les recherches.

— M. d'Artagnan a enlevé ma femme !
Ah çà ! mais que me dites-vous là ?

— Heureusement M. d'Artagnan est
entre nos mains, et vous allez lui être con-
fronté.

—Ah ! ma foi, je ne demande pas mieux,
s'écria Bonacieux ; je ne serai pas fâché de
voir une figure de connaissance.

—Faites entrer M. d'Artagnan, » dit
le commissaire aux deux gardes.

Les deux gardes firent entrer Athos.

« Monsieur d'Artagnan, dit le commissaire en s'adressant à Athos, déclarez ce qui s'est passé entre vous et monsieur.

— Mais ! s'écria Bonacieux, ce n'est pas M. d'Artagnan que vous me montrez là !

— Comment ! ce n'est pas M. d'Artagnan ! s'écria le commissaire.

— Pas le moins du monde, répondit Bonacieux.

— Comment se nomme monsieur ? demanda le commissaire.

— Je ne puis vous le dire, je ne le connais pas.

— Comment, vous ne le connaissez pas?

— Non.

— Vous ne l'avez jamais vu?

— Si fait; mais je ne sais comment il s'appelle.

—Votre nom? demanda le commissaire.

—Athos, répondit le mousquetaire.

— Mais ce n'est pas un nom d'homme, ça, c'est un nom de montagne! s'écria le pauvre interrogateur qui commençait à perdre la tête.

— C'est mon n m, dit tranquillement Athos.

— Mais vous avez dit que vous vous nommiez d'Artagnan.

— Moi !

— Oui, vous.

— C'est-à-dire que c'est à moi qu'on a dit : « Vous êtes monsieur d'Artagnan? » J'ai répondu : « Vous croyez? » Mes gardes se sont écriés qu'ils en étaient sûrs. Je n'ai pas voulu les contrarier. D'ailleurs, je pouvais me tromper.

— Monsieur, vous insultez à la majesté de la justice.

— Aucunement, fit tranquillement Athos.

— Vous êtes monsieur d'Artagnan.

— Vous voyez bien que vous me le dites encore.

— Mais, s'écria à son tour M. Bonacieux, je vous dis, monsieur le commissaire, qu'il n'y a pas un instant de doute à
avoir. M. d'Artagnan est mon hôte, et par
conséquent, quoiqu'il ne me paye pas mes
loyers, et justement même à cause de cela, je
dois le connaître. M. d'Artagnan est un jeune
homme de dix-neuf à vingt ans à peine, et
monsieur en a trente au moins. M. d'Artagnan est dans les gardes de M. des Essarts,
et monsieur est dans la compagnie des
mousquetaires de M. de Tréville : regardez l'uniforme, monsieur le commissaire,
regardez l'uniforme.

— C'est vrai, murmura le commissaire;
c'est pardieu vrai.

En ce moment la porte s'ouvrit vivement,
et un messager, introduit par un des gui-

chetiers de la Bastille, remit une lettre au commissaire.

— Oh! la malheureuse! s'écria le commissaire.

— Comment? que dites-vous? de qui parlez-vous? Ce n'est pas de ma femme, j'espère!

— Au contraire, c'est d'elle. Votre affaire est bonne, allez!

—Ah çà! s'écria le mercier exaspéré, faites-moi le plaisir de me dire, monsieur, comment mon affaire, à moi, peut s'empirer de ce que fait ma femme pendant que je suis en prison?

— Parce que ce qu'elle fait est la suite d'un plan arrêté entre vous, plan infernal!

— Je vous jure, monsieur le commissaire, que vous êtes dans la plus profonde erreur, que je ne sais rien au monde de ce que devait faire ma femme, que je suis entièrement étranger à ce qu'elle a fait, et que si elle a fait des sottises, je la renie, je la démens, je la maudis.

— Ah çà! dit Athos au commissaire, si vous n'avez plus besoin de moi ici, renvoyez-moi quelque part. Il est très-ennuyeux, votre M. Bonacieux.

— Reconduisez les prisonniers dans leurs cachots, dit le commissaire en désignant d'un même geste Athos et Bonacieux, et qu'ils soient gardés plus sévèrement que jamais.

— Cependant, dit Athos avec son calme habituel, si c'est à M. d'Artagnan que vous avez affaire, je ne vois pas trop en quoi je puis le remplacer.

— Faites ce que j'ai dit! s'écria le commissaire, et le secret le plus absolu! Vous entendez!

Athos suivit ses gardes en levant les épaules, et M. Bonacieux en poussant des lamentations à fendre le cœur d'un tigre.

On ramena le mercier dans le même cachot où il avait passé la nuit, et on l'y laissa toute la journée. Toute la journée Bonacieux pleura comme un véritable mercier, n'étant pas du tout homme d'épée, il nous l'a dit lui-même.

Le soir, vers les neuf heures, au moment où il allait se décider à se mettre au lit, il entendit des pas dans son corridor. Ces pas se rapprochèrent de son cachot, sa porte s'ouvrit, des gardes parurent.

— Suivez-moi, dit un exempt qui venait à la suite des gardes.

— Vous suivre, s'écria Bonacieux; vous suivre à cette heure-ci! et où cela, mon Dieu?

— Où nous avons l'ordre de vous conduire.

— Mais ce n'est pas une réponse, cela.

— C'est cependant la seule que nous puissions vous faire.

— Ah! mon Dieu, mon Dieu, murmura le pauvre mercier, pour cette fois je suis perdu!

Et il suivit machinalement et sans résistance les gardes qui venaient le querir.

Il prit le même corridor qu'il avait déjà pris; traversa une première cour, puis un second corps de logis; enfin, à la porte de la cour d'entrée, il trouva une voiture entourée de quatre gardes à cheval. On le fit monter dans cette voiture, l'exempt se plaça près de lui, on ferma la portière à clef, et tous deux se trouvèrent dans une prison roulante.

La voiture se mit en mouvement, lente comme un char funèbre. A travers la grille cadenassée le prisonnier apercevait les maisons et le pavé, voilà tout; mais, en véritable Parisien qu'il était, Bonacieux reconnaissait chaque rue aux bornes, aux enseignes, aux réverbères. Au moment d'arriver à Saint-Paul, lieu où l'on exécutait les condamnés de la Bastille, il faillit s'évanouir et se signa deux fois. Il avait cru que la voiture devait s'arrêter là. La voiture passa cependant.

Plus loin une grande terreur le prit encore, ce fut en côtoyant le cimetière Saint-Jean où l'on enterrait les criminels d'Etat. Une seule chose le rassura un peu, c'est qu'avant de les enterrer on leur coupait généralement la tête, et que sa tête à lui était encore sur ses épaules. Mais lorsqu'il vit que la voiture prenait la route de la

Grève, qu'il aperçut les toits aigus de l'Hôtel-de-Ville, que là voiture s'engagea sous
l'arcade, il crut que tout était fini pour lui,
voulut se confesser à l'exempt, et sur son
refus poussa des cris si pitoyables que
l'exempt annonça que, s'il continuait à
l'assourdir ainsi, il lui mettrait un bâillon.

Cette menace rassura quelque peu Bonacieux ; si l'on eût dû l'exécuter en Grève,
ce n'était pas la peine de le bâillonner,
puisqu'on était presque arrivé au lieu de
l'exécution. En effet, la voiture traversa la
place fatale sans s'arrêter. Il ne restait plus
à craindre que la Croix-du-Trahoir : la
voiture en prit justement le chemin.

Cette fois il n'y avait plus de doute, c'é-
tait à la Croix-du-Trahoir qu'on exécutait

les criminels subalternes. Bonacieux s'était flatté en se croyant digne de Saint-Paul ou de la place de Grève : c'était à la Croix-du-Trahoir qu'allait finir son voyage et sa destinée ! Il ne pouvait voir encore cette malheureuse croix, mais il la sentait en quelque sorte venir au-devant de lui. Lorsqu'il n'en fut plus qu'à une vingtaine de pas, il entendit une rumeur et la voiture s'arrêta. C'était plus que n'en pouvait supporter le pauvre Bonacieux, déjà écrasé par les émotions successives qu'il avait éprouvées ; il poussa un faible gémissement, qu'on eût pu prendre pour le dernier soupir d'un moribond, et il s'évanouit.

CHAPITRE V.

L'HOMME DE MEUNG.

Ce rassemblement était produit, non point par l'attente d'un homme qu'on devait pendre, mais par la contemplation d'un pendu.

La voiture, arrêtée un instant, reprit donc sa marche, traversa la foule, conti-

nua son chemin, enfila la rue Saint-Honoré, tourna la rue des Bons-Enfants et
s'arrêta devant une porte basse.

La porte s'ouvrit, deux gardes reçurent
dans leurs bras Bonacieux soutenu par
l'exempt; on le poussa dans une allée,
on lui fit monter un escalier et on le déposa
dans une antichambre.

Tous ces mouvements s'étaient opérés
pour lui d'une façon machinale.

Il avait marché comme on marche en
rêve; il avait entrevu les objets à travers
un brouillard; ses oreilles avaient perçu
des sons sans les comprendre; on eût pu
l'exécuter dans ce moment qu'il n'eût pas
fait un geste pour entreprendre sa défense,

qu'il n'eût pas poussé un cri pour implorer la pitié.

Il resta donc ainsi sur la banquette, le dos appuyé au mur et les bras pendants, à l'endroit même où les gardes l'avaient déposé.

Cependant, comme en regardant autour de lui il ne voyait aucun objet menaçant, comme rien n'indiquait qu'il courût un danger réel, comme la banquette était convenablement rembourrée, comme la muraille était recouverte d'un beau cuir de Cordoue, comme de grands rideaux de damas rouge flottaient devant la fenêtre, retenus par des embrasses d'or, il comprit peu à peu que sa frayeur était exagérée, et il commença de remuer la tête à droite et à gauche et de bas en haut.

A ce mouvement, auquel personne ne s'opposa, il reprit un peu de courage et se risqua à ramener une jambe, puis l'autre ; enfin, en s'aidant de ses deux mains, il se souleva sur sa banquette et se trouva sur ses pieds.

En ce moment, un officier de bonne mine ouvrit une portière, continua d'échanger encore quelques paroles avec une personne qui se trouvait dans la pièce voisine, et se retournant vers le prisonnier :

— C'est vous qui vous nommez Bonacieux ? dit-il.

— Oui, monsieur l'officier, balbutia le mercier plus mort que vif, pour vous servir.

— Entrez, dit l'officier.

Et il s'effaça pour que le mercier pût passer. Celui-ci obéit sans réplique, et entra dans la chambre où il paraissait être attendu.

C'était un grand cabinet, aux murailles garnies d'armes offensives et défensives, clos et étouffé, et dans lequel il y avait déjà du feu, quoique l'on fût à peine à la fin du mois de septembre. Une table carrée, couverte de livres et de papiers sur lesquels était déroulé un plan immense de la ville de La Rochelle , tenait le milieu de l'appartement.

Debout devant la cheminée était un homme de moyenne taille , à la mine hautaine et fière , aux yeux perçants , au front large , à la figure amaigrie qu'allongeait encore une royale surmontée d'une paire de moustaches. Quoique cet homme eût trente-six à trente-sept ans à peine, cheveux, moustaches et royale s'en allaient grisonnants. Cet homme, moins l'épée, avait toute la mine d'un homme de guerre, et ses bottes de buffle, encore légèrement couvertes de poussière , indiquaient qu'il avait monté à cheval dans la journée.

Cet homme , c'était Armand-Jean Duplessis, cardinal de Richelieu , non point tel qu'on nous le représente, cassé comme un vieillard, souffrant comme un martyr, le corps brisé, la voix éteinte, enterré dans un grand fauteuil comme dans une tombe anticipée, ne vivant plus que par la force de son génie et ne soutenant plus la lutte avec l'Europe que par l'éternelle application de sa pensée ; mais tel qu'il était réellement à cette époque, c'est-à-dire adroit et galant cavalier, faible de corps déjà, mais soutenu par cette puissance morale qui a fait de lui un des hommes les plus extraordinaires qui aient existé ; se préparant enfin, après avoir soutenu le duc de Nevers dans son duché de Mantoue, après avoir pris Nîmes, Castres et Uzès, à chasser les Anglais de l'île de Ré, et à faire le siége de La Rochelle.

A la première vue, rien ne dénotait donc

le cardinal; et il était impossible à ceux-là qui ne connaissaient point son visage de deviner devant qui ils se trouvaient.

Le pauvre mercier demeura debout à la porte, tandis que les yeux du personnage que nous venons de décrire se fixaient sur lui et semblaient vouloir pénétrer jusqu'au fond du passé.

— C'est là ce Bonacieux? demanda-t-il après un moment de silence.

— Oui, monseigneur, reprit l'officier.

— C'est bien; donnez-moi ces papiers et laissez-nous.

L'officier prit sur la table les papiers désignés, les remit à celui qui les demandait, s'inclina jusqu'à terre, et sortit.

Bonacieux reconnut dans ces papiers ses interrogatoires de la Bastille. De temps en temps l'homme de la cheminée levait les yeux de dessus les écritures, et les plongeait comme deux poignards jusqu'au fond du cœur du pauvre mercier.

Au bout de dix minutes de lecture et de dix secondes d'examen, le cardinal était fixé.

— Cette tête-là n'a jamais conspiré, murmura-t-il; mais, n'importe, voyons toujours.

— Vous êtes accusé de haute trahison, dit lentement le cardinal.

— C'est ce qu'on m'a déjà appris, monseigneur, s'écria Bonacieux donnant à son interrogateur le titre qu'il avait entendu l'officier lui donner, mais je vous jure que je n'en savais rien.

Le cardinal réprima un sourire.

— Vous avez conspiré avec votre femme, avec madame de Chevreuse et avec milord duc de Buckingham.

— En effet, monseigneur, répondit le mercier, je l'ai entendue prononcer tous ces noms-là.

— Et à quelle occasion ?

— Elle disait que le cardinal de Richelieu avait attiré le duc de Buckingham à Paris pour le perdre et pour perdre la reine avec lui.

— Elle disait cela ! s'écria le cardinal avec violence.

— Oui, monseigneur, mais moi je lui ai dit qu'elle avait tort de tenir de pareils propos, et que Son Éminence était incapable...

— Taisez-vous, vous êtes un imbécile ! reprit le cardinal.

— C'est justement ce que ma femme m'a répondu, monseigneur.

— Savez-vous qui vous a enlevé votre femme ?

— Non, monseigneur.

— Vous avez des soupçons, cependant ?

— Oui, monseigneur; mais ces soupçons ont paru contrarier monsieur le commissaire, et je ne les ai plus.

— Votre femme s'est échappée, le saviez-vous?

— Non, monseigneur, je l'ai appris depuis que je suis en prison, et toujours par l'entremise de M. le commissaire, un homme bien aimable!

Le cardinal réprima un second sourire.

— Alors vous ignorez ce que votre femme est devenue depuis sa fuite?

— Absolument, monseigneur; mais elle a dû rentrer au Louvre.

— A une heure du matin elle n'y était pas rentrée encore.

— Ah, mon Dieu! mais qu'est-elle devenue alors?

— On le saura, soyez tranquille, on ne cache rien au cardinal, le cardinal sait tout.

— En ce cas, monseigneur, est-ce que vous croyez que le cardinal consentira à me dire ce qu'est devenue ma femme?

— Peut-être, mais il faut d'abord que vous avouiez tout ce que vous savez relativement aux relations de votre femme avec madame de Chevreuse.

— Mais, monseigneur, je ne sais rien; je ne l'ai jamais vue.

— Quand vous alliez chercher votre femme au Louvre, revenait-elle directement chez vous?

— Presque jamais : elle avait affaire à des marchands de toile chez lesquels je la conduisais.

— Et combien y en avait-il, de marchands de toile?

— Deux, monseigneur.

— Où demeurent-ils?

— Un, rue de Vaugirard; l'autre, rue de la Harpe.

— Entriez-vous chez eux avec elle?

— Jamais, monseigneur, je l'attendais à la porte.

— Et quel prétexte vous donnait-elle pour entrer ainsi toute seule?

— Elle ne m'en donnait pas, elle me disait d'attendre et j'attendais.

— Vous êtes un mari complaisant, mon cher monsieur Bonacieux! dit le cardinal.

— Il m'a appelé son cher monsieur! dit en lui-même le mercier. Peste! les affaires vont bien!

— Reconnaîtriez-vous ces portes?

— Oui.

— Savez-vous les numéros?

— Oui.

— Quels sont-ils?

— N° 25 dans la rue de Vaugirard, n° 75 dans la rue de la Harpe.

— C'est bien, dit le cardinal.

A ces mots, il prit une sonnette d'argent et sonna; l'officier rentra.

— Allez, dit-il à demi-voix, allez me chercher Rochefort; et qu'il vienne à l'instant même, s'il est rentré.

— Le comte est là, dit l'officier, et il demande instamment à parler à Votre Éminence.

— A Votre éminence! murmura Bonacieux, qui savait que tel était le titre qu'on donnait d'ordinaire à M. le cardinal; à Votre Eminence!

— Qu'il vienne alors, qu'il vienne! dit vivement Richelieu.

L'officier s'élança hors de l'appartement avec cette rapidité que mettaient d'ordinaire tous les serviteurs du cardinal à lui obéir.

— A Votre Éminence! murmurait Bonacieux en roulant des yeux égarés.

Cinq secondes ne s'étaient pas écoulées depuis la disparition de l'officier que la porte s'ouvrit et qu'un nouveau personnage entra.

— C'est lui! s'écria Bonacieux.

— Qui, lui? demanda le cardinal.

— Celui qui m'a enlevé ma femme.

Le cardinal sonna une seconde fois. L'officier reparut.

— Remettez cet homme aux mains de ses deux gardes et qu'il attende que je le rappelle devant moi.

— Non, monseigneur! non, ce n'est pas lui! s'écria Bonacieux; non, je m'étais trompé, c'est un autre qui ne lui ressemble pas du tout! Monsieur est un honnête homme.

— Emmenez cet imbécile! dit le cardinal.

L'officier prit Bonacieux sous le bras et

le reconduisit dans l'antichambre, où il retrouva ses deux gardes.

Le nouveau personnage que l'on venait d'introduire suivit des yeux avec impatience Bonacieux jusqu'à ce qu'il fût sorti, et dès que la porte se fut refermée sur lui :

— Ils se sont vus, dit-il en s'approchant vivement du cardinal.

— Qui? demanda Son Éminence.

— Elle et lui.

— La reine et le duc ! s'écria Richelieu.

— Oui.

— Et où cela?

— Au Louvre.

— Vous en êtes sûr?

— Parfaitement sûr.

— Qui vous l'a dit?

— Madame de Lannoy, qui est toute à Votre Éminence comme vous le savez.

— Pourquoi ne l'a-t-elle pas dit plus tôt?

— Soit hasard, soit défiance, la reine a fait coucher madame de Surgis dans sa chambre et l'a gardée toute la journée.

— C'est bien, nous sommes battus. Tâchons de prendre notre revanche.

— Je vous y aiderai de toute mon âme, monseigneur, soyez tranquille.

— Comment cela s'est-il passé?

— A minuit et demi la reine était avec ses femmes...

— Où cela?

— Dans sa chambre à coucher...

— Bien.

— Lorsqu'on est venu lui remettre un mouchoir de la part de sa dame de lingerie...

— Après?

— Aussitôt la reine a manifesté une grande émotion, et, malgré le rouge dont elle avait le visage couvert, elle a pâli.

— Après! après!

— Cependant elle s'est levée, et d'une voix altérée : « Mesdames, a-t-elle dit, attendez-moi ici dix minutes, puis je reviens. » Et elle a ouvert la porte de son alcôve et elle est sortie.

— Pourquoi madame de Lannoy n'est-elle pas venue vous prévenir à l'instant même?

— Rien n'était bien certain encore; d'ailleurs la reine avait dit : « Mesdames, attendez-moi; » et elle n'osait désobéir à la reine.

— Et combien de temps la reine est-elle restée hors de la chambre?

— Trois quarts d'heure.

— Aucune de ses femmes ne l'accompagnait?

— Dona Estefana seulement.

— Et elle est rentrée ensuite?

— Oui, mais pour prendre un petit coffret de bois de rose à son chiffre, et sortir aussitôt.

— Et quand elle est rentrée plus tard, a-t-elle rapporté le coffret?

— Non.

— Madame de Lannoy sait-elle ce qu'il y avait dans ce coffret?

— Oui : les ferrets en diamants que Sa Majesté a donnés à la reine.

— Et elle est rentrée sans ce coffret?

— Oui.

— L'opinion de madame de Lannoy est qu'elle les a remis alors à Buckingham?

— Elle en est sûre.

— Comment cela?

— Pendant la journée, madame de Lannoy, en sa qualité de dame d'atour de la reine, a cherché ce coffret, a paru inquiète de ne pas le trouver et a fini par en demander des nouvelles à la reine.

— Et alors la reine...

— La reine est devenue fort rouge et a répondu qu'ayant brisé la veille un de ces ferrets, elle l'avait envoyé raccommoder chez son orfévre.

— Il faut y passer et s'assurer si la chose est vraie ou non.

— J'y suis passé.

— Eh ! bien, l'orfévre...

— L'orfévre n'a entendu parler de rien.

— Bien ! bien ! Rochefort, tout n'est pas perdu, et peut-être... peut-être tout est-il pour le mieux !

— Le fait est que je ne doute pas que le génie de Votre Éminence...

— Ne répare les bêtises de mon agent, n'est-ce pas ?

— C'est justement cela que j'allais dire, si Votre Éminence m'avait laissé achever ma phrase.

— Maintenant, savez-vous où se cachaient la duchesse de Chevreuse et le duc de Buckingham ?

— Non, monseigneur, mes gens n'ont pu rien me dire de positif là-dessus.

— Je le sais, moi.

— Vous, monseigneur ?

— Oui, ou du moins je m'en doute. Ils se tenaient, l'un rue de Vaugirard, n° 25, et l'autre rue de la Harpe, n° 75.

— Votre Éminence veut-elle que je les fasse arrêter tous deux ?

— Il sera trop tard, ils seront partis.

— N'importe, on peut s'assurer.

— Prenez dix hommes de mes gardes et fouillez les deux maisons.

— J'y vais, monseigneur.

Et Rochefort s'élança hors de l'appartement.

Le cardinal, resté seul, réfléchit un instant et sonna une troisième fois.

Le même officier reparut.

— Faites rentrer le prisonnier, dit le cardinal.

Maître Bonacieux fut introduit de nouveau, et sur un signe du cardinal l'officier se retira.

— Vous m'avez trompé, dit sévèrement le cardinal.

—Moi, s'écria Bonacieux, moi, tromper Votre Éminence !

— Votre femme, en allant rue de Vaugirard et rue de la Harpe, n'allait pas chez des marchands de toiles.

— Et où allait-elle, juste Dieu?

— Elle allait chez la duchesse de Chevreuse et chez le duc de Buckingham.

— Oui, dit Bonacieux rappelant tous ses souvenirs, oui, c'est cela, Votre Éminence a raison. J'ai dit plusieurs fois à ma femme qu'il était étonnant que des marchands de toiles demeurassent dans des maisons pareilles, dans des maisons qui n'avaient pas d'enseignes, et à chaque fois ma femme s'est mise à rire. Ah! monseigneur, continua Bonacieux en se jetant aux pieds de l'Éminence, ah! que vous êtes bien le cardinal, le grand cardinal, l'homme de génie que tout le monde révère!

Le cardinal, tout médiocre qu'était le triomphe remporté sur un être aussi vulgaire que l'était Bonacieux, n'en jouit pas moins un instant; puis, presque aussitôt, comme si une nouvelle pensée se présentait à son esprit, un sourire plissa ses lèvres, et tendant la main au mercier :

— Relevez-vous, mon ami, lui dit-il, vous êtes un brave homme.

— Le cardinal m'a touché la main! j'ai touché la main du grand homme! s'écria Bonacieux; le grand homme m'a appelé son ami!

— Oui, mon ami; oui! dit le cardinal

avec ce ton paterne qu'il savait prendre quelquefois, mais qui ne trompait que les gens qui ne le connaissaient pas ; et comme on vous a soupçonné injustement, eh bien ! il vous faut une indemnité : tenez ! prenez ce sac de cent pistoles, et pardonnez-moi.

— Que je vous pardonne, monseigneur ! dit Bonacieux hésitant à prendre le sac, craignant, sans doute, que ce prétendu don ne fût qu'une plaisanterie. Mais vous étiez bien libre de me faire arrêter, vous êtes bien libre de me faire torturer, vous êtes bien libre de me faire pendre : vous êtes le maître, et je n'aurais pas eu le plus petit mot à dire. Vous pardonner, monseigneur ! Allons donc, vous n'y pensez pas !

— Ah, mon cher monsieur Bonacieux ! vous y mettez de la générosité, je le vois et

je vous en remercie. Ainsi donc, vous prenez ce sac et vous vous en allez sans être
trop mécontent?

— Je m'en vais enchanté, monseigneur.

— Adieu donc, ou plutôt à revoir, car
j'espère que nous nous reverrons.

— Tant que monseigneur voudra, et
je suis bien aux ordres de Son Éminence.

— Ce sera souvent, soyez tranquille, car
j'ai trouvé un charme extrême dans votre
conversation.

— Oh! monseigneur !

— Au revoir, monsieur Bonacieux , au
revoir.

Et le cardinal lui fit un signe de la main,

auquel Bonacieux répondit en s'inclinant jusqu'à terre ; puis il sortit à reculons, et, quand il fut dans l'antichambre, le cardinal l'entendit qui, dans son enthousiasme, criait à tue-tête : Vive monseigneur ! vive Son Éminence ! vive le grand cardinal !

Le cardinal écouta en souriant cette bruyante manifestation des sentiments enthousiastes de maître Bonacieux ; puis, quand les cris de Bonacieux se furent perdus dans l'éloignement :

— Bien, dit-il, voici désormais un homme qui se fera tuer pour moi.

Et le cardinal se mit à examiner avec la plus grande attention la carte de La Ro-chelle, qui, ainsi que nous l'avons dit, était étendue sur son bureau, traçant avec un crayon la ligne où devait passer la fameuse digue qui dix-huit mois plus tard fermait le port de la cité assiégée.

Comme il en était au plus profond de ses méditations stratégiques, la porte se rouvrit et Rochefort rentra.

— Eh bien? dit vivement le cardinal en se levant avec une promptitude qui prouvait le degré d'importance qu'il attachait à la commission dont il avait chargé le comte.

— Eh bien! dit celui-ci, une jeune femme de vingt-six à vingt-huit ans et un homme de trente-cinq à quarante ont logé effectivement, l'un quatre jours et l'autre cinq, dans les maisons indiquées par Votre

Éminence, mais la femme est partie cette nuit et l'homme ce matin.

— C'étaient eux! s'écria le duc, qui regardait à la pendule; et maintenant, continua-t-il, il est trop tard pour faire courir après : la duchesse est à Tours et le duc à Boulogne. C'est à Londres qu'il faut les rejoindre.

— Quels sont les ordres de Votre Éminence?

— Pas un mot de ce qui s'est passé; que la reine reste dans une sécurité parfaite; qu'elle ignore que nous savons son secret; qu'elle croie que nous sommes à la recherche d'une conspiration quelconque. Envoyez-moi le garde des sceaux Séguier.

— Et cet homme, qu'en a fait Votre Éminence?

— Quel homme? demanda le cardinal.

— Ce Bonacieux?

— J'en ai fait tout ce qu'on pouvait en faire. J'en ai fait l'espion de sa femme.

Le comte de Rochefort s'inclina en homme qni reconnaît la grande supériorité du maître, et se retira.

Resté seul, le cardinal s'assit de nouveau, écrivit une lettre qu'il cacheta de son sceau particulier, puis il sonna. L'officier entra pour la quatrième fois.

— Faites-moi venir Vitray, dit-il, et dites-lui de s'apprêter pour un voyage.

Un instant après, l'homme qu'il avait demandé était debout devant lui, tout botté et tout éperonné.

— Vitray, dit-il, vous allez partir tout courant pour Londres. Vous ne vous arrêterez pas un instant en route. Vous remettrez cette lettre à milady. Voici un bon de deux cents pistoles, passez chez mon trésorier et faites-vous payer. Il y en a autant à toucher si vous êtes ici de retour dans six jours et si vous avez bien fait ma commission.

Le messager, sans répondre un seul mot, s'inclina, prit la lettre, le bon de deux cents pistoles et sortit.

Voici ce que contenait la lettre :

« Milady,

» Trouvez-vous au premier bal où se trouvera le duc de Buckingham. Il aura à son pourpoint douze ferrets de diamants, approchez-vous de lui et coupez-en deux.

» Aussitôt que ces ferrets seront en votre possession, prévenez-moi. »

[illegible]

[illegible]

[illegible]
[illegible]
[illegible]
[illegible]

[illegible]
[illegible]

CHAPITRE VI.

GENS DE ROBE ET GENS D'ÉPÉE.

Le lendemain du jour où ces événements étaient arrivés, Athos n'ayant point reparu, M. de Tréville avait été prévenu par d'Artagnan et par Porthos de sa disparition.

Quant à Aramis, il avait demandé un congé de cinq jours, et il était à Rouen, disait-on, pour affaires de famille.

M. de Tréville était le père de ses soldats. Le moindre et le plus inconnu d'entre eux, dès qu'il portait l'uniforme de la compagnie, était aussi certain de son aide et de son appui qu'aurait pu l'être son frère lui-même.

Il se rendit donc à l'instant chez le lieutenant criminel. On fit venir l'officier qui commandait le poste de la Croix-Rouge, et les renseignements successifs apprirent qu'Athos était momentanément logé au For-l'Évêque.

Athos avait passé par toutes les épreuves que nous avons vu Bonacieux subir.

Nous avons assisté à la scène de confrontation entre les deux captifs. Athos, qui n'avait rien dit jusque-là, de peur que d'Artagnan, inquiété à son tour, n'eût point le temps qu'il lui fallait, Athos déclara, à partir de ce moment, qu'il se nommait Athos et non d'Artagnan.

Il ajouta qu'il ne connaissait ni monsieur ni madame Bonacieux; qu'il n'avait jamais parlé ni à l'un ni à l'autre; qu'il était venu vers les dix heures du soir pour faire visite à M. d'Artagnan, son ami, mais que jusqu'à cette heure il était resté chez M. de Tréville, où il avait dîné; vingt témoins, ajouta-t-il, pouvaient attester le fait, et il nomma plusieurs gentilshommes distingués, entre autres M. le duc de La Trémouille.

13.

Le second commissaire fut aussi étourdi que le premier de la déclaration simple et ferme de ce mousquetaire, sur lequel il aurait bien voulu prendre la revanche que les gens de robe aiment tant à gagner sur les gens d'épée; mais le nom de M. de Tréville et celui de M. le duc de La Trémouille méritaient réflexion.

Athos fut aussi envoyé au cardinal, mais malheureusement le cardinal était au Louvre chez le roi.

C'était précisément le moment où M. de Tréville, sortant de chez le lieutenant criminel et de chez le gouverneur de For-l'Evêque, sans avoir pu trouver Athos, arriva chez Sa Majesté.

Comme capitaine des mousquetaires,

M. de Tréville avait à toute heure ses entrées chez le roi.

On sait quelles étaient les préventions du roi contre la reine, préventions habilement entretenues par le cardinal, qui, en fait d'intrigues, se défiait infiniment plus des femmes que des hommes. Une des grandes causes surtout de cette prévention était l'amitié d'Anne d'Autriche pour madame de Chevreuse. Ces deux femmes l'inquiétaient plus que les guerres avec l'Espagnol, les démêlés avec l'Angleterre et l'embarras des finances. A ses yeux et dans sa conviction, madame de Chevreuse servait la reine non-seulement dans ses intrigues politiques, mais, ce qui le tourmentait bien plus encore, dans ses intrigues amoureuses.

Au premier mot de ce qu'avait dit M. le cardinal, que madame de Chevreuse, exilée à Tours, et qu'on croyait dans cette ville, était venue à Paris, et, pendant cinq jours qu'elle y était restée, avait dépisté la police, le roi était entré dans une furieuse colère. Capricieux et infidèle, le roi voulait être appelé *Louis le Juste* et *Louis le Chaste*. La postérité comprendra difficilement ce caractère, que l'histoire n'explique que par des faits et jamais par des raisonnements.

Mais lorsque le cardinal ajouta que non-seulement madame de Chevreuse était venue à Paris, mais encore que la reine avait renoué avec elle à l'aide d'une de ces correspondances mystérieuses qu'à cette époque on nommait une cabale ; lorsqu'il affirma que lui, le cardinal, allait démêler

les fils les plus obscurs de cette intrigue,
quand, au moment d'arrêter sur le fait, en
flagrant délit, nantie de toutes les preuves,
l'émissaire de la reine près de l'exilé, un
mousquetaire avait osé interrompre vio-
lemment le cours de la justice en tombant,
l'épée à la main, sur d'honnêtes gens de loi
chargés d'examiner avec impartialité toute
l'affaire pour la mettre sous les yeux du roi,
Louis XIII ne se contint plus; il fit un pas
vers l'appartement de la reine avec cette
pâle et muette indignation qui, lorsqu'elle
éclatait, conduisait ce prince jusqu'à la plus
froide cruauté.

Et cependant dans tout cela le cardinal
n'avait pas encore dit un mot du duc de
Buckingham.

Ce fut alors que M. de Tréville entra,

froid, poli et dans une tenue irréprochable.

Averti de ce qui venait de se passer par la présence du cardinal et par l'altération de la figure du roi, M. de Tréville se sentit fort comme Samson devant les Philistins.

Louis XIII mettait déjà la main sur le bouton de la porte; au bruit que fit M. de Tréville en rentrant, il se retourna.

— Vous arrivez bien, monsieur, dit le roi, qui, lorsque ses passions étaient montées à un certain point, ne savait pas dissimuler, et j'en apprends de belles sur le compte de vos mousquetaires.

— Et moi, dit froidement M. de Tréville, j'en ai de belles à apprendre à Votre Majesté sur ses gens de robe.

— Plaît-il? dit le roi avec hauteur.

— J'ai l'honneur d'apprendre à Votre Majesté, continua M. de Tréville du même ton, qu'un parti de procureurs, de commissaires et de gens de police, gens fort estimables, mais fort acharnés, à ce qu'il paraît, contre l'uniforme, s'est permis d'arrêter dans une maison, d'emmener en pleine rue, et de jeter au For-Lévêque, tout cela sur un ordre que l'on a refusé de me représenter, un de mes mousquetaires, ou plutôt des vôtres, sire, d'une conduite irréprochable, d'une réputation presque illustre, et que Votre Majesté connaît favorablement, M. Athos.

— Athos, dit le roi machinalement; oui, au fait, je connais ce nom-là.

— Que Votre Majesté se le rappelle, dit M. de Tréville; M. Athos est ce mousquetaire qui, dans le fâcheux duel que vous savez, a eu le malheur de blesser grièvement M. de Cahusac. — A propos, monseigneur, continua Tréville en s'adressant au cardinal, M. de Cahusac est tout à fait rétabli, n'est-ce pas?

— Merci! dit le cardinal en se pinçant les lèvres de colère.

— M. Athos était donc allé rendre visite à l'un de ses amis alors absent, continua M. de Tréville, à un jeune Béarnais, cadet aux gardes de Sa Majesté, compagnie des

Essarts : mais à peine venait-il de s'installer chez son ami et de prendre un livre en l'attendant, qu'une nuée de recors et de soldats mêlés ensemble vint faire le siége de la maison, enfonça plusieurs portes...

Le cardinal fit au roi un signe qui signifiait : « C'est pour l'affaire dont je vous ai parlé. »

— Nous savons tout cela, répliqua le roi, car tout cela s'est fait pour notre service.

— Alors, dit Tréville, c'est aussi pour le service de Votre Majesté qu'on a saisi un de mes mousquetaires innocent, qu'on l'a placé entre deux gardes comme un malfaiteur, et qu'on a promené au milieu d'une populace insolente ce galant homme, qui a versé dix fois son sang pour le service de Votre Majesté et qui est prêt à le répandre encore.

— Bah! dit le roi ébranlé, les choses se sont passées ainsi?

— M. de Tréville ne dit pas, reprit le cardinal avec le plus grand flegme, que ce mousquetaire innocent, que ce galant homme venait, une heure auparavant, de frapper à coups d'épée quatre commissaires instructeurs délégués par moi afin d'instruire une affaire de la plus haute importance.

— Je défie Votre Éminence de le prouver, s'écria M. de Tréville avec sa franchise toute gasconne et sa rudesse toute militaire ; car, une heure auparavant, M. Athos, qui, je le confierai à Votre Majesté, est un homme de la plus haute qualité, me faisait l'honneur, après avoir dîné chez moi, de causer dans le salon de mon hôtel avec M. le duc de La Trémouille et M. le comte de Châlus, qui s'y trouvaient.

Le roi regarda le cardinal.

— Un procès-verbal fait foi, dit le cardinal, répondant tout haut à l'interrogation muette de Sa Majesté, et les gens maltraités ont dressé le suivant, que j'ai l'honneur de présenter à Votre Majesté.

— Procès-verbal de gens de robe vaut-il la parole d'honneur? répondit fièrement Tréville, d'homme d'épée.

— Allons, allons, Tréville, taisez-vous, dit le roi.

— Si Son Éminence a quelque soupçon contre un de mes mousquetaires, dit Tréville, la justice de M. le cardinal est assez connue pour que je demande moi-même une enquête.

— Dans la maison où cette descente de justice a été faite, continua le cardinal impassible, loge, je crois, un Béarnais ami du mousquetaire.

— Votre Éminence veut parler de M. d'Artagnan.

— Je veux parler d'un jeune homme que vous protégez, monsieur de Tréville.

— Oui, Votre Éminence, c'est cela même.

— Ne soupçonnez-vous pas ce jeune homme d'avoir donné de mauvais conseils...

— A M. Athos, à un homme qui a le double de son âge? interrompit M. Tréville; non, monseigneur. D'ailleurs M. D'Artagnan a passé la soirée chez moi.

— Ah çà! mais, dit le cardinal, tout le monde a donc passé la soirée chez vous?

— Son Éminence douterait-elle de ma parole? dit Tréville le rouge de la colère au front.

— Non, Dieu m'en garde! dit le cardinal; mais seulement, à quelle heure était-il chez vous?

— Oh! cela, je puis le dire sciemment à Votre Eminence; car, comme il entrait, je remarquai qu'il était neuf heures et demie à la pendule, quoique j'eusse cru qu'il était plus tard.

— Et à quelle heure est-il sorti de votre hôtel?

— A dix heures et demie, une heure après l'événement.

— Mais, enfin, répondit le cardinal, qui ne soupçonnait pas un instant la loyauté de Tréville et qui sentait que la victoire lui échappait; mais, enfin, Athos a été

pris dans cette maison de la rue des Fossoyeurs.

—Est-il défendu à un ami de visiter un
ami, à un mousquetaire de ma compagnie
de fraterniser avec un garde de la compagnie de M. des Essarts?

— Oui, quand la maison où il fraternise
avec cet ami est suspecte.

— C'est que cette maison est suspecte,
Tréville, dit le roi, peut-être ne le saviez
vous-pas?

— En effet, sire, je l'ignorais. En tout
cas, elle peut être suspecte partout, mais
je nie qu'elle le soit dans la partie qu'habite M. d'Artagnan, car je puis vous affir-

mer, sire, que si j'en crois ce qu'il a dit, il n'existe pas un plus dévoué serviteur de Sa Majesté, un admirateur plus profond de M. le cardinal.

— N'est-ce pas ce d'Artagnan qui a blessé un jour Jussac dans cette malheureuse rencontre qui a eu lieu près du couvent des Carmes-Déchaussés? demanda le roi en regardant le cardinal, qui rougit de dépit.

— Et le lendemain Bernajoux. Oui, sire, oui, c'est bien cela, et Votre Majesté a bonne mémoire.

— Allons, que résolvons-nous? dit le roi.

— Cela regarde Votre Majesté plus que

moi, dit le cardinal. J'affirmerais la culpabilité.

— Et moi je la nie, dit Tréville. Mais Sa Majesté a des juges, et ces juges décideront.

— C'est cela, dit le roi, renvoyons la cause devant les juges : c'est leur affaire de juger et ils jugeront.

— Seulement, reprit Tréville, il est bien triste qu'en ce temps malheureux où nous sommes, la vie la plus pure, la vertu la plus incontestable n'exemptent pas un homme de l'infamie et de la persécution. Aussi l'armée sera-t-elle peu contente, je puis en répondre, d'être en butte à des traitements rigoureux à propos d'affaires de police.

14.

Le mot était imprudent, mais M. de Tréville l'avait lancé avec connaissance de cause. Il voulait une explosion, parce qu'en cela la mine fait du feu, et que le feu éclaire.

— Affaires de police! s'écria le roi relevant les paroles de M. de Tréville; affaires de police! et qu'en savez-vous, monsieur? Mêlez-vous de vos mousquetaires et ne me rompez pas la tête. Il semble, à vous entendre, que si par malheur on arrête un mousquetaire, la France est en danger. Eh! que de bruit pour un mousquetaire! J'en ferai arrêter dix, ventrebleu! cent, même; toute la compagnie! et je ne veux pas que l'on souffle le mot.

— Du moment où ils sont suspects à Vo-

tre Majesté, dit Tréville, les mousquetaires
sont coupables; aussi me voyez-vous, sire,
prêt à vous rendre mon épée, car, après
avoir accusé mes soldats, M. le cardinal, je
n'en doute pas, finira par m'accuser moi-
même; ainsi mieux vaut que je me constitue prisonnier avec M. Athos, qui est arrêté
déjà, et M. d'Artagnan, qu'on va arrêter
sans doute.

— Tête gasconne, en finirez-vous? dit
le roi.

— Sire, répondit Tréville sans baisser
le moindrement la voix, ordonnez qu'on
me rende mon mousquetaire ou qu'il soit
jugé.

— On le jugera, dit le cardinal.

— Eh bien! tant mieux, car, dans ce cas, je demanderai à Sa Majesté la permission de plaider pour lui.

Le roi craignit un éclat.

— Si Son Éminence, dit-il, n'avait pas personnellement des motifs...

Le cardinal vit venir le roi et alla au-devant de lui :

— Pardon, dit-il; mais du moment où Votre Majesté voit en moi un juge prévenu, je me retire.

— Voyons, dit le roi, me jurez-vous par mon père que M. Athos était chez vous pendant l'événement et qu'il n'y a point pris part?

— Par votre glorieux père et par vous-
même, qui êtes ce que j'aime et ce que je
vénère le plus au monde, je le jure!

— Veuillez réfléchir, sire, dit le cardinal. Si nous relâchons ainsi le prisonnier,
on ne pourra plus connaître la vérité.

— M. Athos sera toujours là, reprit M.
de Tréville, prêt à répondre quand il
plaira aux gens de robe de l'interroger. Il
ne désertera pas, monsieur le cardinal;
soyez tranquille, je réponds de lui, moi.

— Au fait, il ne désertera pas, dit le roi;
on le retrouvera toujours, comme dit M.
de Tréville. D'ailleurs, ajouta-t-il en bais-
sant la voix et en regardant d'un air suppliant Son Éminence, donnons-leur de la
sécurité: cela est politique.

Cette politique de Louis XIII fit sourire Richelieu.

— Ordonnez, sire, dit-il, vous avez le droit de grâce.

— Le droit de grâce ne s'applique qu'aux coupables, dit Tréville, qui voulait avoir le dernier mot, et mon mousquetaire est innocent. Ce n'est donc pas grâce que vous allez faire, sire, c'est justice.

— Et il est au For-l'Évêque? dit le roi.

— Oui, sire, et au secret, dans un cachot, comme le dernier des criminels.

— Diable! diable! murmura le roi, que faut-il faire?

— Signer l'ordre de mise en liberté, et

tout sera dit, reprit le cardinal; je crois comme Votre Majesté que la garantie de M. de Tréville est plus que suffisante.

Tréville s'inclina respectueusement avec une joie qui n'était pas sans mélange de crainte; il eût préféré une résistance opiniâtre du cardinal à cette soudaine facilité.

Le roi signa l'ordre d'élargissement, et Tréville l'emporta sans retard.

Au moment où il allait sortir, le cardinal lui fit un sourire amical, et dit au roi :

— Une bonne harmonie règne entre les chefs et les soldats dans vos mousquetaires, sire; voilà qui est bien profitable au service et bien honorable pour tous.

— Il me jouera quelque mauvais tour incessamment, disait Tréville; on n'a jamais le dernier mot avec un pareil homme. Mais hâtons-nous, car le roi peut changer d'avis tout à l'heure; et, au bout du compte, il est plus difficile de remettre à la Bastille ou au For-l'Evêque un homme qui en est sorti, que d'y garder un prisonnier qu'on y tient.

M. de Tréville fit triomphalement son entrée au For-l'Evêque, où il délivra le mousquetaire, que sa paisible indifférence n'avait pas abandonné.

Puis, la première fois qu'il revit d'Artagnan : — Vous l'échappez belle, lui dit-il; voilà votre coup d'épée à Jussac payé. Reste bien encore celui de Bernajoux, mais il ne faudrait pas trop vous y fier.

Au reste M. de Tréville avait raison de se défier du cardinal et de penser que tout n'était pas fini, car à peine le capitaine des mousquetaires eut-il fermé la porte derrière lui, que Son Eminence dit au roi :

— Maintenant que nous ne sommes plus que nous deux, nous allons causer sérieusement s'il plaît à Votre Majesté. — Sire, M. de Buckingham était à Paris depuis cinq jours et n'en est parti que ce matin.

[illegible]
[illegible]
[illegible]
[illegible]
[illegible]

[illegible]
[illegible]
[illegible]
[illegible]
[illegible]

CHAPITRE VII.

OU MONSIEUR LE GARDE DES SCEAUX SÉGUIER CHERCHA PLUS D'UNE FOIS LA CLOCHE POUR LA SONNER , COMME IL LE FAISAIT AUTRE-FOIS.

Il est impossible de se faire une idée de l'impression que ces quelques mots produi-sirent sur Louis XIII, il rougit et pâlit suc-cessivement ; et le cardinal vit tout d'abord qu'il venait de reconquérir d'un seul coup tout le terrain qu'il avait perdu.

— M. de Buckingham à Paris! s'écriat-il, et qu'y vient-il faire?

— Sans doute conspirer avec vos ennemis les huguenots et les Espagnols.

— Non, pardieu, non! Conspirer contre mon honneur avec madame de Chevreuse, madame de Longueville et les Condé!

— Oh! sire, quelle idée! La reine est trop sage, et surtout aime trop Votre Majesté.

— La femme est faible, monsieur le cardinal, dit le roi; et quant à m'aimer beaucoup, j'ai mon opinion faite sur cet amour.

— Je n'en maintiens pas moins, dit le cardinal, que le duc de Buckingham est venu à Paris pour un projet tout politique.

— Et moi je suis sûr qu'il est venu pour autre chose, monsieur le cardinal; mais si la reine est coupable, qu'elle tremble!

— Au fait, dit le cardinal, quelque répugnance que j'aie à arrêter mon esprit sur une pareille trahison, Votre Majesté m'y fait penser : madame de Lannoy, que, d'après l'ordre de Votre Majesté, j'ai interrogée plusieurs fois, m'a dit ce matin que la nuit avant celle-ci Sa Majesté avait veillé fort tard, que ce matin elle avait beaucoup pleuré et que toute la journée elle avait écrit.

— C'est cela, dit le roi; à lui sans doute. Cardinal, il me faut les papiers de la reine.

— Mais comment les prendre, sire? Il me semble que ce n'est ni moi ni Votre Majesté qui pouvons nous charger d'une pareille mission.

— Comment s'y est-on pris avec la maréchale d'Ancre? s'écria le roi au plus haut degré de la colère; on a fouillé ses armoires, et enfin on l'a fouillée elle-même.

— La maréchale d'Ancre n'était que la maréchale d'Ancre, une aventurière florentine, sire, voilà tout, tandis que l'auguste épouse de Votre Majesté est Anne d'Autriche, reine de France, c'est-à-dire une des plus grandes princesses du monde.

—Elle n'en est que plus coupable, monsieur le duc! Plus elle a oublié la haute position où elle était placée, plus elle est bas descendue. Il y a long-temps d'ailleurs que je suis décidé à en finir avec toutes ces petites intrigues de politique et d'amour. Elle a aussi près d'elle un certain Laporte...

— Que je crois la cheville ouvrière de tout cela, je l'avoue, dit le cardinal.

—Vous pensez donc comme moi qu'elle me trompe? dit le roi.

— Je crois, et je le répète à Votre Majesté, que la reine conspire contre la puissance de son roi, mais je n'ai point dit contre son honneur.

— Et moi je vous dis contre tous deux; moi je vous dis que la reine ne m'aime pas; je vous dis qu'elle en aime un autre; je vous dis qu'elle aime cet infâme duc de Buckingham! Pourquoi ne l'avez-vous pas fait arrêter pendant qu'il était à Paris?

— Arrêter le duc! arrêter le premier ministre du roi Charles Ier! Y pensez-vous, sire? Quel éclat! Et si alors les soupçons de Votre Majesté, ce dont je continue à douter, avaient quelque consistance, quel éclat terrible! quel scandale désespérant!

— Mais puisqu'il s'exposait comme un vagabond et un larronneur, il fallait...

Louis XIII s'arrêta lui-même, effrayé de ce qu'il allait dire, tandis que Richelieu, allongeant le cou, attendait inutilement la parole qui était restée sur les lèvres du roi.

— Il fallait?

— Rien, dit le roi, rien. Mais, pendant tout le temps qu'il a été à Paris, vous ne l'avez pas perdu de vue?

— Non, sire.

— Où logeait-il?

— Rue de la Harpe, n° 75.

— Où est-ce, cela?

— Du côté du Luxembourg.

— Et vous êtes sûr que la reine et lui ne se sont pas vus?

— Je crois la reine trop attachée à ses devoirs, sire.

— Mais ils ont correspondu, c'est à lui que la reine a écrit toute la journée; monsieur le duc, il me faut ces lettres!

— Sire, cependant...

— Monsieur le duc, à quelque prix que ce soit, je les veux.

— Je ferai pourtant observer à Votre Majesté...

— Me trahissez-vous donc aussi, monsieur le cardinal, pour vous opposer toujours ainsi à mes volontés? Êtes-vous aussi d'accord avec l'Espagnol et avec l'Anglais, avec madame de Chevreuse et avec la reine?

— Sire, répondit en soupirant le cardinal, je croyais être à l'abri d'un pareil soupçon.

— Monsieur le cardinal, vous m'avez entendu ; je veux ces lettres.

— Il n'y aurait qu'un moyen.

— Lequel ?

— Ce serait de charger de cette mission M. le garde des sceaux Séguier. La chose rentre complétement dans les devoirs de sa charge.

— Qu'on l'envoie chercher à l'instant même !

— Il doit être chez moi, sire ; je l'avais fait prier de passer, et, lorsque je suis venu au Louvre, j'ai laissé l'ordre, s'il se présentait, de le faire attendre.

— Qu'on aille le chercher à l'instant même.

— Les ordres de Votre Majesté seront exécutés ; mais...

— Mais quoi ?

— Mais la reine se refusera peut-être à obéir.

— A mes ordres ?

— Oui, si elle ignore que ces ordres viennent du roi.

— Eh bien ! pour qu'elle n'en doute pas, je vais la prévenir moi-même.

— Votre Majesté n'oubliera pas que j'ai fait tout ce que j'ai pu pour prévenir une rupture.

— Oui, duc, oui ; je sais que vous êtes fort indulgent pour la reine, trop indulgent peut-être ; et nous aurons, je vous en préviens, à parler plus tard de cela.

— Quand il plaira à Votre Majesté ; mais je serai toujours heureux et fier, sire, de me sacrifier à la bonne harmonie que je désire voir régner entre vous et la reine de France.

— Bien, cardinal, bien ; mais, en attendant, envoyez chercher M. le garde des sceaux ; moi, j'entre chez la reine.

Et Louis XIII, ouvrant la porte de communication, s'engagea dans le corridor qui conduisait de chez lui chez Anne d'Autriche.

La reine était au milieu de ses femmes, madame de Guitaut, madame de Sablé, madame de Montbazon et madame de Guéméné. Dans un coin était cette camériste espagnole, dona Estefana, qui l'avait suivie de Madrid. Madame de Guéméné faisait la lecture; et tout le monde écoutait avec attention la lectrice à l'exception de la reine, qui au contraire avait provoqué cette lecture afin de pouvoir, tout en feignant d'écouter, suivre le fil de ses propres pensées.

Ces pensées, toutes dorées qu'elles étaient par un dernier reflet d'amour, n'en étaient

pas moins tristes. Anne d'Autriche, privée
de la confiance de son mari, poursuivie
par la haine du cardinal, qui ne pouvait
lui pardonner d'avoir repoussé un sentiment plus doux, ayant sous les yeux l'exemple de la reine-mère que cette haine avait
tourmentée toute sa vie, quoique Marie de
Médicis, s'il faut en croire les mémoires
du temps, eût commencé par accorder au
cardinal le sentiment qu'Anne d'Autriche
finit toujours par lui refuser ; Anne d'Autriche avait vu tomber autour d'elle ses
serviteurs les plus dévoués, ses confidents
les plus intimes, ses favoris les plus chers.
Comme ces malheureux doués d'un don
funeste, elle portait malheur à tout ce
qu'elle touchait ; son amitié était un signe
fatal qui appelait la persécution. Madame
de Chevreuse et madame de Vernel étaient

exilées; enfin Laporte ne cachait pas à sa maîtresse qu'il s'attendait à être arrêté d'un instant à l'autre.

C'est au moment qu'elle était plongée au plus profond et au plus sombre de ces réflexions que la porte de la chambre s'ouvrit et que le roi entra.

La lectrice se tut à l'instant même, toutes les dames se levèrent, et il se fit un profond silence.

Quant au roi, il ne fit aucune démonstration de politesse; seulement, s'arrêtant devant la reine:

— Madame, dit-il d'une voix altérée, vous allez recevoir la visite de M. le chancelier, qui vous communiquera certaines affaires dont je l'ai chargé.

La malheureuse reine, qu'on menaçait sans cesse de divorce, d'exil et de jugement même, pâlit sous son rouge et ne put s'empêcher de dire :

— Mais pourquoi cette visite, sire ? Que me dira M. le chancelier, que Votre Majesté ne puisse me dire elle-même ?

Le roi tourna sur ses talons sans répondre, et presque au même instant le capitaine des gardes, M. de Guitaut, annonça la visite de M. le chancelier.

Lorsque le chancelier parut, le roi était déjà sorti par une autre porte.

Le chancelier entra demi-souriant, demi-rougissant, comme nous le retrouverons probablement dans le cours de cette his-

toire . il n'y a pas de mal à ce que nos lecteurs fassent dès à présent connaissance
avec lui.

Ce chancelier était un plaisant homme.
Ce fut Des Roches le Masle, chanoine à
Notre-Dame, et qui avait été autrefois valet
de chambre du cardinal, qui le proposa à
Son Éminence comme un homme tout dévoué. Le cardinal s'y fia et s'en trouva
bien.

On racontait de lui certaines histoires,
entre autres celle-ci :

Après une jeunesse orageuse, il s'était
retiré dans un couvent pour y expier au
moins pendant quelque temps les folies de
l'adolescence

Mais, en entrant dans ce saint lieu, le pauvre pénitent n'avait pu refermer si vite la porte que les passions qu'il fuyait n'y entrassent avec lui. Il en était obsédé sans relâche, et le supérieur, auquel il avait confié cette disgrâce, voulant autant qu'il était en lui l'en garantir, lui avait recommandé, pour conjurer le démon tentateur, de recourir à la corde de la cloche et de sonner à toute volée. Au bruit dénonciateur, les moines seraient prévenus que la tentation assiégeait un frère, et toute la communauté se mettrait en prières.

Le conseil parut bon au futur chancelier. Il conjura l'esprit malin à grand renfort de prières faites par les moines; mais le diable ne se laisse pas déposséder facilement d'une place où il a mis garnison; à mesure qu'on redoublait les exorcismes, il redoublait les tentations; de sorte que jour et nuit la cloche sonnait à toute volée, annonçant l'extrême désir de mortification qu'éprouvait le pénitent.

Les moines n'avaient plus un instant de repos. Le jour ils ne faisaient que monter et descendre les escaliers qui conduisaient à la chapelle; la nuit, outre complies et matines, ils étaient encore obligés de sauter vingt fois à bas de leurs lits et de se prosterner sur le carreau de leurs cellules.

On ignore si ce fut le diable qui lâcha prise ou les moines qui se lassèrent; mais, au bout de trois mois, le pénitent reparut dans le monde avec la réputation du plus terrible possédé qui eût jamais existé.

En sortant du couvent, il entra dans la magistrature, devint président à mortier à la place de son oncle, embrassa le parti du cardinal, ce qui ne prouvait pas peu de sagacité; devint chancelier, servit Son Éminence avec zèle dans sa haine contre la reine-mère et sa vengeance contre Anne d'Autriche, stimula les juges dans l'affaire de Chalais, encouragea les essais de M. de Laffemas, grand-gibecier de France, puis enfin, investi de toute la confiance du cardinal, confiance qu'il avait si bien gagnée, il en vint à recevoir la singulière commission pour l'exécution de laquelle il se présentait chez la reine.

La reine était encore debout quand il entra, mais à peine l'eut-elle aperçu qu'elle se rassit sur son fauteuil et fit signe à ses femmes de se rasseoir sur leurs coussins et leurs tabourets, et d'un ton de suprême hauteur :

— Que désirez-vous, monsieur, demanda Anne d'Autriche, et dans quel but vous présentez-vous ici?

— Pour y faire, au nom du roi, madame, et sauf tout le respect que j'ai l'honneur de devoir à Votre Majesté, une perquisition exacte dans tous vos papiers.

— Comment, monsieur! une perquisition dans mes papiers... A moi! mais voilà une chose indigne!

— Veuillez me le pardonner, madame; mais, dans cette circonstance, je ne suis que l'instrument dont le roi se sert. Sa Majesté ne sort-elle pas d'ici, et ne vous a-t-elle pas invitée elle-même à vous préparer à cette visite?

— Fouillez donc, monsieur; je suis une criminelle, à ce qu'il paraît : Estefana, donnez les clefs de mes tables et de mes secrétaires.

Le chancelier fit pour la forme une visite dans les meubles, mais il savait bien que ce n'était pas dans un meuble que la reine avait dû serrer la lettre importante qu'elle avait écrite dans la journée.

Quand le chancelier eut rouvert et refermé vingt fois les tiroirs du secrétaire, il fallut bien, quelque hésitation qu'il éprouvât, il fallut bien, dis-je, en venir à la conclusion de l'affaire, c'est-à-dire à fouiller la reine elle-même. Le chancelier s'avança donc vers Anne d'Autriche, et d'un ton très-perplexe et d'un air fort embarrassé :

— Et maintenant, dit-il, il me reste à faire la perquisition principale.

— Laquelle? demanda la reine, qui ne comprenait pas ou plutôt qui ne voulait pas comprendre.

Sa Majesté est certaine qu'une lettre a été écrite par vous dans la journée; elle sait qu'elle n'a pas encore été envoyée à son adresse. Cette lettre ne se trouve ni dans votre table, ni dans votre secrétaire, et cependant cette lettre est quelque part.

— Oseriez-vous porter la main sur votre

reine? dit Anne d'Autriche en se dressant de toute sa hauteur et en fixant sur le chancelier ses yeux, dont l'expression était devenue presque menaçante.

— Je suis un fidèle sujet du roi, madame; et tout ce que Sa Majesté ordonnera, je le ferai.

— Eh bien, c'est vrai! dit Anne d'Autriche, et les espions de M. le cardinal l'ont bien servi. J'ai écrit aujourd'hui une lettre, cette lettre n'est point partie. La lettre est là.

Et la reine ramena sa belle main à son corsage.

— Alors donnez-moi cette lettre, madame, dit le chancelier.

16.

—Je ne la donnerai qu'au roi, monsieur, dit Anne.

— Si le roi eût voulu que cette lettre lui fût remise, madame, il vous l'eût demandée lui-même. Mais, je vous le répète, c'est moi qu'il a chargé de vous la réclamer, et, si vous ne la rendiez pas...

— Eh bien?

— C'est encore moi qu'il a chargé de vous la prendre.

— Comment, que voulez-vous dire?

— Que mes ordres vont loin, madame, et que je suis autorisé à chercher le papier suspect sur la personne même de Votre Majesté.

— Quelle horreur! s'écria la reine.

— Veuillez donc, madame, agir plus facilement.

— Cette conduite est d'une violence infâme; savez-vous cela, monsieur?

— Le roi commande, madame! excusez-moi.

— Je ne le souffrirai pas, non, non; plutôt mourir, s'écria la reine, chez laquelle se révoltait le sang impérieux de l'Espagnole et de l'Autrichienne.

Le chancelier fit une profonde révérence, puis avec l'intention bien patente de ne pas reculer d'une semelle dans l'accomplissement de la commission dont il s'était chargé, et comme eût pu le faire un valet de bourreau dans la chambre de la question, il s'approcha d'Anne d'Autriche, des yeux de laquelle on vit à l'instant même jaillir des pleurs de rage.

La reine était, comme nous l'avons dit, d'une grande beauté. La commission pouvait donc passer pour délicate, et le roi en était arrivé, à force de jalousie contre Buckingham, à n'être plus jaloux de personne.

Sans doute le chancelier Séguier chercha des yeux à ce moment le cordon de la fameuse cloche; mais ne le trouvant pas, il en prit son parti et tendit la main vers l'endroit où la reine avait avoué que se trouvait le papier.

Anne d'Autriche fit un pas en arrière, si pâle qu'on eût dit qu'elle allait mourir; et s'appuyant de la main gauche, pour ne pas tomber, à une table qui se trouvait derrière elle, elle tira de la droite un papier de sa poitrine et le tendit au garde des sceaux.

— Tenez, monsieur, la voilà, cette lettre, s'écria la reine d'une voix entrecoupée et frémissante, prenez-la, et me délivrez de votre odieuse présence.

Le chancelier, qui, de son côté, tremblait d'une émotion facile à concevoir, prit la lettre, salua jusqu'à terre et se retira.

A peine la porte se fut-elle refermée sur

lui, que la reine tomba à demi évanouie dans les bras de ses femmes.

Le chancelier alla porter la lettre au roi sans en avoir lu un seul mot. Le roi la prit d'une main tremblante, chercha l'adresse, qui manquait, devint très-pâle, l'ouvrit lentement, puis, voyant par les premiers mots qu'elle était adressée au roi d'Espagne, il lut très-rapidement.

C'était tout un plan d'attaque contre le cardinal. La reine invitait son frère et l'empereur d'Autriche à faire semblant, blessés qu'ils étaient par la politique de Richelieu, dont l'éternelle préoccupation fut l'abaissement de la maison d'Autriche, de déclarer la guerre à la France et d'imposer comme condition de la paix le renvoi du cardinal;

mais d'amour, il n'y en avait pas un seul mot dans toute cette lettre.

Le roi, tout joyeux, s'informa si le cardinal était encore au Louvre. On lui dit que Son Éminence attendait, dans le cabinet de travail, les ordres de Sa Majesté.

Le roi se rendit aussitôt près de lui.

— Tenez, duc, lui dit-il, vous aviez raison, et c'est moi qui avais tort; toute l'intrigue est politique, et il n'était aucunement question d'amour dans cette lettre, que voici. En échange, il y est fort question de vous.

Le cardinal prit la lettre, et la lut avec la plus grande attention; puis, lorsqu'il fut arrivé au bout, il la relut une seconde fois.

— Eh bien, Votre Majesté! dit-il, vous voyez jusqu'où vont mes ennemis : on vous menace de deux guerres, si vous ne me renvoyez pas. A votre place, en vérité, sire, je céderais à de si puissantes instances, et ce serait de mon côté avec un véritable bonheur que je me retirerais des affaires.

— Que dites-vous là, duc?

Je dis, sire, que ma santé se perd dans ces luttes excessives et dans ces travaux éternels. Je dis que selon toute probabilité je ne pourrai pas soutenir les fatigues du siége de La Rochelle, et que mieux vaut que vous nommiez là, ou M. de Condé, ou

M. de Bassompierre, ou enfin quelque vaillant homme dont c'est l'état de mener la guerre, et non pas moi qui suis homme d'église et qu'on détourne sans cesse de ma vocation pour m'appliquer à des choses auxquelles je n'ai aucune aptitude. Vous en serez plus heureux à l'intérieur, sire, et je ne doute pas que vous n'en soyez plus grand à l'étranger.

— Monsieur le duc, dit le roi, je comprends, soyez tranquille; tous ceux qui sont nommés dans cette lettre seront punis comme ils le méritent, et la reine elle-même.

— Que dites-vous là, sire! Dieu me garde que, pour moi, la reine éprouve la moindre contrariété! elle m'a toujours cru son ennemi, sire, quoique Votre Majesté puisse attester que j'ai toujours pris chaudement son parti, même contre vous. Oh! si elle trahissait Votre Majesté à l'endroit de son honneur, ce serait autre chose, et je serais le premier à dire : Pas de grâce, sire, pas de grâce pour la coupable! Heureusement il n'en est rien, et Votre Majesté vient d'en acquérir une nouvelle preuve.

— C'est vrai, monsieur le cardinal, dit le roi, et vous aviez raison, comme toujours; mais la reine n'en mérite pas moins toute ma colère.

— C'est vous, sire, qui avez encouru la sienne; et véritablement quand elle bouderait sérieusement Votre Majesté, je le comprendrais : Votre Majesté l'a traitée avec une sévérité!...

— C'est ainsi que je traiterai toujours mes ennemis et les vôtres, duc! si haut placés qu'ils soient et quelque péril que je coure à agir sévèrement avec eux.

— La reine est mon ennemie, mais n'est pas la vôtre, sire, au contraire elle est épouse dévouée, soumise et irréprochable; laissez-moi donc, sire, intercéder pour elle près de Votre Majesté.

— Qu'elle s'humilie alors, et qu'elle revienne à moi la première.

— Au contraire, sire, donnez l'exemple; vous avez eu le premier tort, puisque c'est vous qui avez soupçonné la reine.

— Moi, revenir le premier? dit le roi; jamais!

— Sire, je vous en supplie.

— D'ailleurs, comment reviendrais-je le premier?

— En faisant une chose que vous saurez lui être agréable.

— Laquelle?

— Donnez un bal : vous savez combien la reine aime la danse ; je vous réponds que sa rancune ne tiendra point à une pareille attention.

— Monsieur le cardinal, vous savez que je n'aime pas tous les plaisirs mondains.

— La reine ne vous en sera que plus reconnaissante puisqu'elle sait votre antipathie pour ce plaisir; d'ailleurs ce sera une occasion pour elle de mettre ces beaux ferrets de diamants que vous lui avez donnés l'autre jour à sa fête, et dont elle n'a pas encore eu le temps de se parer.

— Nous verrons, monsieur le cardinal, nous verrons, dit le roi, qui, dans sa joie de trouver la reine coupable d'un crime dont il se souciait peu, et innocente d'une faute qu'il redoutait fort, était tout prêt à se raccommoder avec elle; nous verrons, mais sur mon honneur vous êtes trop indulgent.

— Sire, dit le cardinal, laissez la sévérité aux ministres, l'indulgence est vertu royale; usez-en, et vous verrez que vous vous en trouverez bien.

Sur quoi le cardinal, entendant la pen-

dule sonner onze heures, s'inclina profondément, demandant congé au roi pour se
retirer, et le suppliant de le raccommoder
avec la reine.

Anne d'Autriche, qui, à la suite de la
saisie de sa lettre, s'attendait à quelque reproche, fut fort étonnée de voir le lendemain le roi faire près d'elle des tentatives
de rapprochement. Son premier mouvement fut répulsif, son orgueil de femme
et sa dignité de reine avaient été tous deux
si cruellement offensés qu'elle ne pouvait
revenir ainsi du premier coup; mais vaincue par le conseil de ses femmes, elle eut
enfin l'air de commencer à oublier. Le roi
profita de ce premier moment de retour
pour lui dire qu'incessamment il comptait
donner une fête.

C'était une chose si rare qu'une fête pour la pauvre Anne d'Autriche, qu'à cette annonce, ainsi que l'avait pensé le cardinal, la dernière trace de ses ressentiments disparut, sinon dans son cœur, du moins sur son visage. Elle demanda quel jour cette fête devait avoir lieu, mais le roi répondit qu'il fallait qu'il s'entendît sur ce point avec le cardinal.

En effet, chaque jour le roi demandait au cardinal à quelle époque cette fête aurait lieu, et chaque jour le cardinal, sous un prétexte quelconque, différait de la fixer. Dix jours s'écoulèrent ainsi.

Le huitième jour après la scène que nous avons racontée, le cardinal reçut une lettre, au timbre de Londres, qui contenait seulement ces quelques lignes :

« Je les ai ; mais je ne puis quitter Londres, attendu que je manque d'argent ; envoyez-moi cinq cents pistoles, et quatre ou cinq jours après les avoir reçues je serai à Paris. »

Le jour même où le cardinal avait reçu cette lettre, le roi lui adressa sa question habituelle.

Richelieu compta sur ses doigts et se dit tout bas :

— Elle arrivera, dit-elle, quatre ou cinq jours après avoir reçu l'argent ; il faut quatre ou cinq jours à l'argent pour aller, quatre ou cinq jours à elle pour revenir : cela fait dix jours ; maintenant, faisons la part des vents contraires, des mauvais hasards, des faiblesses de femme, et mettons cela à douze jours.

— Eh bien! monsieur le duc, dit le roi, avez-vous calculé?

— Oui, sire : nous sommes aujourd'hui le 20 septembre; les échevins de la ville donnent une fête le 3 octobre. Cela s'arrangera à merveille; car vous n'aurez pas l'air de faire un retour vers la reine.

Puis le cardinal ajouta :

— A propos, sire, n'oubliez pas de dire à Sa Majesté, la veille de cette fête, que vous désirez voir comment lui vont ses ferrets de diamants.

1)

CHAPITRE VIII.

LE MÉNAGE BONACIEUX.

—

C'était la seconde fois que le cardinal revenait sur ce point des ferrets de diamants
avec le roi. Louis XIII fut donc frappé de
cette insistance, et pensa que cette recommandation cachait un mystère.

Plus d'une fois le roi avait été humilié que le cardinal, dont la police, sans avoir atteint encore la perfection de la police moderne, était excellente, fût mieux instruit que lui-même de ce qui se passait dans son propre ménage. Il espéra donc, dans une conversation avec Anne d'Autriche, tirer quelque lumière de cette conversation et revenir ensuite près de Son Éminence avec quelque secret que le cardinal sût ou ne sût pas, ce qui, dans l'un ou l'autre cas, le rehaussait infiniment aux yeux de son ministre.

Il alla donc trouver la reine, et, selon son habitude, l'aborda avec de nouvelles menaces contre ceux qui l'entouraient. Anne d'Autriche baissa la tête, laissa s'écouler le torrent sans répondre, et espérant qu'il finirait par s'arrêter; mais ce n'était pas cela que voulait Louis XIII; Louis XIII voulait une discussion de laquelle jaillît une lumière quelconque, convaincu qu'il était que le cardinal avait quelque arrière-pensée et lui machinait une de ces surprises terribles comme en savait faire Son Éminence. Il arriva à ce but par sa persistance à accuser.

— Mais, s'écria Anne d'Autriche, lassée de ces vagues attaques; mais, sire, vous ne me dites pas tout ce que vous avez dans le cœur. Qu'ai-je donc fait? Voyons, quel crime ai-je donc commis? Il est impossible que Votre Majesté fasse tout ce bruit pour une lettre écrite à mon frère.

Le roi, attaqué à son tour d'une manière si directe, ne sut que répondre; il pensa que c'était là le moment de placer la recommandation qu'il ne devait faire que la veille de la fête.

— Madame, dit-il avec majesté, il y aura incessamment bal à l'Hôtel-de-Ville; j'entends que, pour faire honneur à nos braves échevins, vous y paraissiez en habit de cérémonie, et surtout parée des ferrets de diamants que je vous ai donnés pour votre fête. Voici ma réponse.

La réponse était terrible. Anne d'Autriche crut que Louis XIII savait tout, et que le cardinal avait obtenu de lui cette longue dissimulation de sept ou huit jours, qui était au reste dans son caractère. Elle devint excessivement pâle, appuya sur une console sa main d'une admirable beauté, et qui semblait alors une main de cire, et regardant le roi avec des yeux épouvantés, elle ne répondit pas une seule syllabe.

— Vous entendez, madame, dit le roi, qui jouissait de cet embaras dans toute son étendue, mais sans en deviner la cause, vous entendez?

— Oui, sire, j'entends, balbutia la reine.

— Vous paraîtrez à ce bal?

— Oui.

— Avec vos ferrets?

— Oui.

La pâleur de la reine augmenta encore,

s'il était possible; le roi s'en aperçut et en jouit avec cette froide cruauté qui était un des mauvais côtés de son caractère.

— Alors, c'est convenu, dit le roi, et voilà tout ce que j'avais à vous dire.

— Mais quel jour ce bal aura-t-il lieu? demanda Anne d'Autriche.

Louis XIII sentit instinctivement qu'il ne devait pas répondre à cette question, la reine l'ayant faite d'une voix presque mourante.

— Mais très-incessamment, madame, dit-il; mais je ne me rappelle plus précisément la date du jour, je la demanderai au cardinal.

— C'est donc le cardinal qui vous a annoncé cette fête? s'écria la reine.

— Oui, madame, répondit le roi étonné; mais pourquoi cela?

— C'est lui qui vous a dit de m'inviter à y paraître avec ces ferrets?

— C'est-à dire, madame...

— C'est lui, sire, c'est lui!

— Eh bien! qu'importe que ce soit lui ou moi? Y a-t-il un crime dans cette invitation?

— Non, sire.

— Alors, vous paraîtrez?

— Oui, sire.

— C'est bien, dit le roi en se retirant, c'est bien, j'y compte.

La reine fit une révérence, moins par étiquette que parce que ses genoux se dérobaient sous elle.

· Le roi partit enchanté.

—Je suis perdue, murmura la reine, perdue, car le cardinal sait tout, et c'est lui qui pousse le roi, qui ne sait rien encore, mais qui saura tout bientôt. Je suis perdue! Mon Dieu! mon Dieu! mon Dieu!

Elle s'agenouilla sur un coussin et pria, la tête enfoncée entre ses bras palpitants.

En effet, la position était terrible. Buckingham était retourné à Londres, madame de Chevreuse était à Tours. Plus surveillée que jamais, la reine sentait sourdement qu'une de ses femmes la trahissait sans savoir dire laquelle. Laporte ne pouvait pas quitter le Louvre ; elle n'avait pas une âme au monde à qui se fier.

Aussi, en présence du malheur qui la menaçait et de l'abandon qui était le sien, éclata-t-elle en sanglots.

— Ne puis-je donc être bonne à rien à Votre Majesté ? dit tout à coup une voix pleine de douceur et de pitié.

La reine se retourna vivement, car il n'y avait pas à se tromper à l'expression de cette voix : c'était une amie qui parlait ainsi.

En effet, à l'une des portes qui donnaient dans l'appartement de la reine apparut la jolie madame Bonacieux; elle était occupée à ranger les robes et le linge dans un cabinet, lorsque le roi était entré; elle n'avait pas pu sortir et avait tout entendu.

La reine poussa un cri perçant en se voyant surprise, car dans son trouble elle ne reconnut pas d'abord la jeune femme qui lui avait été donnée par Laporte.

— Oh! ne craignez rien, madame, dit la jeune femme en joignant les mains et en pleurant elle-même des angoisses de la reine; je suis à Votre Majesté corps et âme, et si loin que je sois d'elle, si inférieure que soit ma position, je crois que j'ai trouvé un moyen de tirer votre Majesté de peine.

— Vous! ô ciel! vous! s'écria la reine; mais voyons, regardez-moi en face. Je suis trahie de tous les côtés; puis-je me fier à vous?

— Oh! madame! s'écria la jeune femme en tombant à genoux; oh! sur mon âme, je suis prête à mourir pour Votre Majesté!

Ce cri était sorti du plus profond du cœur, et, comme le premier, il n'y avait pas à se tromper.

— Oui, continua madame Bonacieux, oui, il y a des traîtres ici; mais, par le saint nom de la Vierge, je vous jure que personne n'est plus dévoué que moi à Votre Majesté. Ces ferrets que le roi redemande, vous les avez donnés au duc de Buckingham, n'est-ce pas ? Ces ferrets étaient enfermés dans une petite boîte en bois de rose qu'il tenait sous son bras. Est-ce que je me trompe? Est-ce que ce n'est pas cela?

— Oh! mon Dieu! mon Dieu! murmura la reine, dont les dents claquaient d'effroi.

— Eh bien! ces ferrets, continua madame Bonacieux, il faut les ravoir.

— Oui, sans doute, il le faut, s'écria la reine; mais, comment faire, comment y arriver!

— Il faut envoyer quelqu'un au duc.

— Mais qui?... qui?... A qui me fier?

— Ayez confiance en moi; madame;
faites-moi cet honneur, ma reine, et je
trouverai le messager, moi !

— Mais il faudra écrire!

— Oh! oui. C'est indispensable. Deux
mots de la main de Votre Majesté et votre
cachet particulier.

— Mais ces deux mots, c'est ma con-
damnation, le divorce, l'exil!

— Oui, s'ils tombent entre des mains
infâmes! Mais je réponds que ces deux
mots seront remis à leur adresse.

— Oh! mon Dieu! il faut donc que je
remettre ma vie, mon honneur, ma réputation entre vos mains !

— Oui! oui, madame; il le faut, et je sauverai tout cela, moi!

— Mais comment? dites - le - moi , au moins.

—Mon mari a été remis en liberté il y a deux ou trois jours; je n'ai pas encore eu le temps de le revoir. C'est un brave et honnête homme qui n'a ni haine ni amour pour personne. Il fera ce que je voudrai : il partira sur un ordre de moi, sans savoir ce qu'il porte, et il remettra la lettre de Votre Majesté, sans même savoir qu'elle est de Votre Majesté, à l'adressse qu'elle indiquera.

La reine prit les deux mains de la jeune femme avec un élan passionné, la regarda comme pour lire au fond de son cœur, et ne voyant que sincérité dans ses beaux yeux, elle l'embrassa tendrement.

— Fais cela, s'écria-t-elle, et tu m'auras sauvé la vie, tu m'auras sauvé l'honneur!

— Oh! n'exagérez pas le service que j'ai le bonheur de vous rendre; je n'ai rien à sauver à Votre Majesté, qui est seulement victime de perfides complots.

— C'est vrai, c'est vrai, mon enfant, dit la reine, et tu as raison.

— Donnez-moi donc cette lettre, madame, le temps presse.

La reine courut à une petite table sur

laquelle se trouvaient encre, papier et plumes : elle écrivit deux lignes, cacheta la lettre de son cachet et la remit à madame Bonacieux.

— Et maintenant, dit la reine, nous oublions une chose bien nécessaire.

— Laquelle?

— L'argent.

Madame Bonacieux rougit.

— Oui, c'est vrai, dit-elle, et j'avouerai à Votre Majesté que mon mari.....

— Ton mari n'en a pas, c'est cela que tu veux dire.

— Si fait, il en a, mais il est fort avare, c'est là son défaut. Cependant que Votre Majesté ne s'inquiète pas, nous trouverons moyen...

— C'est que je n'en ai pas non plus, dit la reine. — Ceux qui liront les Mémoires de madame de Motteville ne s'étonneront pas de cette réponse. — Mais attends.

Anne d'Autriche courut à son écrin.

— Tiens, dit-elle, voici une bague d'un grand prix, à ce qu'on assure; elle vient de mon frère le roi d'Espagne, elle est à moi et j'en puis disposer. Prends cette bague et fais-en de l'argent, et que ton mari parte.

— Dans une heure vous serez obéie.

— Tu vois l'adresse, ajouta la reine,

parlant si bas qu'à peine pouvait-on entendre ce qu'elle disait : A milord duc de Buckingham, à Londres.

— La lettre sera remise à lui-même.

— Généreuse enfant! s'écria Anne d'Autriche.

Madame Bonacieux baisa les mains de la reine, cacha le papier dans son corsage et disparut avec la légèreté d'un oiseau.

Dix minutes après, elle était chez elle ; comme elle l'avait dit à la reine, elle n'avait pas revu son mari depuis sa mise en liberté, elle ignorait donc le changement qui s'était fait en lui à l'endroit du cardinal, changement qu'avaient opéré la flatterie et l'argent de Son Éminence, et qu'avalent corroboré, depuis, deux ou trois visites du comte de Rochefort, devenu le meilleur ami de Bonacieux, auquel il avait fait croire, sans beaucoup de peine, qu'aucun sentiment coupable n'avait amené l'enlèvement de sa femme, mais que c'était seulement une précaution politique.

Elle trouva M. Bonacieux seul : le pauvre homme remettait à grand'peine de l'ordre dans la maison, dont il avait trouvé les meubles à peu près brisés et les armoires à peu près vides, la justice n'étant pas une des trois choses que le roi Salomon indique comme ne laissant point trace de son passage. Quant à la servante, elle s'était enfuie lors de l'arrestation de son maître. La terreur avait gagné la pauvre fille au point qu'elle n'avait cessé de marcher de Paris jusqu'en Bourgogne, son pays natal.

Le digne mercier avait, aussitôt sa rentrée dans sa maison, fait part à sa femme de son heureux retour, et sa femme lui avait répondu pour le féliciter et pour lui dire que le premier moment qu'elle pourrait dérober à ses devoirs serait consacré tout entier à lui rendre visite.

Ce premier moment s'était fait attendre cinq jours, ce qui, dans toute autre circonstance, eût paru un peu bien long à maître Bonacieux; mais il avait, dans la visite qu'il avait faite au cardinal et dans les visites que lui faisait Rochefort, ample sujet à réflexion; et, comme on sait, rien ne fait passer le temps comme de réfléchir.

D'autant plus que les réflexions de Bonacieux étaient toutes couleur de rose. Rochefort l'appelait son ami, son cher Bonacieux, et ne cessait de lui dire que le cardinal faisait le plus grand cas de lui. Le mercier se voyait déjà sur le chemin des honneurs et de la fortune.

De son côté, madame Bonacieux avait réfléchi, mais, il faut le dire, à toute autre chose que l'ambition ; malgré elle ses pensées avaient eu pour mobile constant ce beau jeune homme si brave et qui paraissait si amoureux. Mariée à dix-huit ans à M. Bonacieux, ayant toujours vécu au milieu des amis de son mari, peu susceptibles d'inspirer un sentiment quelconque à une jeune femme dont le cœur était plus élevé que sa position, madame Bonacieux était restée insensible aux séductions vulgaires ; mais, à cette époque surtout, le titre de gentilhomme avait une grande influence sur la bourgeoisie, et d'Artagnan était gentilhomme ; de plus il portait l'uniforme des gardes, qui, après l'uniforme de mousquetaire, était le plus apprécié des dames. Il était, nous le répétons, beau, jeune, aventureux ; il parlait d'amour en homme qui aime et qui a soif d'être aimé ; il y en avait là plus qu'il n'en fallait pour tourner une tête de vingt-trois ans, et madame Bonacieux en était arrivée juste à cet âge heureux de la vie.

Les deux époux, quoiqu'ils ne se fussent pas vus depuis plus de huit jours, et que pendant cette semaine de graves événements se fussent passés entre eux, s'abordè-

rent donc avec une certaine préoccupation; néanmoins, M. Bonacieux manifesta
une joie réelle et s'avança vers sa femme à
bras ouverts.

Madame Bonacieux lui présenta le front.

— Causons un peu, dit-elle.

— Comment? dit Bonacieux étonné.

— Oui, sans doute, j'ai une chose de la
plus haute importance à vous dire.

— Au fait, et moi aussi j'ai quelques
questions assez sérieuses à vous adresser.
Expliquez-moi un peu votre enlèvement,
je vous prie.

— Il ne s'agit point de cela pour le moment, dit madame Bonacieux.

— Et de quoi s'agit-il donc? de ma captivité?

— Je l'ai apprise le jour même; mais comme vous n'étiez coupable d'aucun crime, comme vous n'étiez complice d'aucune intrigue, comme vous ne saviez rien enfin qui pût vous compromettre, ni vous ni personne, je n'ai attaché à cet événement que l'importance qu'il méritait.

— Vous en parlez bien à votre aise, madame! reprit Bonacieux blessé du peu d'intérêt que lui témoignait sa femme, savez-vous que j'ai été plongé un jour et une nuit dans un cachot de la Bastille!

— Un jour et une nuit sont bientôt passés, laissons donc votre captivité et revenons à ce qui m'amène près de vous.

— Comment! ce qui vous amène près de moi! N'est-ce donc pas le désir de revoir un mari dont vous êtes séparée depuis huit jours? demanda le mercier piqué au vif.

— C'est cela d'abord, et autre chose ensuite.

— Parlez!

— Une chose du plus haut intérêt et de laquelle dépend notre fortune à venir peut-être.

— Notre fortune a fort changé de face depuis que je ne vous ai vue, madame Bonacieux, et je ne serais pas étonné que d'ici à quelques mois elle ne fît envie à beaucoup de gens.

— Oui, surtout si vous voulez suivre les instructions que je vais vous donner.

— A moi?

— Oui, à vous Il y a une bonne et sainte action à faire, monsieur, et beaucoup d'argent à gagner en même temps.

Madame Bonacieux savait qu'en parlant d'argent à son mari elle le prenait par son faible.

Mais un homme, fût-ce un mercier, lorsqu'il a causé dix minutes avec le cardinal de Richelieu, n'est plus le même homme.

— Beaucoup d'argent à gagner? dit Bonacieux en allongeant les lèvres.

— Oui, beaucoup.

— Combien, à peu près?

— Mille pistoles peut-être.

— Ce que vous avez à me demander est donc bien grave?

— Oui.

— Que faut-il faire?

— Vous partirez sur-le-champ, je vous remettrai un papier dont vous ne vous dessaisirez sous aucun prétexte, et que vous remettrez en mains propres.

— Et pour où partirai-je?

— Pour Londres.

— Moi, pour Londres! Allons donc, vous raillez, je n'ai pas affaire à Londres.

— Mais d'autres ont besoin que vous y alliez.

— Quels sont ces autres? Je vous avertis, je ne fais plus rien en aveugle et je veux savoir, non-seulement à quoi je m'expose, mais encore pour qui je m'expose.

— Une personne illustre vous envoie, une personne illustre vous attend : la récompense dépassera vos désirs, voilà tout ce que je puis vous promettre.

— Des intrigues encore! toujours des intrigues! merci, je m'en défie naintenant, et M. le cardinal m'a éclairé là-dessus.

— Le cardinal! s'écria madame Bonacieux, avez-vous vu le cardinal?

— Il m'a fait appeler, répondit fièrement le mercier.

— Et vous vous êtes rendu à son invitation, imprudent que vous êtes?

— Je dois dire que je n'avais pas le choix de m'y rendre ou de ne pas m'y rendre, car j'étais entre deux gardes. Il est vrai encore de dire que comme alors je ne connaissais pas Son Éminence, si j'avais pu me dispenser de cette visite, j'en eusse été fort enchanté.

— Il vous a donc maltraité? il vous a donc fait des menaces?

— Il m'a tendu la main et m'a appelé son ami, — son ami! entendez-vous, madame? je suis l'ami du grand cardinal!

— Du grand cardinal!

— Lui contesteriez-vous ce tire, par hasard, madame?

— Je ne lui conteste rien, mais je vous dis que la faveur d'un ministre est éphémère, et qu'il faut être fou pour s'attacher à un ministre; il est des pouvoirs au-dessus du sien qui ne reposent pas sur le caprice d'un homme ou l'issue d'un événement, c'est à ces pouvoirs qu'il faut se rallier.

— J'en suis fâché, madame, mais je ne connais pas d'autre pouvoir que celui du grand homme que j'ai l'honneur de servir.

— Vous servez le cardinal?

— Oui, madame, et comme son serviteur, je ne permettrai pas que vous vous livriez à des complots contre la sûreté de l'État et que vous serviez, vous, les intrigues d'une femme qui n'est pas Française et qui a le cœur espagnol. Heureusement le grand cardinal est là, son regard vigilant surveille et pénètre jusqu'au fond du cœur.

Bonacieux répétait mot pour mot une phrase qu'il avait entendu dire au comte de Rochefort; mais la pauvre femme, qui avait compté sur son mari, et qui, dans cet espoir, avait répondu de lui à la reine, n'en frémit pas moins, et du danger dans lequel elle avait failli se jeter, et de l'impuissance dans laquelle elle se trouvait. Cependant, connaissant la faiblesse et sur-

tout la cupidité de son mari, elle ne dé-
sespéra pas de l'amener à ses fins.

— Ah! vous êtes cardinaliste! monsieur! s'écria-t-elle; ah! vous servez le parti
de ceux qui maltraitent votre femme et
qui insultent votre reine!

— Les intérêts particuliers ne sont rien
devant les intérêts de tous. Je suis pour
ceux qui sauvent l'État, dit avec emphase
Bonacieux.

C'était une autre phrase du comte de
Rochefort qu'il avait retenue et qu'il trouvait l'occasion de placer.

— Et savez-vous ce que c'est que l'Etat
dont vous parlez? dit madame Bonacieux

en haussant les épaules. Contentez-vous d'être un bourgeois sans finesse aucune, et tournez-vous du côté qui vous offre le plus d'avantages.

— Eh! eh! dit Bonacieux en frappant sur un sac à la panse arrondie et qui rendit un son argentin; que dites-vous de ceci, madame la prêcheuse?

— D'où vous vient cet argent?

— Vous ne devinez pas?

— Du cardinal?

— De lui et de mon ami le comte de Rochefort.

— Le comte de Rochefort! mais c'est lui qui m'a enlevée!

— Cela se peut, madame.

— Et vous recevez de l'argent de cet homme !

— Ne m'avez-vous pas dit que cet enlèvement était tout politique?

— Oui; mais cet enlèvement avait pour but de me faire trahir ma maîtresse, de m'arracher par des tortures des aveux qui pussent compromettre l'honneur et peut-être la vie de mon auguste maîtresse.

— Madame, reprit Bonacieux, votre auguste maîtresse est une perfide Espagnole, et ce que le cardinal fait est bien fait.

— Monsieur, dit la jeune femme, je vous

savais lâche, avare et imbécile, mais je ne vous savais pas infâme?

— Madame, dit Bonacieux, qui n'avait jamais vu sa femme en colère et qui reculait devant le courroux conjugal; madame, que dites-vous donc?

— Je dis que vous êtes un misérable! continua madame Bonacieux, qui vit qu'elle reprenait quelque influence sur son mari. Ah! vous faites de la politique, vous! et de la politique cardinaliste encore! Ah! vous vous vendez corps et âme au démon pour de l'argent!

— Non, mais au cardinal.

— C'est la même chose! s'écria la jeune femme. Qui dit Richelieu dit Satan.

— Taisez-vous, madame, taisez-vous, on pourrait vous entendre !

— Oui, vous avez raison, et je serais honteuse pour vous de votre lâcheté.

— Mais qu'exigez-vous donc de moi? voyons?

— Je vous l'ai dit, que vous partiez à l'instant même, monsieur, que vous accomplissiez loyalement la commission dont je daigne vous charger, et à cette condition j'oublie tout, je pardonne tout; et il y a plus, — elle lui tendit la main, — je vous rends mon amitié.

Bonacieux était poltron et avare, mais il aimait sa femme; il fut attendri. Un homme de cinquante ans ne tient pas long-temps rancune à une femme de vingt-trois. Madame Bonacieux vit qu'il hésitait :

— Allons, êtes-vous décidé? lui dit-elle.

— Mais, ma chère amie, réfléchissez donc un peu à ce que vous exigez de moi ; Londres est loin de Paris, fort loin, et peut-être la commission dont vous me chargez n'est-elle pas sans danger?

— Qu'importe, si vous les évitez !

— Tenez, madame Bonacieux, dit le mercier, tenez, décidément, je refuse : les intrigues me font peur. J'ai vu la Bastille, moi. Brrrron ! c'est affreux, la Bastille ! Rien que d'y penser, j'en ai la chair de poule. On m'a menacé de la torture. Savez-vous ce que c'est que la torture? Des coins de bois qu'on vous enfonce entre les jambes jusqu'à ce que les os éclatent! Non, décidément, je n'irai pas. Et morbleu! que n'y allez-vous vous-même? car en vérité je crois que je me suis trompé sur votre compte jusqu'à présent : je crois que vous êtes un homme, et des plus enragés, encore!

— Et vous, vous êtes une femme, une misérable femme stupide et abrutie. Ah! vous avez peur! Eh bien, si vous ne partez pas à l'instant même, je vous fais arrêter par l'ordre de la reine, et je vous fais mettre à cette Bastille que vous craignez tant.

Bonacieux tomba dans une réflexion

profonde ; il pesa mûrement les deux co-
lères dans son cerveau, celle du cardinal
et celle de la reine : celle du cardinal l'emporta énormément.

— Faites-moi arrêter de la part de la
reine, dit-il, et moi je me réclamerai de
Son Éminence.

Pour le coup, madame Bonacieux vit
qu'elle avait été trop loin et elle fut épou-
vantée de s'être si fort avancée. Elle con-
templa un instant avec effroi cette figure
stupide d'une résolution invincible, comme
celle des sots qui ont peur.

— Eh bien, soit ! dit-elle. Peut-être, au
bout du compte, avez-vous raison ; un
homme en sait plus long que les femmes

en politique, et vous surtout, monsieur Bonacieux, qui avez causé avec le cardinal. Et cependant il est bien dur, ajouta-t-elle, que mon mari, qu'un homme sur l'affection duquel je croyais pouvoir compter, me traite aussi disgracieusement et ne satisfasse point à ma fantaisie.

— C'est que vos fantaisies peuvent mener trop loin, reprit Bonacieux triomphant, et je m'en défie.

— J'y renoncerai donc, dit la jeune femme en soupirant : c'est bien, n'en parlons plus.

— Si au moins vous me disiez quelle chose je vais faire à Londres, reprit Bonacieux, qui se rappelait un peu tard que Rochefort lui avait recommandé d'essayer de surprendre les secrets de sa femme.

— Il est inutile que vous le sachiez, dit la jeune femme, qu'une défiance instinctive repoussait maintenant en arrière : il s'agissait d'une bagatelle comme en désirent les femmes, d'une emplette sur laquelle il y avait beaucoup à gagner.

Mais plus la jeune femme se défendait, plus au contraire Bonacieux pensa que le secret qu'elle refusait de lui confier était important. Il résolut donc de courir à l'instant même chez le comte de Rochefort et de lui dire que la reine cherchait un messager pour l'envoyer à Londres.

— Pardon si je vous quitte, ma chère

madame Bonacieux, dit-il; mais, ne sachant pas que vous me viendriez voir, j'avais pris rendez-vous avec un de mes amis; je reviens à l'instant même, et si vous voulez m'attendre seulement une demi-minute, aussitôt que j'en aurai fini avec cet ami, je reviens vous prendre, et, comme il commence à se faire tard, je vous reconduis au Louvre.

— Merci, monsieur, répondit madame Bonacieux; vous n'êtes point assez brave pour m'être d'une utilité quelconque, et je m'en retournerai bien au Louvre toute seule.

— Comme il vous plaira, madame Bonacieux, reprit l'ex-mercier. Vous reverrai-je bientôt?

— Sans doute; la semaine prochaine, je l'espère, mon service me laissera quelque liberté et j'en profiterai pour revenir mettre de l'ordre dans nos affaires, qui doivent être quelque peu dérangées.

—C'est bien, je vous attendrai. Vous ne m'en voulez pas?

—Moi! pas le moins du monde.

—A bientôt, alors?

—A bientôt.

Bonacieux baisa la main de sa femme et s'éloigna rapidement.

— Allons, dit madame Bonacieux lorsque son mari eut refermé la porte de la rue et qu'elle se trouva seule, il ne manquait plus à cet imbécile que d'être cardinaliste! Et moi qui avais répondu à la reine, moi qui avais promis à ma pauvre maîtresse... Ah! mon Dieu, mon Dieu! elle va me prendre pour quelqu'une de ces misérables dont fourmille le palais et qu'on a placées près d'elle pour l'espionner! Ah, monsieur Bonacieux! je ne vous ai jamais beaucoup aimé, mais maintenant c'est bien pis! je vous hais, et, sur ma parole, vous me le payerez!

Au moment où elle disait ces mots, un coup frappé au plafond lui fit lever la tête; et une voix qui parvint à elle à travers le plancher lui cria :

— Chère madame Bonacieux, ouvrez-moi la petite porte de l'allée et je vais descendre près de vous.

CHAPITRE IX.

L'AMANT ET LE MARI.

—Ah, madame! dit d'Artagnan en entrant par la porte que lui ouvrait la jeune femme, permettez-moi de vous le dire, vous avez là un triste mari.

— Vous avez donc entendu notre con-

versation? demanda vivement madame Bonacieux en regardant d'Artagnan avec inquiétude.

— Tout entière.

— Mais comment cela, mon Dieu?

— Par un procédé à moi connu, et par
lequel j'ai entendu aussi la conversation la
plus animée que vous avez eue avec les
sbires du cardinal.

— Et qu'avez-vous compris à ce que
nous disions?

— Mille choses : d'abord que votre mari
est un niais et un sot, heureusement; puis
que vous étiez embarrassée, ce dont j'ai
été fort aise, et que cela me donne une

occasion de me mettre à votre service, et Dieu sait si je suis prêt à me jeter dans le feu pour vous ; enfin que la reine a besoin qu'un homme brave, intelligent et dévoué fasse pour elle un voyage à Londres. J'ai au moins deux des trois qualités qu'il vous faut, et me voilà.

Madame Bonacieux ne répondit pas, mais son cœur battait de joie, et une secrète espérance brilla à ses yeux.

— Et quelle garantie me donnerez-vous, demanda-t-elle, si je consens à vous confier cette mission ?

— Mon amour pour vous. Voyons, dites, ordonnez : que faut-il faire ?

— Mon Dieu ! mon Dieu ! murmura la

jeune femme, dois-je vous confier un pareil secret, monsieur ? Vous êtes presque un enfant !

— Allons, je vois qu'il vous faut quelqu'un qui vous réponde de moi.

— J'avoue que cela me rassurerait fort.

— Connaissez-vous Athos ?

— Non.

— Porthos ?

— Non.

— Aramis ?

— Non. Quels sont ces messieurs ?

— Des mousquetaires du roi. Connaissez-vous M. de Tréville, leur capitaine ?

— Oh! oui, celui-là, je le connais, non pas personnellement, mais pour en avoir entendu plus d'une fois parler à la reine comme d'un brave et loyal gentilhomme.

— Vous ne craignez pas que lui vous trahisse pour le cardinal, n'est-ce pas?

— Oh! non, certainement.

— Eh bien, révélez-lui votre secret et demandez-lui, si important, si précieux, si terrible qu'il soit, si vous pouvez me le confier.

— Mais ce secret ne m'appartient pas, et je ne puis le révéler ainsi.

— Vous l'alliez bien confier à M. Bonacieux, dit d'Artagnan avec dépit.

— Comme on confie une lettre au creux d'un arbre, à l'aile d'un pigeon, au collier d'un chien.

— Et cependant, moi, vous voyez bien que je vous aime.

— Vous le dites.

— Je suis un galant homme!

— Je le crois.

— Je suis brave!

— Oh! cela, j'en suis sûre.

— Alors, mettez-moi donc à l'épreuve.

Madame Bonacieux regarda le jeune homme, retenue par une dernière hésitation. Mais il y avait une telle ardeur dans ses yeux, une telle persuasion dans sa voix, qu'elle se sentit entraînée à se fier à lui. D'ailleurs elle se trouvait dans une de ces circonstances où il faut risquer le tout pour le tout. La reine était aussi bien perdue par une trop grande retenue que par une trop grande confiance. Puis, avouons-le, le sentiment involontaire qu'elle éprouvait pour ce jeune protecteur la décida à parler.

— Écoutez, lui dit-elle. Je me rends à vos protestations et je cède à vos assurances. Mais je vous jure devant Dieu, qui nous entend, que si vous me trahissez et que mes ennemis me pardonnent, je me tuerai en vous accusant de ma mort.

— Et moi, je vous jure devant Dieu, madame, dit d'Artagnan, que si je suis pris en accomplissant les ordres que vous me donnez, je mourrai avant de rien faire ou dire qui compromette quelqu'un.

Alors la jeune femme lui confia le terrible secret dont le hasard lui avait déjà révélé une partie en face de la Samaritaine.

Ce fut leur mutuelle déclaration d'amour.

D'Artagnan rayonnait de joie et d'orgueil. Ce secret qu'il possédait, cette femme qu'il aimait, la confiance et l'amour faisaient de lui un géant.

— Je pars, dit-il, je pars sur-le-champ.

— Comment!. vous partez! s'écria madame Bonacieux ; et votre régiment ? votre capitaine ?

— Sur mon âme, vous m'aviez fait oublier tout cela, chère Constance! oui, vous avez raison, il me faut un congé.

— Encore un obstacle, murmura madame Bonacieux avec douleur.

— Oh! celui-là, s'écria d'Artagnan après un moment de réflexion, je le surmonterai, soyez tranquille.

— Comment cela?

— J'irai trouver ce soir même M. de Tréville, que je chargerai de demander pour moi cette faveur à son beau-frère, M. des Essarts.

— Maintenant, autre chose.

— Quoi? demanda d'Artagnan voyant que madame Bonacieux hésitait à continuer.

— Vous n'avez peut-être pas d'argent?

— Peut-être est de trop, dit d'Artagnan en souriant.

— Alors, reprit madame Bonacieux en ouvrant une armoire et en tirant de cette armoire le sac qu'une demi-heure auparavant caressait si amoureusement son mari, prenez ce sac.

— Celui du cardinal! s'écria en éclatant de rire d'Artagnan, qui, comme on s'en souvient, grâce à ses carreaux enlevés, n'avait pas perdu une syllabe de la conversation du mercier et de sa femme.

— Celui du cardinal, répondit madame Bonacieux; vous voyez qu'il se présente sous un aspect assez respectable.

— Pardieu! s'écria d'Artagnan, ce sera une chose doublement divertissante que de sauver la reine avec l'argent de Son Éminence!

— Vous êtes un aimable et charmant jeune homme, dit madame Bonacieux. Croyez que Sa Majesté ne sera point ingrate.

— Oh! je suis déjà grandement récompensé! s'écria d'Artagnan. Je vous aime, vous me permettez de vous le dire; c'est déjà plus de bonheur que je n'en osais espérer.

— Silence ! dit madame Bonacieux en tressaillant.

— Quoi ?

— On parle dans la rue :

— C'est la voix...

— De mon mari. Oui, je l'ai reconnue !

D'Artagnan courut à la porte et poussa le verrou.

— Il n'entrera pas que je ne sois parti, dit-il, et quand je serai parti, vous lui ouvrirez.

— Mais je devrais être partie aussi, moi. Et la disparition de cet argent, comment la justifier si je suis là ?

— Vous avez raison, il faut sortir,

— Sortir, comment? Il nous verra si nous sortons.

— Alors il faut monter chez moi.

— Ah ! s'écria madame Bonacieux, vous me dites cela d'un ton qui me fait peur.

Madame Bonacieux prononça ces paroles avec une larme dans les yeux. D'Artagnan vit cette larme, et, troublé, attendri, il se jeta à ses genoux.

— Chez moi, dit-il, vous serez en sûreté comme dans un temple, je vous en donne ma parole de gentilhomme.

— Partons, dit-elle, je me fie à vous, mon ami.

D'Artagnan rouvrit avec précaution le verrou, et tous deux, légers comme des ombres, se glissèrent par la porte intérieure dans l'allée, montèrent sans bruit l'escalier et rentrèrent dans la chambre de d'Artagnan.

Une fois chez lui, pour plus de sûreté le jeune homme barricada la porte; puis ils s'approchèrent tous deux de la fenêtre, et par une fente du volet ils virent M. Bonacieux qui causait avec un homme en manteau.

A la vue de l'homme en manteau, d'Artagnan bondit, et, tirant son épée à demi, s'élança vers la porte.

C'était l'homme de Meung.

— Qu'allez-vous faire? s'écria madame Bonacieux; vous nous perdez.

— Mais j'ai juré de tuer cet homme! dit d'Artagnan.

— Votre vie est vouée en ce moment et ne vous appartient pas. Au nom de la reine, je vous défends de vous jeter dans aucun péril étranger à celui du voyage.

— Et en votre nom n'ordonnez-vous rien?

— En mon nom, dit madame Bonacieux avec une vive émotion; en mon nom je vous en prie. Mais écoutons; il me semble qu'ils parlent de moi.

D'Artagnan se rapprocha de la fenêtre et prêta l'oreille.

M. Bonacieux avait rouvert sa porte, et voyant l'appartement vide il était revenu à l'homme au manteau, qu'un instant il avait laissé seul.

— Elle est partie, dit-il; elle sera retournée au Louvre.

— Vous êtes sûr, répondit l'étranger, qu'elle ne s'est pas doutée dans quelles intentions vous êtes sorti?

— Non, répondit Bonacieux avec suffisance; c'est une femme trop superficielle.

— Le cadet aux gardes est-il chez lui?

— Je ne le crois pas; comme vous le voyez, son volet est fermé, et l'on ne voit aucune lumière briller à travers les fentes.

— C'est égal, il faudrait s'en assurer.

— Comment cela?

— En allant frapper à sa porte. Je demanderai à son valet.

— Allez.

Bonacieux rentra chez lui, passa par la même porte qui venait de donner passage aux deux fugitifs, monta jusqu'au palier de d'Artagnan et frappa.

Personne ne répondit. Porthos, pour faire plus grande figure, avait emprunté ce soir-là Planchet. Quant à d'Artagnan, il n'avait garde de donner signe d'existence.

Au moment où le doigt de Bonacieux résonna sur la porte, les deux jeunes gens sentirent bondir leurs cœurs.

— Il n'y a personne chez lui, dit Bonacieux.

— N'importe, rentrons toujours chez vous, nous serons plus en sûreté que sur le seuil d'une porte.

— Ah mon Dieu ! murmura madame Bonacieux, nous n'allons plus rien entendre.

— Au contraire, dit d'Artagnan, nous n'entendrons que mieux.

D'Artagnan enleva les trois ou quatre carreaux qui faisaient de sa chambre une autre oreille de Denys, étendit un tapis à terre, se mit à genoux, et fit signe à madame Bonacieux de se pencher, comme il le faisait, vers l'ouverture.

— Vous êtes sûr qu'il n'y a personne? dit l'inconnu.

— J'en réponds, dit Bonacieux.

— Et vous pensez que votre femme...

— Est retournée au Louvre.

— Sans parler à aucune autre personne qu'à vous?

— J'en suis sûr.

— C'est un point important, comprenez-vous?

— Ainsi, la nouvelle que je vous ai apportée a donc une valeur...

21.

— Très-grande, mon cher Bonacieux, je ne vous le cache pas.

— Alors le cardinal sera content de moi?

— Je n'en doute pas.

— Le grand cardinal!

— Vous êtes sûr que, dans sa conversation avec vous, votre femme n'a pas prononcé de noms propres?

— Je ne crois pas.

— Elle n'a nommé ni madame de Chevreuse, ni M. de Buckingham, ni madame de Vernel?

— Non, elle m'a dit seulement qu'elle

voulait m'envoyer à Londres pour servir les intérêts d'une personne illustre.

— Le traître! murmura madame Bonacieux.

— Silence! dit d'Artagnan en lui prenant une main qu'elle lui abandonna sans y penser.

— N'importe, continua l'homme au manteau, vous êtes un niais de n'avoir pas feint d'accepter la commission, vous auriez la lettre à présent; l'Etat, qu'on menace, était sauvé, et vous...

— Et moi?..

— Eh bien, vous! le cardinal vous donnait des lettres de noblesse.

— Il vous l'a dit?

— Oui, je sais qu'il voulait vous faire cette surprise.

— Soyez tranquille, reprit Bonacieux; ma femme m'adore, et il est encore temps.

— Le niais! murmura madame Bonacieux.

— Silence! dit d'Artagnan en lui serrant plus fortement la main.

— Comment est-il encore temps? reprit l'homme au manteau.

— Je retourne au Louvre, je demande madame Bonacieux, je dis que j'ai réfléchi, je renoue l'affaire, j'obtiens la lettre, et je cours chez le cardinal.

— Eh bien! allez vite; je reviendrai bientôt savoir le résultat de votre démarche.

L'inconnu sortit.

— L'infâme! dit madame Bonacieux en adressant encore cette épithète à son mari.

— Silence! répéta d'Artagnan en lui serrant la main plus fortement encore.

Un hurlement terrible interrompit alors les réflexions de d'Artagnan et de madame Bonacieux. C'était son mari, qui s'était aperçu de la disparition de son sac et qui criait au voleur.

—Oh! mon Dieu! s'écria madame Bonacieux, il va ameuter tout le quartier!

Bonacieux cria long-temps; mais comme

de pareils cris, attendu leur fréquence, n'attiraient personne dans la rue des Fossoyeurs, et que d'ailleurs la maison du mercier était depuis quelque temps assez mal famée, voyant que personne ne venait, il sortit en continuant de crier et l'on entendit sa voix qui s'éloignait dans la direction de la rue du Bac.

— Et maintenant qu'il est parti, à votre tour de vous éloigner, dit madame Bonacieux; du courage, mais surtout de la prudence et songez que vous vous devez à la reine.

— A elle et à vous! s'écria d'Artagnan. Soyez tranquille, belle Constance, je reviendrai digne de sa reconnaissance; mais reviendrai-je digne aussi de votre amour?

La jeune femme ne répondit que par la vive rougeur qui colora ses joues. Quelques instants après, d'Artagnan sortit à son tour, enveloppé, lui aussi, d'un grand manteau, que retroussait cavalièrement le fourreau d'une longue épée.

Madame Bonacieux le suivit des yeux avec ce long regard d'amour dont la femme accompagne l'homme qu'elle se sent aimer; mais lorsqu'il eut disparu à l'angle de la rue, elle tomba à genoux et joignant les mains :

— O mon Dieu, s'écria-t-elle, protégez la reine, protégez-moi!

FIN DU DEUXIÈME VOLUME.

TABLE DES CHAPITRES.